TU PEUX RENTRER CHEZ TOI

Michael Elias est scénariste, romancier et dramaturge. Il est notamment le créateur de la série primée *Sois prof et tais-toi*. Il vit à Los Angeles.

MICHAEL ELIAS

Tu peux rentrer chez toi

TRADUIT DE L'ANGLAIS (ÉTATS-UNIS) PAR CLAIRE BRETON

ÉDITIONS DU MASQUE

Titre original :

YOU CAN GO HOME NOW

ISBN : 978-2-253-24250-5 – 1re publication LGF

À Bianca, Fred et Sylvia, et Fred

« J'ai souvent ouï dire que la peine amollit,
Qu'elle rend l'esprit craintif et qu'elle le dénature.
Retenons donc nos larmes ; passons à la vengeance. »

William SHAKESPEARE, *Henri VI*

« J'encaissais tous tes coups,
Salopard de tireur au volant,
Mais c'est fini, oh, c'est fini.
Désolée que tu n'aimes pas ta vie,
Mais ma joie, ma joie, ma joie ne te doit rien. »

Frazey FORD, *Done*

« Prononcez le mot secret et gagnez cent dollars. »

Groucho MARX, *You Bet Your Life*

Grahamsville, État de New York
2004

Question :
Que peut-on faire pour tuer le temps quand on est à l'affût pour tuer quelqu'un ?
On peut :
Respirer.
Observer.
Écouter.
Suçoter une pastille pour la toux.
On ne peut pas :
Fumer.
Téléphoner.
Mâcher du chewing-gum.
Uriner.
Merci.

L'homme se tient devant l'évier de sa cuisine et regarde par la fenêtre. Il ne peut pas me voir. Je suis à 100 mètres de lui, en noir de la tête aux pieds. La date a été choisie pour qu'il n'y ait pas de lune. Perçoit-il ma présence ? Pressent-il qu'il est sur le point de mourir ? Il rince des assiettes avant de les mettre au lave-vaisselle.

Mon fusil, sur un trépied, est braqué vers la fenêtre. On m'a appris que je devais avoir sa tête dans la croix du viseur. J'ajuste mon angle.

Voilà qui est mieux.

Il lève le bras, prêt à fermer le rideau.

Trop tard.

La balle fusera à 700 mètres-seconde.

Le son se propage à 340 mètres-seconde. L'homme sera mort avant d'entendre la détonation.

On m'a appris à ne pas fermer les yeux.

Je ferme les yeux et presse la détente.

Quand je les rouvrirai, il sera mort.

J'aurai tué son temps.

Et le mien aussi.

Sauf que moi, je serai en vie.

Et beaucoup seront sauvés.

Beaucoup seront sauvés.

Gloire à Dieu.

1

Refuge pour femmes Artemis
2018

J'ai deux yeux au beurre noir, peut-être bien le nez cassé, et le visage couvert d'éraflures. J'ai aussi une molaire branlante et une lèvre coupée qui n'arrête pas de saigner. Un attendrisseur de viande emmailloté dans un torchon a ajouté trois hématomes violacés à mes cuisses. Histoire de faire bonne mesure.

Je grimpe dans ma voiture, conduis d'une main hésitante jusqu'à une place de stationnement libre sur Northern Boulevard, puis parcours à pied les deux rues qui me séparent du refuge. Je m'appuie à la grille en acier ; derrière, la porte en bois massif est munie d'un judas. Au-dessus, hors de portée, une caméra de surveillance est pointée sur moi. J'écrase la sonnette et compte les secondes pour endormir la douleur. À la trente et unième, la porte s'ouvre. Une dame me regarde et secoue la tête.

— Désolée, on est complet. On n'a plus de chambre.

— Je dormirai par terre.

Je m'approche afin de mieux lui montrer ma tête. Je vois la sienne. La soixantaine, pas une ride, avec des yeux bleus pleins de gentillesse derrière de petites lunettes de grand-mère. Elle réfléchit un moment, puis, d'un ton de douce résignation :

— Bon, dans l'immédiat, vous dormirez dans un sac de couchage sur le canapé. Navrée de ne pas pouvoir vous promettre davantage.

Pas grave. Je suis dans la place.

2

Poste de police de Long Island City
Deux mois plus tôt

Sans déc ?

J'inscris ces mots puis je les raye.

~~*Sans déc ?*~~ Impossible d'écrire ça dans mon registre journalier – un gros dossier de feuilles volantes, aux pages tachées de café, contenant des notes sur mes auditions, arrestations, observations et appels téléphoniques, griffonnées au stylo-bille, au feutre et à l'encre bleu-noir. C'est le registre de tout ce qui concerne mon travail au sein de la brigade criminelle de Long Island City : enquêtes, interrogatoires, affaires en cours et en suspens, et, plus récemment, mes faits et gestes de ce mardi de mars, à l'exclusion de mon choix de déjeuner – un maxi sandwich boulettes-sauce marinara accompagné d'une bouteille de thé glacé. J'ai mangé la moitié du sandwich et gardé le reste pour plus tard. Les boulettes clapotent encore dans mon estomac telles des serviettes mouillées dans un lave-linge. Mauvaise idée.

Ce jour-là, *Sans déc ?* a surgi à trois reprises. Avant d'y venir, je m'appelle Nina Karim. Je suis une célibataire de trente et un ans qui aime les chats, les films avec Ryan Reynolds, les couchers de soleil éclatants et les balades sur la plage en hiver, main dans la main avec un grand féministe moderne, aimant et légèrement barbu. *C'est ça, oui.*

Registre journalier – police de Long Island City : lieutenante Nina Karim

24 mars 2018

10 h 35 : Entretien avec John et Melinda Steevers, 3600 Myrtle Drive, South Flushing. Leur fils Ronald ne s'est pas présenté à leur dîner dominical hebdomadaire ni à son travail au Home Depot de Long Island City. Pas de réponse à leurs appels, textos et courriels. Le lundi, M. Steevers s'est rendu au domicile de Ronald, résidence Sunny Gardens, dans le Queens, où il a trouvé l'appartement désert. Aucune trace de l'épouse de Ronald, Susan. Presque tous les vêtements de cette dernière s'étaient envolés.

Mme Steevers : « La disparition de la femme de Ronald ne nous intéresse pas. On se détestait. »

M. Steevers : « C'est pas notre problème. »

Mme Steevers laisse entendre que Susan est capable de tuer leur fils. Je leur demande de remplir une fiche de signalement et dis que je vais poursuivre par une visite à l'appartement de Ronald.

11 h 45 : Entretien avec Lawrence McDermott, homme blanc, 25 Lancelot Lane, Northport, New York.

M. McDermott avoue avoir tué quelqu'un mais sans se rappeler qui. M. McDermott est bien habillé et semble sain d'esprit, il est spécialiste en gestion des risques à la banque Chase de Manhattan. Aussi absurde que paraisse son histoire, ce monsieur me rappelle confusément quelque chose. Je sais que ça me reviendra. (J'ai noté ses coordonnées, voir ci-dessus.) Après son départ, j'ai droit à quelques quolibets de la part de mes collègues de la Crim. Apparemment, M. McDermott est déjà venu. Il est considéré comme cinglé. *Sans déc ? n° 2.*

12 h 15 : Entretien avec Arthur Crews, dit Artie, homme blanc, 365 Maiden Lane, Little Neck, New York. Crews est présentateur météo sur KCS TV. Il souhaiterait m'employer à titre privé pour aider son fils, Scott, à retrouver son chat disparu, Bonkers. *Sans déc ? n° 3.*

3

J'envisage de finir mon sandwich en roulant vers la résidence Sunny Gardens mais finalement je me ravise, je le remballe soigneusement et le tends à un SDF qui slalome entre les véhicules arrêtés au feu rouge. À l'école de police, on nous a raconté l'histoire édifiante de Jack Salucci, un flic chevronné que le nouveau règlement avait forcé à passer un examen d'aptitude au tir pour le .38 qu'il tenait à porter. Salucci est arrivé au stand, a visé la cible… et n'a pas pu actionner la queue de détente. Son arme était enrayée. En l'examinant, l'instructeur a découvert que le chien était tapissé d'une matière dure comme du ciment. Il était totalement impossible de tirer. Salucci s'est mis à paniquer, il s'est imaginé face à un braqueur de banque, abrité derrière la portière ouverte de sa voiture et incapable de riposter aux coups de feu. Une analyse plus poussée de son pistolet a ensuite révélé que la matière dure comme du ciment qui enrobait le chien était de la mozzarella séchée, qui avait goutté dessus au fil des centaines de pizzas que l'agent Salucci avait consommées assis au volant de son véhicule de patrouille. Mon arme de service à moi, un Glock 22 réglementaire, est attachée à ma ceinture sous l'un des deux blazers bleu marine que je porte en alternance, tout comme les quatre chemisiers blancs, trois pantalons bleus et deux paires de chaussures noires à semelles caoutchouc qui composent ma tenue de boulot habituelle. J'ai aussi un uniforme officiel de la police de Long Island City : un costume bleu marine orné de tresses dorées sur les manches pour mes années de service, d'une médaille de bravoure et d'un écusson du drapeau américain. Je suis censée le compléter d'une chemise blanche et d'une cravate, parachevant l'apparence d'un policier masculin. Pour le temps pourri de Long Island, je possède une série de pulls bleus, un imper bleu et une doudoune d'hiver, également bleue. Je ne suis qu'une petite fille en bleu de la Crim ; c'est bien. Mon flingue de secours, accroché à ma cheville, est un .38 Ruger LCR, un revolver compact léger. Je l'appelle mon VPC, mon Vilain Petit Calibre. Il mesure une douzaine de centimètres. Apparemment, il tue aussi bien qu'un autre. Tout ça pour dire que, contrairement à l'agent Salucci, quand j'aurai besoin de faire usage de mes armes, aucune mozza durcie ne les empêchera de tirer.

Jusqu'ici, je n'ai jamais eu à les utiliser sur des êtres vivants. Jusqu'ici.

Je ne me maquille pas. J'ai une relation sérieuse avec un homme, Bobby Booth (Bobby B), celui avec qui je couche quand nos agendas chargés nous le permettent – le mien en tant que flique, le sien en tant qu'usurier.

La résidence Sunny Gardens est un ensemble d'immeubles en brique de deux étages avec boiseries blanches et allées bordées de fleurs. Un insolent écriteau « RIEN À LOUER » est planté dans la pelouse. Je me gare sur une place handicapés, pose la carte au logo correspondant sous le pare-brise. Je l'ai confisquée à un mec de ma salle de sport. Je le dépassais pour aller au tapis roulant quand il a fait un commentaire désobligeant sur mon cul à son entraîneur.

D'accord, un mot sur mon physique. Contrairement à la Gaule de César, je suis divisée en deux, et non en trois parties. Le haut est parfait : 55 de tour de taille, un ventre plat et les nichons de Kate Moss. Au sud de la ceinture, la géographie change. Mes hanches s'élargissent, mes cuisses se terminent en une bosse qui semble devoir appartenir à quelqu'un d'autre – dans mes meilleurs jours, à une danseuse moderne ; dans les pires, à ce que mon ex-fiancé, Darren, appelait « pas une gringalette ». Mais Bobby m'aime, et tout va bien. Je dis que j'ai de quoi satisfaire tous les goûts, simplement pas en un seul paquet.

J'ai suivi M. Désobligeant sur le parking, je lui ai montré ma plaque, lui ai expliqué que j'avais entendu sa remarque et demandé son attestation de handicap. M. Désobligeant a marmonné des excuses, argué qu'il avait le cœur fragile et des amis dans la police. Je pouvais constater que son cœur était enchâssé dans un corps canon, et je lui ai signifié que le coup des *amis dans la police* n'était pas une bonne idée.

— Des amis ? Citez-m'en un.

Il ne pouvait pas. Il a fini par m'avouer qu'il avait acheté sa carte handicapé sur Canal Street. Croyez-moi si vous voulez, il s'est même mis à pleurer ! Je l'ai laissé filer et j'ai gardé la carte.

Mon visage ? Ma nouvelle préférée de V.S. Pritchett raconte l'histoire d'une demoiselle qui a un nez irrésistible et un chien fidèle. Un charmant jeune homme la courtise, mais juste au moment où il va lui demander sa main, le chien la mord et lui arrache le bout du nez. Le galant disparaît. Elle et le chien vivent heureux pour toujours. Mon nez ? Comme celui de la demoiselle, il en manque un petit bout.

À part ça ? Je suis venue au monde avec un léger sourire. Ça a tendance à déconcerter les gens. Un minuscule retroussement des lèvres qui me donne l'air perpétuellement heureuse, en contradiction avec mon âme mécontente de nature. Je me suis entendu dire à divers moments de ma vie, par des profs et autres supérieurs hiérarchiques fâchés : « Karim, effacez-moi ce sourire ! » Je ne peux pas. Un sourire n'est guère bienvenu dans les enterrements, les audiences disciplinaires ou les ruptures. En revanche, il peut désarmer quand je dis *Vous êtes en état d'arrestation*, *Circulez*, *Montrez-moi votre permis de conduire* ou, au cinéma : *Vire ta main de mon genou*.

Anthony, le coiffeur qui entretient ma blondeur, prétend que j'ai le cheveu hollandais – entendez rêche et indiscipliné. Si je garde une coupe courte, je reste présentable. Mes yeux sont bleus et expressifs, mes pommettes assez saillantes pour faire de l'effet.

On m'a dit que je ressemblais à Geena Davis ou à Victoria Beckham. Est-ce qu'on leur a dit qu'elles me ressemblaient ? J'ajouterai que je tiens de ma mère. J'ai ses yeux, son teint. Quand je me regarde dans la glace, elle me manque et ça me rend triste. J'ai tendance à éviter. Bref, revenons à nos moutons.

Le gardien de la résidence Sunny Gardens se nomme Brian Robbins, pas très grand, barbu, la trentaine, prof associé de psychologie à Fordham. On sait tous les deux que ce titre ne veut rien dire puisqu'il bosse trop dur à faire cours à des première année et gagne juste un peu trop pour pouvoir bénéficier de l'aide alimentaire. En plus d'être essentiellement jetables, les profs associés n'ont pas accès à la titularisation, pas d'assurance maladie, pas de plan de retraite, et pas même de bureau. Ils sont payés à l'heure de cours ; leur charge de travail oscille entre mi-temps et débordé. Le boulot de Brian à Sunny Gardens lui offre un appartement gratuit dans un complexe assez récent pour ne pas nécessiter de gros travaux d'entretien pendant qu'il rédige sa thèse et rêve d'un poste de professeur titulaire. À Sunny Gardens, les locataires ont tous un emploi et paient leur loyer dans les temps.

Brian me conduit à l'appartement des Steevers, numéro 22, premier étage, sur l'arrière. Comme il vaut mieux ressentir les premières impressions tout seul, je l'invite à attendre dans le couloir. À l'intérieur, l'appartement est quelconque : plafond bas, parquet au sol, pièces propres. Une baie vitrée donne sur un bosquet enserrant un profond ravin. Je me balade en effectuant de simples observations. Le dressing contient pas mal de cintres vides et peu de vêtements de femme : un jean déchiré, un chemisier et deux robes (taille 2) ; une de chez Target, l'autre de chez Macy's. Un tiroir renferme un T-shirt chiffonné, un collant et deux chaussettes de sport dépareillées. Par terre, une paire de chaussures plates et une tong solitaire. Susan a mis les voiles.

Le côté du dressing correspondant à Ronald présente trois jeans, deux pantalons en toile, un blouson de base-ball, un sweat à capuche Gap, un sweat des Islanders de New York au nom de John Tavares et un blazer bleu assorti d'un pantalon de costume gris. Ses tiroirs sont un fatras de chaussettes, slips, T-shirts en boule, une chemise blanche et une pile de casquettes de base-ball. Une paire de vieilles Nike et des mocassins noirs élimés reposent par terre. Ronald a l'air du genre peu soigneux et Susan a emporté ses fringues correctes avec elle.

À part quelques fourmis rôdant autour du grille-pain, la cuisine est immaculée. Le frigo est rempli de bouffe de mec : viande froide, hot dogs sous vide, moutarde jaune, tranches de fromage fondu, bière, un bocal de cornichons, une tête de laitue iceberg jaunissante et un seau de protéines Muscle Max. Pas de yaourts, de lait d'amande, de probiotiques ou de Coca zéro. Je suppose que Susan est partie la première. Ou, si maman Steevers a raison, que Susan est rentrée, a buté son cher et tendre, et s'est tirée. Je me note de fouiller le ravin à la recherche du corps de Ronald.

Et là, alors que j'ai le cerveau en mode meurtre, je me rappelle où j'ai vu M. McDermott, le type qui ne savait pas qui il avait tué. Il y a six mois, j'ai été appelée dans une tour de Lefrak City. La victime était danseuse au Gallery, un club masculin (sûrement un qualificatif abusif) de Manhattan. Elle y exerçait en pole et lap dance. De temps à autre, quand le directeur n'était pas là, elle ramenait un client chez elle pour prolonger le plaisir (du monsieur). Le dernier l'avait étranglée et laissée assise bien droite sur le canapé. Sa sœur, hôtesse de l'air pour Singapore Airlines, l'avait découverte deux jours plus tard. Le NYPD a fait son possible pour identifier les clients de cette nuit fatidique, mais l'individu avait payé cash et les caméras de sécurité du club étaient hors service. Tous les employés ont été interrogés, et tous ont fourni la même réponse stérile : « C'était un quadragénaire blanc en costume. » Ce meurtre est devenu une nouvelle affaire non résolue – une victime sans personne pour la défendre, une femme à la profession problématique à qui la brigade criminelle témoignait un intérêt se situant à mi-chemin entre SDF et sans-papiers.

Comme elle habitait le Queens, une part de la victime revenait à notre section. On m'a chargée de retrouver son assassin. Je souscris à la théorie selon laquelle les tueurs reviennent souvent sur le lieu de leur crime, se joignent aux badauds derrière la rubalise pour regarder le défilé des policiers, des scientifiques et du personnel médical. Ils aiment bien voir leur œuvre macabre transportée jusqu'à l'ambulance. Alors, pendant qu'à l'intérieur, mes collègues époussettent, grattent et cataloguent, moi, je photographie les gens amassés au-dehors. J'ai peut-être une photo de M. McDermott prise ce jour-là. Bref, revenons à nos moutons. J'ouvre la porte à Brian.

— C'est bon, Brian, vous pouvez entrer. Parlez-moi des Steevers.

Brian est un homme plein d'informations intériorisées dont le métier consiste à donner des cours de psycho. J'essaie de ne pas l'entraver. Je sais que j'en apprendrai plus que nécessaire sur Ronald et Susan.

— Ronald et Susan, euh… C'est Ronald et Susan, vous voyez ?

Pas un très bon début, Brian. Je ne *vois* rien et je déteste quand les gens disent « Vous voyez ? ». Sur ma liste de verrues langagières, « Vous voyez ? » arrive juste derrière « Pas de problème » ou les gens qui disent merci quand on vient de leur dire merci. Malgré tout, j'acquiesce en signe d'encouragement et Brian continue.

— Ronald bosse à Home Depot ; il m'a dit qu'il occupait un poste important au rayon peinture. Il mesure dans les 1,90 m pour 80 kilos, c'est un ancien athlète, mais je ne crois pas qu'il gardera ce corps-là. Je dis ça à cause des canettes de bière. Il s'est plaint de trucs auxquels je ne peux rien, comme le bruit de la piscine, la lenteur d'Internet ou les connards qui squattent sa place de parking. Il part à 8 heures, rentre à 18, bosse le week-end et pas le lundi ni le mardi. Il se lève tôt le dimanche pour lessiver sa Mustang GT. C'est sa messe à lui.

Je ris hypocritement avec Brian.

— Le dimanche soir, ils vont dîner chez ses parents à South Flushing. Dernièrement, j'ai remarqué que Susan n'y allait pas avec lui. Comment je le sais ?

Tu m'ôtes la question de la bouche, Brian.

— Mon appartement donne sur le garage. Ronald a customisé le pot d'échappement de sa Mustang et il baisse la capote. J'entends le moteur, je regarde par la fenêtre… C'est Ronald qui s'en va. Tout seul. Vous voyez ?

J'envisage de complimenter Brian sur ses capacités d'observation, mais je me retiens.

— Il est supporter des Islanders de New York. Il s'est vanté d'avoir eu les places de son patron. Il adore les jeux vidéo. Moi aussi, alors de temps en temps il passe chez moi. On joue à *World of Warcraft*. Je ne l'ai jamais entendu parler bouquins, musique, politique, religion ou État, vous voyez. Ça reste superficiel, vous voyez. Vous voulez que j'approfondisse ?

— Ronald a disparu. Approfondissez sérieux.

— Okay. Au départ, je ne lui trouvais aucune qualité. Je le voyais comme un vrai cliché. Blanc, né à Long Island, entré en premier cycle après le lycée, pas fait pour les études et les études pas faites pour lui, chanceux de s'être dégoté un bon job, adorant sa voiture, ses collègues, ses Islanders et sa femme, dans cet ordre. Vous voyez ? À un moment, j'ai pensé qu'il n'y avait que deux solutions pour la suite : soit sa femme tomberait enceinte et il mûrirait, soit elle le quitterait.

Maintenant, j'ai l'impression que c'est un peu plus compliqué que ça. Vous voyez ?

Je ne voudrais pas que ce mec soit mon prof associé de quoi que ce soit. Je décide d'y aller franco.

— Dites-moi, Brian, vous vous tapiez Susan ?

Ça marche. Brian rougit derrière sa barbe. Il est assez futé pour prendre le temps de réfléchir à sa prochaine déclaration. Quelle qu'elle soit, ce n'est peut-être pas la vérité.

— Ben… on a sympathisé. Quand je devais réparer un truc chez eux, elle m'offrait un café, on bavardait. Elle racontait des histoires incroyables. Je vous ai dit qu'elle venait d'Alaska ? Pour moi, c'était exotique, vous voyez ? Les villages battus par le blizzard, les journées de pénombre, les nuits interminables, les gens qui meurent de froid en revenant du supermarché, les ours polaires qui viennent manger dans vos poubelles. Et puis un soir, Ronald était à un match de hockey, elle est descendue chez moi et on a fumé un joint. Oups.

Brian me regarde pour voir si je vais l'arrêter parce qu'il m'a avoué avoir fumé de l'herbe. Je passe outre le délit. Il poursuit :

— Ronald avait une place juste derrière le but des Rangers, alors on le voyait à la télé. C'était sans risque, on savait où il serait pour les trois heures suivantes. Susan s'est sentie coupable après coup, elle a juré que ça ne se reproduirait plus. Sauf que ça s'est reproduit. J'ai eu l'impression qu'elle manquait tellement de confiance en elle qu'elle croyait que je m'intéressais à elle uniquement parce qu'on couchait ensemble, vous voyez ?

— Et c'était le cas ?

— Non, il y avait d'autres choses. Je vous dis, elle était exotique.

Je ne l'ai pas entendu parler d'amour ni d'affection, alors je suppose qu'il acceptait volontiers le manque de confiance en soi dans les termes de leur petit arrangement. *Connard.*

— Est-ce qu'ils se disputaient ?

— D'après elle, oui. Vous voulez savoir si je les entendais ? Impossible. Je suis trop loin, vous voyez.

— Qu'est-ce qu'elle vous a confié d'autre sur son couple ?

Brian se frotte la barbe. Il pense que je crois qu'il réfléchit.

— C'est à peu près tout.

Je lui demande une copie de leur contrat de location et une liste des occupants des appartements mitoyens. Qu'est-ce que je sais jusqu'à présent, vous voyez ? Ronald et Susan étaient malheureux en ménage. Non, Ronald était heureux ; c'est Susan qui ne l'était pas. Est-ce que j'en ai quelque chose à fiche ? Dans le garage, la Mustang de Ronald est à sa place. En fait, c'est mauvais signe, ça. Ronald a disparu et pas sa voiture. Je jette un coup d'œil par les vitres – habitacle impeccable –, j'inspecte les pneus – ils sont propres. Ronald n'a pas conduit récemment.

Chez les Berman à droite puis chez les Dixon à gauche, personne ne répond, alors je frappe à l'étage inférieur. Une Indienne en sari entrouvre la porte retenue par une chaîne de sécurité. Elle me dit que je vais devoir attendre que son mari soit rentré du travail. J'entends des enfants derrière elle. J'annonce que je repasserai. J'explore le ravin. Pas de cadavre.

En regagnant ma voiture, je repense à Brian et à son tissu de mensonges.

4

La commandante Lily Hagen s'arrête à mon bureau. Je lui fais un point sur mes deux affaires en cours : la disparition de Ronald Steevers et le potentiel assassin amnésique, M. McDermott. Je lui dis que je cherche sa photo. Elle se montre intéressée par les Steevers et leur fils disparu. McDermott n'en vaut pas la peine et le moment est mal choisi pour évoquer Artie, le présentateur météo, et le chat perdu de son fils.

Lily Hagen s'est hissée au rang de commandante à la dure, avant l'existence des promotions éclairées, des programmes de diversité et des quotas d'embauche. Elle n'a bénéficié d'aucune convention ni d'une Gloria Allred lançant des poursuites pour discrimination sexuelle en son nom. Elle a enduré les plaisanteries, les insultes, la misogynie et les éventuels tripotages « de bon aloi » de ses collègues masculins quand elle était simple agent à pied ou en équipe dans une voiture de patrouille. Une ou deux fois, ça a bien failli lui coûter la vie, quand les renforts n'arrivaient pas. C'est un vrai rat de salle de sport. Un jour je me suis entraînée à côté d'elle et j'ai été épatée par sa puissance, mais on savait toutes les deux que son corps était comme il était et qu'il le resterait. Elle a un mari qui travaille au service des poids et mesures de la ville, une fille mariée en Virginie. La seule autre chose que je sais d'elle, c'est qu'elle a soixante et un ans. Elle prendra sa retraite dans quatre ans à son grade actuel et n'ira pas plus haut. Elle sait parfaitement que toutes les nanas entrées dans la police après elle ont nettement moins d'obstacles à franchir. Chez les femmes fliques, cette conscience aboutit parfois à de la solidarité, parfois à du ressentiment. Dans son cas, c'était ce dernier.

— J'ai fait mon possible pour être bienveillante, Nina, vraiment, mais c'était trop me demander. Quand je pense à toutes les merdes que j'ai dû supporter et que je vois comment c'est facile pour vous qui débarquez aujourd'hui…

— *Plus* facile. Je n'ai jamais vu un seul exemplaire du magazine *Ms.* en salle de permanence.

Rires.

La commandante Hagen a une réputation de peau de vache. Dans son dos, certaines policières l'appellent la Clarence Thomas[1] de la police de Long Island City. C'est nul. Elle s'est battue, s'est accrochée et s'est fait des ennemis en chemin. Autour d'un verre pour faire connaissance, un jour, elle m'a demandé :

— Pourquoi vous êtes devenue flique, Karim ?

---

1. Nommé par George Bush en 1991, Clarence Thomas compte parmi les plus conservateurs des neuf juges de la Cour suprême des États-Unis. *(Toutes les notes sont de la traductrice.)*

— Les séries télé. *Columbo*, *Drôles de dames*, *Baretta*… *Sergent Anderson* était ma favorite. J'adorais voir Angie Dickinson botter les culs quand j'étais petite.

— En redif, alors. Vous n'étiez pas née lors de la première diffusion.

— Oui, en redif.

Elle a terminé son verre de chablis.

— *Sergent Dickinson*. Je me suis fait emmerder parce que je buvais du vin blanc.

Ce que je préfère chez la commandante Hagen, c'est qu'elle a un tableau au point de croix accroché au mur derrière son bureau. Dans le style traditionnel hollando-américain, une bordure de tulipes encercle les mots : VOTRE RÔLE EST D'ARRÊTER, PAS DE PUNIR.

En roulant vers le Home Depot de Queens Boulevard, je dresse mentalement une liste de ce dont j'ai besoin pour mon appart. Chaque fois que je peux allier le boulot et les courses, c'est un plus. J'imagine un nouveau combiné lave-linge/sèche-linge, mais ça n'arrivera pas. Home Depot n'est pas Costco, d'où je rentre à la maison avec assez de pâtes, de paracétamol et de dentifrice pour le restant de mes jours. Home Depot, c'est pour réparer, embellir, ajouter, faire pousser des plantes et acheter des tondeuses à gazon. Je trouve le rayon peinture, flâne dans les allées et essaie de déterminer qui pourrait bien être le chef de Ronald.

Owen Kunkle – comme l'indique son badge – tient le comptoir de renseignements. Il arbore un grand sourire, des yeux bleus pétillants et des cheveux blond-blanc sur une grande carcasse. Quand il dit : « Que puis-je pour vous ? », je sais qu'il est sincère. Ce sera mon copain. J'ouvre le catalogue d'échantillons de couleurs Behr, dans lequel ma plaque de police vient se poser à la section « extérieurs ». Owen hoche la tête, sort de derrière son comptoir et m'entraîne vers un mur de pots de peinture d'extérieur.

— Je vous écoute.

— Je cherche Ronald Steevers.

Owen prend une grande inspiration.

— Eh ben, vu qu'il est pas venu bosser de la semaine, je suppose qu'il a démissionné. Évidemment, il a pas prévenu.

Owen n'a pas l'air de se faire de souci pour Ronald.

— Vous étiez amis ?

— J'étais pas fan du bonhomme, et si on le revoit plus jamais, je m'en plaindrai pas, tout comme d'autres que je pourrais nommer.

— Collègues ou clients ?

— Collègues. Avant l'arrivée de Ronald, c'était Al Eidelman qui dirigeait le rayon peinture, avec une équipe du feu de Dieu. On était dévoués et passionnés, et il n'existait pas une couleur qu'on ne puisse coordonner. Ça avait fini par se savoir dans le milieu de la déco. C'est difficile à imaginer, mais de grands architectes d'intérieur faisaient appel à nous. Et Al ne faisait pas que *croire* en la diversité : il la pratiquait. Notre équipe, c'était comme l'ONU : Coréen, Sikh, Afro-Américain, Israélien, Syrien, et moi, le banal artiste frustré du Midwest aux joues roses et élevé à la ferme.

Il arrange une pile de pots de 5 litres blanc cassé.

— Pour aller droit au but : Steevers a trouvé qu'on était une bande de monstres de foire. Avant qu'on s'en soit rendu compte, Al a été transféré aux échelles, Passionara à l'aluminium, Danielle aux outils électriques, Yossef et Ahmed au bois, et votre serviteur à envoyer M. Groscon se faire foutre avec sa peinture. Enfin, pas vraiment, mais j'en crevais d'envie. Sans vouloir vous manquer de respect… flic un jour, flic toujours.

— Pardon ?

— Ronald était flic avant de débarquer à Home Depot. Vous saviez pas ?

C'est une question à laquelle je suis censée prétendre connaître la réponse. Je préfère reconnaître honnêtement mon ignorance.

— Ma foi, non. Qu'est-ce que vous entendez par « flic un jour » ?

— Écoutez, tout est question d'autorité, non ? Ronald était le chef. Okay, on avait pigé, mais on n'est pas des marines, non plus – on vend de la peinture ; on bosse tous ensemble pour la satisfaction du client. Ronald considérait qu'on bossait tous ensemble pour sa satisfaction *à lui*. Il disait la même chose de sa femme. Que son rôle était de le satisfaire. Il parlait de son dévouement, de ses devoirs, comment elle se pliait en quatre pour lui faire plaisir. Elle savait où était sa place, et il employait le mot en *s*.

Je pense à *sucer*.

— *Servir*.

— Non !

Je suis choquée.

— Il était clair qu'il attendait la même chose de nous, et surtout des femmes du rayon. Il ne l'a jamais dit texto – coucou, les RH ! –, mais il le laissait entendre, et on a bien pigé. On a décidé que la meilleure attitude, c'était de garder nos distances. On a appris à ne pas discuter avec Ronald. Vous voyez, flic un jour…

5

Au poste de police, M. McDermott m'attend devant mon cubicule. Je lui montre la photo des badauds sur la scène de crime de Lefrak City. Il ajuste ses lunettes, étudie l'image jusqu'à se repérer dans la foule.

— Je suppose que vous voulez savoir ce que je faisais là.

— En effet.

— J'habite juste en face. Je rentrais chez moi quand j'ai vu l'agitation. Je me suis arrêté pour regarder.

— C'est tout ?

— Oui.

— Vous avez des projets de voyage ?

— Non.

Je demande à M. McDermott s'il veut bien nous donner ses empreintes ainsi qu'un échantillon d'ADN, et me dire où il se trouvait la nuit du meurtre. Il est tellement pressé de collaborer et de découvrir s'il a bel et bien tué Mlle Hwang qu'il propose même de nous fournir un échantillon de sperme. Une semaine plus tard, je lui annonce la mauvaise nouvelle : tous les résultats indiquent qu'il n'est pas l'assassin. Son alibi, un dîner à l'Orso, à Manhattan, suivi d'une représentation de *The Book of Mormon*, a également été confirmé.

— Franchement, je suis heureux de ne pas avoir tué Mlle Hwang, mais le fait est que ça ressemble à quelque chose que j'aurais pu faire.

— Monsieur McDermott, il vous faudra davantage de preuves à l'appui si vous voulez avouer un meurtre. Enfin, bref, je suis très occupée à rechercher un chat disparu.

— Pardon ?

Parfois, il vaut mieux passer pour folle quand on s'adresse à un fou. Ça nous met sur un pied d'égalité. McDermott promet de ne plus me déranger à moins d'avoir de meilleurs éléments pour s'incriminer. Il s'en va. *Quelque chose qu'il aurait pu faire* ? Au diable la commandante Hagen, je ne lâche pas McDermott.

Pour savoir où Ronald a été flic, j'ai appelé les ressources humaines de Home Depot afin qu'ils me faxent son dossier d'embauche. Réponse : à Farmingdale, État de New York. J'aimerais bien savoir pour quelle raison ses parents n'ont pas jugé utile de m'informer que Ronald avait passé quatre ans au sein des forces de l'ordre de Farmingdale. Trouver pourquoi il n'y travaillait plus présente davantage de problèmes. Au bout de quatre ans de service, Ronald devait gagner plus que Home Depot ne pouvait lui offrir. Ça n'a aucun sens en termes d'évolution de carrière, il y a donc fort à parier que la police de Farmingdale l'ait poussé dehors. Rien dans le dossier personnel de

Ronald ne permet d'expliquer son départ ; le changement d'orientation est simplement mentionné dans son CV, au même titre que son diplôme du lycée de Flushing, un semestre au Community College de Queens (bien vu, Brian Robbins de la résidence Sunny Gardens), puis quatre ans dans la police de Farmingdale, deux au Home Depot de Scarsdale, non loin de New Rochelle, avant d'être muté à celui de Long Island City en qualité de chef du rayon peinture, où il a pourri la vie d'Owen Kunkle. Je sais que la police de Farmingdale sera réticente à communiquer un dossier interne. Pas facile de se rencarder sur un flic, de nos jours. D'un autre côté, je pourrais avoir du bol. Ronald s'est peut-être fait un ennemi qui le déteste assez pour me parler. J'interroge mes collègues du poste, mais aucun ne connaît quelqu'un à Farmingdale, alors je vais tenter le coup à l'aveuglette. Au retour, je ferai un saut chez les parents de Ronald.

Le poste de police de Farmingdale est provincial, fraîchement repeint. Au bureau d'accueil, je montre ma plaque à un agent mort d'ennui qui pousse un soupir toutes les trois respirations. Je lui explique que j'enquête sur une disparition concernant un ancien officier de police, Ronald Steevers. Il ne réagit pas au nom, passe un coup de fil à l'étage, répète ce que je viens de lui dire. Il écoute, puis fait signe à un stagiaire, un lycéen en uniforme trop grand occupé à textoter sur son téléphone. Le gamin bondit, réprimant un salut militaire. Il me rappelle mon frère, Sammy. Putain de mémoire.

— Conduis-la au lieutenant Dickens, dit le réceptionniste.

Je suis le garçon jusqu'à une salle d'interrogatoire au premier étage. Table en métal, deux chaises face à face dont l'une rivetée au sol. Le stagiaire m'indique qu'on sera à moi dans une minute puis ferme la porte derrière lui. C'est comme quand on attend le docteur en salle d'examen : le moment idéal pour consulter sa boîte mail, envoyer des messages et piquer des pansements et des cotons-tiges. Sauf qu'ici, il n'y a rien à piquer ni à feuilleter. Je sors mon téléphone et tue le temps en lisant *Le Maître des apparences* de Jane Gardam, mon roman en cours. Une évocation de la vie dans le Hong Kong colonial, c'est assez loin et exotique pour me déconnecter de tous mes souvenirs. J'ai avancé de deux pages quand Dickens arrive. C'est une grande rousse d'une quarantaine d'années, plus grande que moi quand je suis debout, ce qui doit la mettre dans les 1,80 mètre. Elle m'offre une poignée de main ferme, un large sourire.

— Désolée qu'on doive discuter ici. Je vais prendre la place du suspect.

C'est généreux de sa part. Elle se glisse sur la chaise fixée au sol.

— Au moins, on peut fumer.

Je suis au courant. Un interrogateur peut obtenir pas mal de renseignements d'un suspect en lui proposant une clope ou en la lui refusant. Elle m'en tend une. Je l'accepte ; c'est la moindre des politesses.

— J'essaie d'arrêter, mais je me prends cinq kilos à chaque fois, fait-elle en allumant ma cigarette.

Je glisse ma carte d'identité vers elle. Elle y jette un coup d'œil, secoue la tête.

— Vous avez dit Ronald Steevers. Qu'est-ce qu'il a encore fait, ce connard ?

Ça part mieux que je ne l'espérais.

— Il a disparu. Dans le sens où il ne s'est présenté ni pour dîner chez ses parents dimanche soir ni à son boulot. Ça m'intéresse surtout parce que sa femme n'est pas là non plus. Trois scénarios : il l'a tuée, elle l'a tué, ou bien ils ont gagné au loto et filé à Miami.

La lieutenante Dickens tire une longue bouffée de sa cigarette.

— Je ne peux vraiment rien dire à part bon débarras. Pour Ronald, j'entends.

Elle hausse les épaules. Je sais qu'il est inutile d'insister. Je n'obtiendrai rien de plus.

— Une dernière chose, dis-je.

— Oui ?

— Vous avez un bon plan de retraite, ici ?

— Excellent. Si Ronald ne s'était pas fait virer parce qu'il battait sa femme, il aurait peut-être été là pour le toucher.

6

Sans crier gare, un coup de fil d'Ernie Saldana depuis Maui me ramène des souvenirs d'océan, de ciels bleus et des serviettes de bain du Kapalua Beach Motel, où on a passé des vacances de Noël en famille. D'abord je nous revois, mon frère et moi, sortant de la voiture de location et contemplant avec horreur le bâtiment en bois de plain-pied datant des années 1950 dont la forme en U pointait derrière une avalanche de bougainvillées rouges. On a supplié nos parents de quitter ce complexe immonde pour nous emmener dans un hôtel blanc étincelant de Kapalua Beach – avec des toboggans d'eau, des boutiques, des cinémas et des serviettes de plage. Sur le chemin en gazon synthétique bordé d'oiseaux de paradis et de plants de gingembre fatigués qui menait à la réception, papa a dit :

— On a choisi ce motel parce qu'il est bon marché.

Et maman d'ajouter :

— L'argent qu'on économise ici, on pourra le dépenser en restaurants et en chemises hawaïennes.

— Un lit est un lit, a conclu papa. Est-ce qu'on a besoin d'avoir vue sur l'océan depuis le trentième étage ?

— Ou une énorme télé qu'on ne regardera pas ?

En entrant dans le bureau d'accueil, on savait que c'était foutu. J'ai filé un coup de coude à Sammy.

— On pourra acheter des souvenirs ? a-t-il demandé à papa.

— Bien sûr, mes chéris. On va remplir nos valises de fausses lances, de colliers de coquillages, de mugs tiki et de bois flotté verni.

— Tope là, a lancé Sammy.

— Tope là, ai-je renchéri.

Dans l'entrée, un présentoir de brochures bourré à craquer proposait des cours de plongée, des balades en montgolfière, des croisières au soleil couchant, des tours en hélico, des *luaus*, des excursions en radeau fluvial, des expéditions sur les volcans, et une aventure à travers une plantation d'ananas à bord d'un train d'époque.

Maman a dit :

— C'est comme la carte du Hop Sing : chacun a le droit de choisir un plat.

J'ai choisi un *luau* avec jongleurs de feu au coucher du soleil ; mon frère a opté pour des cours de plongée avec baignade parmi les tortues de mer. Maman a déclaré qu'elle n'aspirait qu'à se poser sur un transat pour lire Tolstoï. Papa a jeté son dévolu sur une soirée resto Chez Roy à Kaanapali. On a mangé des *dragon rolls*, du tendron braisé et des tatakis de thon jaune. Je me souviens encore de la saveur aigre-douce de miel du tendron mais j'ai beau me creuser la cervelle, impossible de me rappeler ce qu'étaient les *dragon rolls*.

On a passé nos journées sur la plage, à se baigner dans l'eau chaude et bleue, à nager avec palmes, masque et tuba, à déjeuner de *pokes* à emporter achetés à Lahaina. Le soir, on allait au cinéma et on écumait les magasins de souvenirs du centre commercial de Kaanapali. J'ai encore ma petite danseuse de hula mécanique. Sammy a détruit sa collection de coquillages lors d'une de ses crises, et je n'ai jamais demandé à ma mère si elle avait terminé *Anna Karénine*.

Pour mon père, l'un des plaisirs du Kapalua Beach Motel a été de faire la connaissance d'Ernie Saldana, celui-là même qui vient de m'appeler à l'improviste pour m'annoncer que je ne suis peut-être plus qu'à deux doigts de changer ma vie. Ernie était retraité de la police de Los Angeles, plutôt évasif sur son grade et son expérience – « Disons juste que j'ai fait des trucs », m'a-t-il répondu plus tard quand je l'ai pressé de m'apporter des précisions. Une fois devenue flique, j'ai supposé qu'il était aux affaires internes, lié au scandale Rampart de la fin des années 1990 – une affaire de corruption découverte lorsqu'on avait surpris un agent à voler de la cocaïne dans une salle de scellés. L'enquête consécutive avait révélé tout un réseau de ripoux au sein du LAPD, coupables de coups montés contre des suspects et de collusion avec des gangs de rue violents, entre autres. Si Ernie Saldana avait contribué à envoyer un de ces flics en taule, il ne devait pas être très enclin à en parler.

Ernie assurait la sécurité de l'établissement, en contrepartie de quoi il avait droit à une chambre au motel. Il n'y avait pas grand-chose à faire ; la nuit, il effectuait des rondes de surveillance en compagnie de Dufus, son caniche pas nain. Ernie était une vraie baraque.

Il avait joué au football américain à l'université d'État de Californie et semblait encore parfaitement capable de se défendre sur le terrain. Sa seule présence suffisait à dissuader les jeunes dévoyés du coin de cambrioler les chambres. Quand il en coinçait un, Ernie n'appelait pas la police. Il se contentait de découvrir qui étaient ses parents. En général, menacer le gamin de tout leur dire suffisait. Il transportait les dépôts en espèces à la banque de Lahaina, vérifiait les antécédents des nouvelles recrues – et jouait aux échecs avec mon père. Je m'asseyais à côté de papa et je les regardais. Au début, il me disait où déplacer quelle pièce et m'en expliquait la raison à l'oreille : « Je vais le laisser prendre mon cavalier, mais ça va doubler son pion et il le regrettera dans trois coups. » Au bout d'un moment, il m'a permis de choisir mes propres mouvements. C'est comme ça que j'ai appris à jouer aux échecs et que j'y suis devenue plutôt bonne ; ça a aussi cimenté ma propre amitié avec Ernie. Un de ces quatre, j'avouerai à la commandante Hagen que c'est Ernie Saldana, et non Angie Dickinson, qui m'a donné envie de devenir flique. Seulement ça impliquera de lui révéler qui je suis et ce que je fabrique dans son service.

Autre souvenir : le trajet de retour depuis JFK, la peau cramée au soleil de Maui encore en train de peler, les fringues trop légères pour le froid du nord de l'État de New York. On habitait une maison à colombages à Grahamsville, bourgade de moins de 1 000 habitants située 160 kilomètres trop loin de Big Apple pour y travailler. Grahamsville était en pleine campagne ; il y avait une station-service à une seule pompe, une supérette où on pouvait trouver du jambon en boîte, des revues de chasse, des tickets de loterie, de l'antigel et, parfois, le *New York Times*. Pour tout le reste, il fallait se rendre au Walmart d'Ellenville, à 25 bornes. C'était ennuyeux mais pittoresque, et dépourvu de toute commodité. Pour preuve, la blague que tous les garçons apprenaient :

Touriste : Qu'est-ce qu'il y a à faire, ici, en été ?
Résident : La pêche et la baise.
Touriste : Et en hiver ?
Résident : Pas de pêche.

Notre maison trônait sur un terrain de 4 000 mètres carrés à l'écart de la grand-route, en haut d'un chemin de terre d'une cinquantaine de mètres que mon père appelait *cette saleté*. Au printemps, le chemin, *cette saleté*, se transformait en boue. Août venu, la boue avait séché et la moindre petite brise soulevait une fine poussière qui recouvrait les voitures et colorait de brun les baskets blanches. En hiver, notre voisin, Harry Dill, déneigeait pour permettre le passage de nos voitures. Périodiquement, mon père promettait de paver *cette saleté*, mais il n'est jamais passé à l'action. La maison était une ferme de plain-pied que rien ne distinguait des autres bâtiments édifiés par Rondout Construction à la fin des années 1950, si ce n'est la plaque indiquant DR MARTIN KARIM, MÉDECIN GÉNÉRALISTE. La porte principale ouvrait sur nos quartiers d'habitation tandis qu'une porte latérale donnait accès au cabinet médical. Mon père effectuait des visites à domicile, ne refusait aucun patient faute d'argent ou d'assurance maladie. Souvent, les agriculteurs le réglaient en nature. On ne manquait jamais de légumes frais, d'œufs, de pommes et, l'été, d'épis de maïs. Le cabinet disposait d'une petite salle d'attente équipée d'un canapé, de quelques chaises, d'un parc pour les tout-petits et d'une caisse de jeux pour les enfants. Les magazines à feuilleter étaient *Scientific American*, *Time*, *National Geographic*, et *Jack and Jill* pour les plus jeunes.

Notre mère, Gloria, était son infirmière, auxiliaire médicale, réceptionniste et comptable. Elle avait le don de calmer les enfants effrayés par la perspective d'une vaccination et savait remettre un bras cassé, réaliser un ECG et prendre des radios, développées dans une salle de bains qui faisait également office de chambre noire. En tant que médecin de campagne, mon père était d'astreinte 24 heures sur 24 et 7 jours sur 7. Si un patient se trouvait en situation d'urgence, soit il venait à son cabinet, soit c'était mon père qui se déplaçait chez lui. Nos repas étaient interrompus par des visites à domicile, nos projets de vacances annulés à cause d'un accouchement imminent, et on a grandi en sachant que les besoins de notre propre famille passaient au second plan. Mon père en était conscient, alors, quelque temps après la naissance de Sammy, mon frère, il a repris ses études à l'école de médecine d'Albany pour achever sa spécialisation en gynécologie. Au moment où il la terminait, un jeune confrère tout juste diplômé en médecine générale cherchait à s'établir dans une petite ville. Mon père lui a vendu tout son équipement médical, a fermé son cabinet et pris un poste au planning familial d'Albany, à partir de quoi on a commencé à mener une vie normale. Ça a entraîné quelques changements, bien sûr. Ma mère a dû trouver un emploi et la maison paraissait beaucoup plus grande sans le cabinet, mais, pour la première fois, on avait notre père pour nous le week-end – il pouvait participer à l'entraînement de l'équipe de foot de Sammy et me conduire à mes compétitions de natation, voire à l'école, si on ratait le bus. Et puis on avait enfin des vacances en famille.

Mais surtout, vu que j'étais désormais trop grande pour partager ma chambre avec Sammy, le cabinet de mon père a été aménagé en studio pour moi. Ma salle de bains sentait encore le révélateur de radiographies et j'étais parfois réveillée par des coups à la porte latérale : un accidenté de la route au crâne sanguinolent, une femme serrant un bébé malade ou un homme souffrant de douleurs de poitrine qui n'étaient pas au courant que mon père n'exerçait plus là. À tous, j'expliquais comment se rendre aux urgences de l'hôpital d'Ellenville. Il y avait toujours une partie de moi qui croyait aux ondes et aux fantômes. Habitant un ancien cabinet médical, où des vies avaient été sauvées, des plaies suturées et de mauvaises nouvelles annoncées, je dormais d'un sommeil agité, même si je n'étais séparée de mes parents que de quelques mètres. J'entendais leurs conversations, leur vie qui bourdonnait dans les pièces adjacentes. Ils m'appelaient pour des repas déjà entamés. Le soir, je rentrais dormir dans mon studio. C'était mon espace à moi. J'avais ma propre entrée. Je pouvais fumer, faire venir un petit ami en cachette, écouter ma musique à fond.

De la fenêtre de ma chambre, j'avais vue sur le bois derrière chez nous, une forêt des Catskills parsemée de hautes épinettes rouges et noires, d'épais sapins baumiers et de sorbiers élancés. Des cerfs de Virginie grignotaient les branches tendres du pommier que mon père avait planté en bordure de notre terrain. Un soir d'hiver, après le dîner, alors que c'était mon tour de sortir les poubelles, j'ai vu un lynx sous un arbre, son corps brun tendu sur fond de neige blanche, une patte levée, les yeux rivés sur moi, évaluant si j'étais amie, nourriture ou menace. Je n'ai pas eu peur. J'ai tenté de soutenir son regard. Notre affrontement visuel terminé, il a bondi et disparu dans les fourrés d'aulnes.

Un autre soir, sous le même arbre de cette même forêt des Catskills, un homme a braqué un fusil et envoyé un projectile à travers la fenêtre de notre cuisine, répandant le cerveau de mon père sur le sol, projetant son sang sur la porte blanche de notre réfrigérateur. Sammy et moi étions en train de manger notre dessert – du gâteau au chocolat avec une boule de glace vanille – pendant que papa faisait la vaisselle. Il avait envoyé maman bouquiner au salon.

— Gloria, chérie, tu as préparé le dîner, à moi de débarrasser.

Ma mère n'a pas entendu le coup de feu, seulement le hurlement de mon frère. Elle s'est précipitée dans la cuisine, a découvert mon père étendu par terre, fermé le robinet de l'évier, attrapé Sammy dans ses bras et l'a emmené ailleurs. Comme dans tous les meurtres, la balle qui avait mis fin à la vie de mon père avait changé la nôtre à jamais.

J'étais seule, dernier être humain au monde. Une paire de ciseaux géante avait coupé tous les fils qui me reliaient à toutes les personnes que j'aimais et connaissais. Mon corps me semblait fumée de cigarette. Je croyais que j'allais m'élever en volutes et être aspirée dehors dans la nuit noire par la vitre brisée, mais il ne s'est rien produit de tel. Ma mère est revenue, m'a pris la main et m'a entraînée dans le séjour. Elle m'a assise à côté de Sammy sur le canapé, nous a enlacés et a appelé le 911. J'avais dix-sept ans. Mon frère, Sammy, neuf.

La police municipale a cherché le tueur. Elle a ratissé la forêt avec des chiens, installé des barrages routiers, vérifié les stations-service équipées de caméras de surveillance. Elle a fait appel au FBI, à la police de l'État de New York et à un bataillon d'experts scientifiques. L'assassin était rusé. Il avait rejoint son poste de tir en chaussettes, donc pas d'empreintes de chaussures ; il avait tiré campé sur une bâche de peintre qu'il avait remportée avec lui, donc aucune fibre à analyser ; il n'avait rien mangé, fumé ou bu en attendant son heure. Pas un mégot de cigarette, pas un bout de sucrerie, pas une goutte d'urine échappée de sa vessie. La douille n'a jamais été retrouvée. La balle qui a transpercé le crâne de mon père était de fabrication artisanale ; impossible à tracer. Le tueur était un virtuose de sa profession. Sauf que moi aussi, et je la trouverai, cette *immonde crevure*. Il a tué mon père et détruit ma famille. Ce ne sera pas *Moi seul en suis revenu pour te le dire*[1]. Non. Ce sera *Moi seule en suis revenue pour me venger, pas d'une bête baleine blanche, mais d'un humain intelligent.*

J'ai intégré les forces de l'ordre parce que Ernie Saldana m'a expliqué que j'aurais plus de chances de choper l'*immonde crevure* si je renonçais à suivre ma passion (ou était-ce mon rêve ? Je les confonds un peu), à savoir une admission anticipée à Stony Brook, suivie d'une maîtrise et d'un doctorat en littérature anglaise à Cornell. Alors j'ai suivi ma rage. Après le lycée, j'ai fait deux ans au Rockland Community College, à Suffern, décroché un diplôme de premier cycle en justice pénale, et continué deux ans de plus au John Jay College of Criminal Justice. J'ai fait des petits boulots pendant le processus de recrutement au sein de la police de Long Island City, où j'ai pu entrer par le biais de son école de police. Je me suis tapé trois ans de patrouille et aujourd'hui, je suis lieutenante de la brigade criminelle, moins lettrée, mais armée d'un Glock. Si jamais je me retrouve à me balader sur cette plage en hiver, main dans la main avec Ryan Reynolds, et que je croise l'*immonde crevure*, je m'excuserai auprès de Ryan, soulèverai ma veste évasée, dégainerai mon flingue et tirerai dans l'abdomen de l'*immonde crevure*. Ensuite, je lui laisserai le temps d'entrevoir ses entrailles sanguinolentes avant d'achever sa misérable existence d'une balle à bout portant en plein cœur.

1. Herman Melville, épilogue de *Moby Dick* (citant le livre de Job), dans la traduction de Jean Muray.

À la réflexion, je pourrais le laisser agoniser dans des souffrances inimaginables et reprendre ma balade hivernale sur la plage avec Ryan, les cris de l'*immonde crevure* étouffés par ceux des mouettes et le fracas des vagues. Ensuite, peut-être que je m'inscrirais à Stony Brook pour recommencer ma vie en m'adonnant à des travaux littéraires. Peut-être.

Mon psy en accompagnement de deuil m'a suggéré la méditation. J'en fais souvent. Mon mantra est *crève, crève, crève* tandis que je revois papa à terre, Sammy hurlant devant son père privé de la majeure partie de sa tête, donc pas son père du tout mais un film d'horreur, méconnaissable parce qu'il n'avait pas de mots pour rassurer son fils, méconnaissable parce qu'il ne pouvait pas se lever et dire : *Tout va bien, Sammy chéri. Ce n'est pas vrai. Je suis vivant, c'est un cauchemar, ce n'est pas arrivé.* Rien de tout cela ne s'est produit alors Sammy a hurlé, hurlé jusqu'à ce que, comme je l'ai dit, ma mère arrive, le prenne dans ses bras et l'emmène hors de la cuisine.

Des années plus tard, maman m'a dit qu'elle se préparait au meurtre de son mari depuis le jour où il avait fait son entrée sur la liste des personnes condamnées à mort par l'Armée de Dieu. Selon le *New York Times*, il s'agit d'un groupe anti-avortement lié à des extrémistes violents. « Lié » ? Comme la SS était « liée » à des nazis violents ? Leur site web clame : *Que celui qui n'a pas de glaive vende son manteau et en achète un (Luc 22:36)*, et aussi : *Ceux qui soutiennent l'avortement ont le sang de bébés sur les mains.* Ils célèbrent en héros les tueurs de médecins. L'assassin de mon père ne figure pas à ce panthéon – il est toujours anonyme – mais quand il y entrera, il ne sera plus en vie pour le constater. Grâce à moi.

Ma mère se voyait comme une femme de soldat : Grace Kelly attendant le retour de James Stewart après le test d'un nouvel avion de chasse, ou peut-être la femme de Dirty Harry qui le regarde enfiler son .44 Magnum et embrasser les enfants en se demandant s'il reviendra. Mon père ne se considérait pas comme un héros ; c'était un médecin qui estimait que les décisions concernant le corps des femmes revenaient aux femmes. Il respectait leur autonomie, leur faisait confiance pour déterminer ce qui était le mieux pour elles et leurs familles. Ses parents étaient venus d'Iran ; un couple de médecins émigré aux États-Unis dans les années 1950 pour échapper au chah. Comme eux, il avait travaillé dur pour devenir médecin à son tour ; comme eux, il ne laisserait personne lui dicter comment pratiquer la médecine, pas plus les membres de la dynastie du Paon que les brutes de la Savak, les mollahs et leur police de la pensée ou encore, aux États-Unis, les zélateurs de l'Armée de Dieu. Je ne connais pas son nom, à cet homme qui a pressé la détente – mais je l'aurai, cette *immonde crevure* qui a assassiné mon père avec un fusil à lunette.

À la clinique de planning familial où mon père exerçait, le personnel avait été formé à identifier les appels suspects, à repérer les personnes susceptibles de se faire passer pour des patientes afin d'infiltrer l'établissement. Les alertes à la bombe étaient monnaie courante ; les opposants se transmettaient les numéros d'immatriculation et les adresses des employés et, dans le cas de mon père, l'Armée de Dieu a même publié l'adresse de notre domicile ainsi que des photos de nous sur son site Internet. La mienne provenait du trombinoscope de mon collège, celle de Sammy le montrait dans son uniforme de louveteau – comment s'étaient-ils procuré ça ? Le portrait de mon père avait été retouché pour s'inscrire dans le viseur d'un fusil à lunette. Les autres praticiens de la clinique étaient également pris pour cible. Une doctoresse avait vu sa voiture incendiée ; les infirmières et les secrétaires étaient suivies ; tous recevaient des menaces téléphoniques, des courriers haineux ; ils avaient appris à ne plus décrocher, s'étaient débarrassés de leur boîte aux lettres pour tout faire suivre dans des boîtes postales. Les plus courageux tenaient bon, mais personne ne faisait grief à ceux qui jetaient l'éponge. Sur le site de l'Armée de Dieu, mon père était accusé du meurtre de 600 bébés. Après son assassinat, ils ont affiché la silhouette anonyme d'un « Guerrier pour les enfants ». Pourtant, aucun élément ne permettait de relier le tueur à l'Armée de Dieu. J'en connaissais certains membres – ceux qui étaient en prison et ceux qui en sortaient ; ceux qui avaient menacé ou attaqué des cliniques d'avortement, des centres de planning familial ; les fous, les fanatiques et leurs avocats qui bossaient gratuitement ; les membres du clergé qui, en chaire, les encensaient. Seulement je cherchais un nom, et la raison pour laquelle j'étais devenue flique n'avait vraiment rien à voir avec Angie Dickinson.

— Entre dans la police, deviens enquêtrice et tu auras accès aux bases de données criminelles. Tu pourras consulter les fichiers du FBI et de la NSA, et tu pourras interroger ceux des autres services. Tu cherches un nom, probablement un habitant de l'État de New York, ex-militaire, bon tireur, peut-être même flic, mais assez malin pour ne pas se faire repérer.

— Je le trouverai, Ernie. Je le trouverai.

Un jour, mon mec, Bobby, m'a sorti :

— Tu es une salope vengeresse semeuse de chaos.

— Excuse-toi, ai-je exigé. Mais seulement pour « salope » ; le reste est exact.

Sammy et moi avons eu droit à une aide psychologique. Je ne vois pas comment il aurait pu être aidé en quoi que ce soit, et encore moins pour son deuil. Il a sombré dans une stupeur catatonique qui a duré trois mois. Quand j'entrais dans sa chambre, il s'asseyait tout droit au bord de son lit, pinçait les lèvres et me dévisageait jusqu'à ce que je détourne les yeux. Puis il vrillait le buste et se laissait tomber en arrière sur le matelas. Étendu là, immobile, les poings serrés au niveau de la taille, il fixait le plafond. Les médocs, principalement des benzodiazépines, l'ont remis en mouvement. Il est retourné à l'école, où il a été traité avec une extrême gentillesse, à l'exception de Paul Singer, une petite brute qui s'amusait à lui murmurer à l'oreille que son père était un tueur d'enfants qui méritait de mourir. Le propre père de Paul était un alcoolique qui battait régulièrement son fils et lui enseignait la valeur de la cruauté. Le directeur de l'école est intervenu avec autorité sans que maman ait besoin de le menacer de poursuites. Il a embarqué Paul dans un programme de tutorat de sa paroisse et envoyé son père aux Alcooliques anonymes. Paul a fini par comprendre ses erreurs et les brimades ont cessé.

Sammy n'a plus voulu aller à l'école, même après que Paul Singer eut trouvé la foi et que son père se fut racheté. Il disait simplement, comme Bartleby, qu'il *aimerait mieux pas*. Maman l'a hospitalisé à Jericho Pines, une clinique psychiatrique privée dans les Berkshires. Jericho facturait 7 000 dollars la semaine, avec un séjour minimum de six semaines ; si maman n'avait pas été la cousine du directeur de la clinique, le Dr James Andrews, que son assurance maladie n'ait pas réglé à contrecœur la majeure partie des frais, et qu'un conseil d'administration n'ait pas renoncé à la différence, mon frère ne se serait pas retrouvé là avec d'autres ados suicidaires – certains avaient d'ailleurs fait des expériences désastreuses avec des drogues psychédéliques –, dont presque tous étaient simplement riches et timbrés – passez-moi la terminologie non médicale.

Sammy a commencé à enfreindre les règles de Jericho en s'échappant et en tentant parfois de se suicider par surdose de médicaments.

Le médecin qui le suivait disait : « Ce sont des appels, pas de véritables tentatives. Il a juste besoin de temps pour aller mieux. »

Malheureusement, le cousin de maman, le Dr Andrews, nous a signifié que Jericho ne pourrait pas le garder indéfiniment, alors on a dû commencer à réfléchir à d'autres solutions. Il n'y en avait pas. C'est ça, le truc, avec le meurtre. Vous ne tuez pas seulement une personne ; vous répandez la mort par ricochet, comme un galet jeté dans un étang.

De nous trois, c'est Sammy qui a le plus souffert ; il était le plus jeune et on savait que son chagrin serait celui qui durerait le plus longtemps. Il a pris fin l'année de ses onze ans, lors de l'une de ses fugues de Jericho. Une conductrice l'a vu debout sur la route, juste sous la crête d'une colline ; le temps qu'elle s'arrête, le chauffeur d'un camion de ciment, l'ayant aperçu trop tard, l'avait écrasé sous ses roues. Ma mère a survécu à la mort de Sammy, mais pas de beaucoup. Son cœur s'est arrêté sans bruit dans son sommeil, paralysé par la tristesse et la conviction que son amour n'avait pas réussi à sauver son cher Sammy.

Je suis tenue de venger mes propres pertes – mon père, ma mère, mais surtout le malheur infligé à mon petit frère. Celui qui a fait ça, l'*immonde crevure*, périra de mes mains quand je l'attraperai.

J'ai vécu un temps à Eaton's Neck, un doigt arthritique sur la côte nord de Long Island. En me penchant à mon balcon, je voyais le Connecticut de l'autre côté du détroit. Jay Gatsby et moi avions la même vue ; son balcon était plus grand. La plage en contrebas était accessible grâce à un escalier en bois érodé par les intempéries. En hiver, quand j'étais de repos, j'arrachais des nœuds de moules sur les rochers à marée basse. Il n'y avait aucun endroit pour un assassin où se cacher et me tirer dessus.

J'avais acheté l'appartement avec mon fiancé, Darren. Il m'a racheté ma part après que je lui ai fait faux bond à notre mariage. J'avais essayé, vraiment, mais à la dernière minute je me suis rendu compte que j'allais épouser un médecin. Je ne pouvais pas ; j'en avais déjà perdu un.

Darren terminait son internat de chirurgie au Centre médical des anciens combattants de Northport. Moi, j'étais fraîche émoulue de l'école de police. Notre rencontre a été croquignolette : il était en excès de vitesse et moi, en patrouille d'entraînement. Après avoir réussi à me convaincre de ne pas lui mettre de prune, il m'a invitée à dîner. On aimait tous les deux l'idée de la profession de l'autre. Il aimait que j'aie un flingue dans mon sac et j'aimais avoir un médecin à mes côtés quand je ne me sentais pas bien. Le problème, c'est qu'on avait des horaires impossibles et incompatibles, Darren avec son internat en chirurgie, moi en tant que flique débutante dans la police de Long Island City, dévorée par l'obsession de retrouver l'assassin de son père.

Darren connaissait mon histoire tragique. Il compatissait, mais il possédait une âme de chirurgien : on diagnostique le problème ; si c'est une tumeur, une déchirure du ménisque, une luxation de la hanche, on enlève, on répare et on guérit.

— Tourne la page, disait Darren.

— Quelle page ? répondais-je à chaque fois.

— Cette idée de vengeance.

Parce que Darren, homme de raison, éprouvait une aversion convenable et civilisée pour la vengeance (à part dans les films – *Vas-y, Arnold ! Vas-y, Denzel !*). Il considérait mon désir de retrouver et de punir l'*immonde crevure* comme à la limite de l'instabilité mentale. Il avait raison. Je traîne de sérieuses casseroles. Darren s'est montré patient pour supporter ma dépression, mes sautes d'humeur, mes larmes et mes crises de rage. Je l'aimais et le détestais tour à tour pour sa compréhension, son calme, son attention constante. Il a fini par me diagnostiquer un syndrome de stress post-traumatique. Il m'a prescrit du Zoloft. Je lui ai dit que ce que je voulais, c'était une boîte de balles à pointe creuse, mais que j'essaierais les médocs.

— Je ne comprends pas ta soif de vengeance, c'est tout, a-t-il dit.

— Tu n'as pas à la comprendre. Elle est à moi. Elle m'appartient, et je la garde. Merci pour les cachets, mais ça n'effacera rien.

Notre interdépendance est devenue un fil conducteur, jusqu'à la seule fois où on n'a pas été là l'un pour l'autre. Il s'est fait agresser à un distributeur automatique de billets et j'ai balancé le Zoloft aux chiottes. À partir de là, notre relation s'est détériorée. Dans une folle tentative d'arranger les choses, il m'a demandée en mariage. Et dans un mouvement tout aussi fou, j'ai accepté. Ni l'un ni l'autre n'étions sincères. Alors, quand je ne me suis pas pointée au bureau des mariages du comté de Queens le jour J, ça n'a été qu'un moment un peu gênant, pas vraiment une surprise.

On ne possédait pas grand-chose en commun. Il a pris la télé, j'ai gardé les gravures d'Escher. Ensuite, on a avancé sur le grand échiquier de la vie ; Darren est devenu un chirurgien orthopédique très recherché tandis que j'étais nommée par deux fois enquêtrice de l'année. Je l'ai vu cité par le *New York Magazine* comme l'un des meilleurs spécialistes de la prothèse de hanche à Manhattan. Je me demande si lui a vu mes distinctions dans *Newsday*.

À la fin de ma dernière année de lycée, Wren Ballard, une assistante sociale, était venue de Poughkeepsie et m'avait emmenée dans un café.

— Je ne vais pas chez Starbucks, a-t-elle précisé.

Wren était maigre et grêle, le visage étroit et pincé, coiffé d'un chignon blond vénitien. Sa démarche disgracieuse sur la pointe des pieds évoquait l'oiseau dont elle portait le nom – un roitelet nerveux qui picoterait le sol. Plus tard, elle m'a révélé qu'il s'agissait d'un Parkinson précoce. Elle nous a commandé des milkshakes au chocolat et m'a dit :

— Je suis accompagnatrice en deuil et en chagrin. Comment puis-je t'aider ?

— Je n'ai pas de chagrin. J'ai la rage. Et je ne veux pas qu'elle s'en aille.

— C'est normal, mais tu vas quand même devoir te confronter au deuil.

On a bu nos milkshakes et elle m'a adressée au Dr Feldman, qui venait de terminer ses études de psy à l'école de médecine d'Albany.

— Si vous aviez l'assassin de votre père ligoté à une chaise devant vous et que vous puissiez lui faire tout ce que vous vouliez, qu'est-ce que ce serait ?

Ça m'a plu qu'il aille droit au but. Mais c'était une question facile. J'étais devenue érudite en matière de douleur, de torture, de fantasmes de mutilation. *En v'là une, doc, une de mes punitions préférées. Elle date du début du XVIIe siècle à Londres, mais elle est très en avance sur son temps.*

— Je reproduirais le châtiment infligé aux conjurés de la conspiration des Poudres. Ils ont été condamnés à être « mis à mort à mi-chemin entre le ciel et la terre, étant indignes des deux ». On leur a coupé les parties génitales avant de les brûler sous leurs yeux, on leur a arraché le cœur, qu'on a montré encore battant à leurs victimes tandis que les dernières gouttes de sang crachotaient de leurs veines comme d'un tuyau d'arrosage fermé. On les a décapités et démembrés, et les parties de leur corps ont été suspendues à des mâts pour servir de « proie aux oiseaux des cieux ».

Le Dr Feldman a déclaré :

— Ça me semble correct.

Il m'a prescrit du Stilnox.

— Vous dormirez mieux mais continuerez à vous lever dégoûtée et furax.

Les jours qui avaient suivi le meurtre, on nous avait installés dans un Holiday Inn de Kingston. On n'est jamais retournés à la maison de Grahamsville. De gentilles dames sur place ont emballé tout ce qui avait de la valeur, tant sentimentale que pratique, et l'ont entreposé jusqu'à ce qu'on trouve un appartement en location à quelques kilomètres de là, à Hurley. On gardait les stores baissés, les rideaux tirés, on essayait d'être saufs. Le soir, Harry Dill, qui déneigeait notre allée en hiver, venait se poster en bas dans son pick-up.

— Juste pour faire le guet, disait-il.

En réalité, on n'était pas en danger, comme nous en a informés un appel anonyme après notre emménagement. « Aucun mal ne vous sera fait, car votre père et mari n'assassinera plus de bébés innocents. Réfléchissez à ses fautes et trouvez la rédemption en Jésus-Christ notre Seigneur. »

C'était gentil et attentionné. Je m'en souviendrai, juste avant de buter l'*immonde crevure*.

Ernie ne perd pas de temps en *Salut, comment ça va, quoi de neuf, il fait beau ?* dans un coup de fil depuis Maui. Il est ric-rac, refuse d'appeler par Skype ou FaceTime, et a quelque chose d'important à m'annoncer.

— Nina, les Fédéraux ont un client en détention à Honolulu. Il est inculpé de trafic d'armes, du sérieux, et il veut passer un accord. Il est prêt à balancer tous les noms qu'il peut pour une réduction de peine. Il a celui d'un mec qui lui a acheté un fusil de précision et qui appelait ça un *sauve-bébés*. Il en a parlé à une proc qui se souvient de l'affaire de ton père.

Un *sauve-bébés*. Dans les franges les plus extrêmes de la clique anti-avortement, c'est le surnom du Remington M24, un fusil à lunette précis jusqu'à 800 mètres, huit fois la distance de l'orée du bois à la fenêtre de notre cuisine.

J'en ai vu dans des foires aux armes à feu ; ça vaut dans les 1 000 dollars. Ils n'ont pas lésiné sur la dépense, pour mon père. Quand je repense aux menaces de mort qu'ils lui ont envoyées, sa tête photoshoppée dans le viseur d'un fusil, je me demande pourquoi le monopole de la terreur est entre leurs mains. Mes parents l'ont vécue, et ils ont eu beau faire de leur mieux pour le cacher à leurs enfants, Sammy et moi aussi, on l'a vécue.

Pourquoi devait-on vivre dans la peur alors que les gens qui s'opposaient à nous, non ? Ils manifestent en toute sécurité devant les cliniques gynécologiques, protégés par la police, parfois par moi quand j'étais encore débutante. C'était une mission que j'adorais. J'étudiais les visages des manifestants, épiais les conversations, tendais l'oreille en quête d'indices. Entendrais-je parler de l'homme qui avait tué mon père ? Je me demandais pourquoi ils avaient le droit de nous terroriser sans connaître eux-mêmes la terreur. Qu'est-ce qu'il faudrait pour que ça change ? Quelques petits meurtres au hasard : une cartouche de .30-06 tirée à 800 mètres dans le crâne d'une mamie à la Norman Rockwell brandissant la pancarte d'un fœtus en bocal ? Ça pourrait faire réfléchir ses comparses pro-vie bien intentionnés. Ou cette autre brave mamie et son mari bien intentionné qui traversent le pays dans leur camping-car bien intentionné afin de manifester devant des cliniques gynécologiques comme d'autres couples de retraités vont assister à des matchs de base-ball junior ou visiter les parcs nationaux. Et si je leur envoyais une lettre (non signée) avec des photos de leurs petits-enfants, leur adresse, celle de leur école et leurs petites bouilles innocentes encadrées dans le viseur d'une lunette télescopique de *sauve-bébés* ? Vivez avec ça, mamie et papi. C'est ce que mes parents ont vécu.

Ils s'inquiétaient pour nous, pour eux-mêmes. Ça faisait partie de leur vie. C'est pour ça qu'ils ont adoré le Kapalua Beach Motel. Là-bas, leurs enfants étaient hors d'atteinte.

Je sais bien que ce sont là les rêveries de la vengeance. Elles s'éveillent d'un coup à 3 heures du mat, éliminant le Stilnox, accompagnées de désespoir et de deuil. Ces rêveries vont à l'encontre de la justice, de la loi et de la civilisation. Je connais cette partie de moi. Je sais que la soif de vengeance est barbare. C'est aussi la rage d'une adolescente. Je suis contente d'avoir eu dix-sept ans quand mon père a été assassiné. Si j'avais été plus âgée, plus mûre, je n'aurais pas cette obsession ; il ne serait pas gravé en moi au fer rouge, ce désir de le venger.

Cela dit, je suis officier de police. Mon devoir est de trouver et d'arrêter les gens qui enfreignent la loi. Je reconnais que c'est à l'État de rendre la justice dans tous les cas – sauf le mien.

Je demande à Ernie :

— Les Fédéraux vont accepter un accord ?

— Je n'en sais rien. Je vais aller à Honolulu pour voir, mais ça m'étonnerait.

— Tu peux le pousser à parler sans accord ?

— Je le suspendrais volontiers par les pieds du haut de l'hôtel Hyatt pour lui tirer les vers du nez, mais ce n'est pas possible.

— Je peux prendre le prochain avion.

— Je sais, ma belle. Laisse-moi d'abord vérifier si c'est du solide ou pas.

Sans crier gare.

7

La maison des Steevers est classique : de plain-pied, en brique et bois blanc. Elle occupe une parcelle de 500 mètres carrés de terrain plat dans un lotissement résidentiel de South Flushing, bâti après-guerre pour le retour des GI. C'est le même entrepreneur qui a construit toutes les baraques, elles ne présentent donc aucune différence hormis les voitures dans les allées et les décos de Noël encore en place. Quand les arbres sont en fleurs, les propriétaires bénéficient peut-être de quelque intimité, mais là, en ces jours morts de fin d'hiver, le pavillon des Steevers et ceux de leurs voisins sont aussi à découvert que des cailloux blancs sur un plateau de Monopoly. Ouvrez vos rideaux et vous n'aurez aucun secret.

— Vous l'avez trouvé ? demande Mme Steevers.

— Tu l'as trouvé ? demande Sammy.

Il me parle dans le salon de Jericho Pines. C'est comme ça qu'on entame nos conversations.

— Tu l'as trouvé ?

— Pas encore, mon grand, mais je le trouverai.

Rassuré, Sammy se renfonce dans son fauteuil et on attaque une partie de gin rami. C'est toujours moi qui distribue en premier.

Assise en face de Mme Steevers, je ne bronche pas. Je sirote le café qu'elle m'a servi et regarde par la baie vitrée les pelouses jaunies, boueuses, tachetées de mottes de neige noire. Le printemps est à notre porte. Je vais distribuer les cartes en premier.

— Le problème, madame Steevers, c'est que Ronald est un adulte. Nous avons un protocole pour les personnes disparues. D'abord les enfants – plus ils sont jeunes, plus la réaction est immédiate. Vous avez vu les alertes enlèvement. Ensuite, notre priorité va aux personnes âgées atteintes d'Alzheimer ou de démence sénile, les gens qui s'égarent. Les adultes passent en dernier. Je sais que Ronald était officier de police à Farmingdale. Ça fait de lui un frère d'armes, madame Steevers. Nous prenons ce genre de disparition très au sérieux. Ça le place au sommet de la liste – de *ma* liste. Dites-moi, est-ce que Ronald avait des ennemis ? Est-ce qu'il a reçu des menaces qui auraient pu être liées à son ancienne profession ?

— Ronald n'avait qu'un seul ennemi. Sa femme.

Elle dit ça avec un sourire. D'un seul coup, j'en ai ma claque de jouer les psys amateurs, les flics rusés ou les tricheurs. J'aspire à la simplicité d'arrêter un véhicule et de demander poliment son permis de conduire et sa carte grise au chauffeur pendant que mon équipier vérifie l'immatriculation et me fait signe que c'est une voiture volée. *Mettez les mains sur le volant, s'il vous plaît* ; mon arme est sortie de son étui dans mon dos pendant que mon partenaire contourne le véhicule.

— Vous devez tout me raconter sur Ronald et sa femme.

— Il n'y a rien à raconter. C'est une garce, une folle.

— Écoutez, madame Steevers, votre fils a disparu. Il a laissé sa voiture au garage, ne s'est pas présenté au travail, n'a utilisé ni ses cartes de crédit ni son téléphone. Je connais ces signes. Je vais partir du principe qu'il lui est arrivé quelque chose. Je ne tiens pas à ce que vous passiez du statut de parent inquiet à celui, moins agréable, de personne dissimulant des informations qui pourraient conduire à l'appréhension d'un criminel. Il en va de même pour votre mari, s'il adopte la même attitude.

Mme Steevers baisse les yeux sur sa tasse. Il n'y a pas de feuilles de thé à y lire.

— Parlez-moi de sa femme, s'il vous plaît.

— C'est elle qui a fait virer Ronald de Farmingdale.

— De quelle manière ?

— Ils se sont disputés, elle a commencé à le frapper – je vous l'ai dit, elle est folle. Il a dû se défendre. Après, elle est allée au poste de police pour dire qu'il l'avait battue.

— Et la fois suivante ?

Mme Steevers me regarde comme si j'en savais plus qu'elle ne le pense. Pas du tout. Je ne fais que supposer.

— Ils l'ont crue, mais elle ne faisait ça que pour lui nuire.

— Ils sont restés ensemble, exact ?

— Oui.

— Pourquoi ?

— Je lui ai posé la question plein de fois. Vous savez ce qu'il me répondait ?

Je savais. *Parce que je l'aime.*

8

Au poste, c'est le branle-bas de combat. On a retrouvé une jeune femme poignardée à mort dans sa voiture sur la 24e Rue, non loin de Queens Boulevard. Tous les enquêteurs de la Crim sont rassemblés en salle de réunion en attendant que la commandante Hagen nous briefe et affecte des gens à l'affaire. La victime se nomme Anita Cavastani, trente-deux ans, serveuse à la Trattoria Amalfi, qui, d'après Yelp, est un traiteur italien très bien coté à Manhattan. Elle est morte sur le siège passager de son propre véhicule, une Toyota de 2006, ce qui signifie qu'elle devait connaître son meurtrier – parent, mari, petit ami, petite amie. Pourquoi n'était-elle pas au volant ? L'agent Schwartz nous tend des photos de la scène de crime. On les étudie avant de les passer à notre voisin de droite, jusqu'à ce qu'elles reviennent toutes à Schwartz, qui les tapote en une pile bien propre. Comme si on venait de regarder les photos de ses vacances en famille à Disney World, femme et enfants posant avec Mickey et son sourire cousu au visage, au lieu de celles d'une jeune femme avachie sur sa portière passager, la tête coincée entre la vitre et le dossier.

Mlle Cavastani a dû reculer tant qu'elle pouvait, mais elle était encore à portée de lame. Des taches noires sur sa fine veste en cuir marquent les coups portés à son corps, un lambeau de chair pendant à sa joue laisse voir une rangée de molaires blanches. Ses mains et ses poignets sont zébrés de rouge là où elle a tenté de se protéger des assauts de la lame. On voit sur sa gorge blanche la profonde entaille qui a dû la tuer. Le siège avant est éclaboussé de son sang. Je jure, comme chaque fois que je suis témoin d'une boucherie humaine, de ne plus jamais manger de chair animale.

La commandante Hagen me charge de l'enquête et m'invite à constituer mon équipe. Je vais prendre Linda Fuentes et Sean Higgins. Le lieutenant Higgins est un gros bosseur au passé insolite. Il a suivi des études de maths à Penn grâce à une bourse complète, décroché un diplôme de droit à Columbia, et renoncé à passer l'examen du barreau. Il a expliqué à ses parents qu'il n'était intéressé que par un métier d'action et d'aventure. Il s'est envolé pour Tokyo, a passé un an à se perfectionner en karaté dans un dojo pourri, puis il est rentré aux États-Unis pour s'enrôler dans les marines. Après avoir été envoyé deux fois en Afghanistan, il a postulé auprès des services secrets, qui l'ont refusé, tout comme le FBI, la CIA et la DEA. Malheureusement, ses parents avaient milité cinq ans dans les rangs du collectif de gauche radicale Weather Underground dans les années 1970, fuyant certaines des institutions que lui cherchait à intégrer. En termes d'habilitation de sécurité, Higgins était tellement grillé que même les garde-côtes ne voulaient pas de lui.

La direction éclairée de la police de Long Island City lui a offert un poste et, en un an, il passait lieutenant. S'il parvient un jour à se libérer des fautes de ses parents, il pourrait bien finir par prendre la tête du service.

Je vais aussi demander à Bobby B de chercher tout ce qu'il peut sur la victime – la commandante Hagen n'en saura rien –, ce qui me laissera les mains libres pour enquêter sur la disparition de Ronald Steevers ainsi que sur l'avoueur en série et possible tueur M. McDermott. Plus, si tel est mon choix, sur la disparition du chat du fils d'un présentateur météo.

Mais rien de tout cela n'est plus important que ce qu'Ernie Saldana peut m'apprendre depuis Maui sur un homme qui a acheté un *sauve-bébés*.

9

Je retrouve McDermott au Molly Bloom's sur Queens Boulevard. C'est un pub irlandais sympathique dont les clients, à quelques exceptions près, pensent que Molly Bloom est la patronne. Il y a un groupe de musiciens qui jouent des reprises des Clancy Brothers le mardi soir. Et le dimanche soir, le véritable proprio, Saul Rifkin, laisse un club de lecture de pièces de théâtre se réunir dans le caveau. Vu que McDermott a déjà avoué son crime, je considère qu'on a établi un lien. On peut zapper les banalités d'usage. On commande à boire : bourbon pour lui, Coca light pour moi. Ce n'est pas ma langue qui a besoin d'être déliée.

— Monsieur McDermott, on a un autre meurtre dans le quartier.

— Vous pouvez m'en parler ?

— Pas au-delà de ce qu'en disent les journaux.

— Je ne crois pas qu'on lise les mêmes journaux.

Il a raison. Ce crime n'aurait pas droit à une ligne dans son *Wall Street Journal*. Il ferait la une de mon *Newsweek*.

— Une jeune femme a été poignardée à mort dans sa voiture.

— Pas mon style.

— Votre « style » ?

On parle de cul, là ? Comment vous assassineriez une jeune femme, monsieur McDermott ? C'est quoi, votre style ?

— Vous pouvez me la décrire ?

— Blanche, vingt-trois ans, 1,55 m, mince, jolie, prof d'anglais langue étrangère à Roosevelt.

Il y a quelques mensonges là-dedans. J'espère qu'il me corrigera.

— Possible.

— Possible ? Vous pouvez développer ?

— Je vous dirai que je ne dors pas très bien.

— C'est une conséquence de *possible* ?

— Oui. À 4 heures du matin, la culpabilité est comme une tasse de café serré.

— On est tous un peu coupables. Vous êtes suivi par quelqu'un, maintenant ?

— Il m'a raconté une parabole, mon psy. Oui, je suis suivi.

J'ai un faible pour les gens qui s'expriment par ellipses, mais je ne dois pas me laisser attendrir par celui-là.

— Quelle parabole ?

— Elle est peut-être apocryphe, mais elle pourrait s'appliquer à mon cas. Le psy a un ami, un pédopsychiatre, dont l'un des patients est un petit garçon de dix ans. L'enfant a poussé sa jeune sœur par la fenêtre de leur appartement. Elle en est morte. Il n'a aucun souvenir de l'événement. Le psy doit-il l'aider à se le rappeler ou, au contraire, s'assurer que la mémoire ne lui revienne jamais ?

Ça me fait penser à la fable que je lui relaterais s'il s'agissait d'une conversation normale, l'histoire d'un homme qui a le cœur brisé parce que sa femme l'a quitté. Elle lui manque terriblement, il est malheureux, déprimé, inconsolable. Il va voir une envoûteuse et lui demande si elle peut l'aider. « Bien sûr, mon cher. Voulez-vous que je fasse en sorte que votre femme retombe amoureuse de vous ou voulez-vous que je vous la fasse oublier ? »

Je garde mon histoire pour moi car ce n'est pas une discussion amicale ; on n'est pas amis. McDermott est ce que j'appellerai un suspect coopératif. Je n'ai jamais entendu ce terme, mais il me plaît.

Je lui dis :

— On vous proposera le crime ; quand il collera, ce sera le vôtre.

Il sourit et lève son verre vers moi.

— Tope là.

Je n'aime pas ma position pendant cet entretien. McDermott est un homme séduisant, en phase avec l'offre artistique qui m'intéresse à New York. Il manie naturellement les acronymes culturels – le MoMA, la BAM, le Met, Eataly. Les raccourcis de Manhattan coulent de sa bouche telles des cartes à jouer retournées par un croupier professionnel. Je me vois à son bras, assise à côté de lui au troisième rang, lisant le programme avant que les lumières ne s'éteignent. Après, il y a un dîner toscan à l'Orso en compagnie d'hommes élégants et de femmes distinguées, dont certains jouaient peut-être dans la pièce à laquelle on vient d'assister. Il essaie juste de me faire passer un bon moment inoffensif et passionnant à la « oui, je vais prendre le tiramisu ». Je songe soudain que je préférerais qu'un mec tente d'attaquer le Molly Bloom's, si possible à main armée, pour que je puisse l'abattre et changer de conversation. J'ai toujours envie de changer de conversation. J'ai aussi envie de me tirer de ce rendez-vous.

— Vous avez mon numéro, monsieur McDermott. Appelez-moi quand vous aurez du solide. Je dois retourner travailler.

Changer de conversation ? D'accord :

Bobby B : Ressemble à un Denzel Washington jeune, mais en plus beau. Plus grand ? Plus noir ? Les muscles puissants d'un joueur de football américain qui durcissent au toucher comme sa magnifique queue ? Ça, je l'ai appris plus tard. Bobby B, qui doit porter des ceintures de petit garçon tant sa taille est fine. Lorsqu'il s'est installé à côté de moi dans l'amphi de l'école de police de Long Island City, j'en ai eu le souffle coupé. Cet homme est d'une beauté si renversante que tout ce dont j'ai rêvé pendant les trente premières secondes, c'était de ne pas être fiancée à mon chirurgien. Quand je me suis calmée, il m'a murmuré : « J'aimerais beaucoup que tu me prêtes un crayon. »

Ce qui pouvait aussi s'entendre comme *Je t'aime, s'il te plaît, prête-moi un crayon.* J'étais retombée en cinquième, assise à côté de Neil Smith, essayant de ne pas le regarder alors qu'il prononçait les mêmes mots. J'ai tendu le crayon à Neil et je me suis retrouvée à faire ses devoirs jusqu'à la fin de l'année. Est-ce que cet élève policier du nom de Robert Booth – c'était écrit sur son badge – était un autre Neil Smith ? Je l'espérais. Il avait le physique mais, allais-je découvrir, contrairement à Neil, il avait aussi une cervelle. Ce qu'il n'avait pas, c'était le désir véritable d'être un citoyen honnête. Il penchait plutôt vers l'autre côté. Bobby a choisi l'illégalité.

Ou, dans sa version à lui :

— Après le lycée, mes perspectives se résumaient aux offres d'emploi de mes parents. Ils pouvaient me placer dans un de leurs kiosques au terminal de JFK pour y vendre des coques de Smartphone – au secours ! Un de mes copains possédait une institution bancaire *ad hoc*. Il avait une ouverture pour un poste de conseiller en crédit, autrement dit un usurier. Je lui ai dit que je songeais à entrer dans la police. Il a trouvé que c'était un excellent choix de carrière parce qu'il y avait beaucoup de pognon à se faire en tant que flic corrompu. Il pourrait m'utiliser à notre avantage réciproque.

Cette conversation a eu lieu peu de temps avant que Bobby ne lâche l'école, comme il s'y attendait.

— Je ne sais pas ce qui m'a fait croire que ce serait un boulot envisageable pour moi. Est-ce que je me rebellais contre mes parents ? Je savais que je pouvais être flic ou escroc, mais pas les deux à la fois. Pas un flic ripou.

Plus tard, au lendemain de la crise de 2008, il a défendu sa profession.

— Les banques refusent de prêter l'argent avec lequel le gouvernement les a renflouées, alors je ne fais que combler le vide. Mon taux d'intérêt est un tout petit peu plus élevé que celui des prêts sur salaire et, aujourd'hui, on ne pète plus les jambes des mauvais payeurs. On travaille avec eux. J'effectue des vérifications de solvabilité – pas celles qu'on peut se procurer à l'œil sur Internet, celles que j'obtiens en allant me renseigner dans le voisinage. Et je suis aussi créateur d'emploi. J'ai prêté des fonds à Adela Nubelo pour qu'elle s'achète une machine à coudre et fasse des retouches à domicile. Elle gagne un peu d'argent ; elle me rembourse, puis me réemprunte de quoi en acheter une deuxième et embauche une de ses copines. Avec les bénefs des deux machines, elle en achète une autre, puis une autre, et bientôt elle dirige un atelier de nanas qui bossent à la pièce pour des clopinettes, et doivent donc solliciter de nouveaux emprunts. Je suis un vrai créateur d'emploi.

Bobby et moi sommes restés en contact tandis que je poursuivais et terminais l'école de police, accomplissais ma première année sur le terrain, rompais mes fiançailles, et étais promue, trois ans plus tard, au grade de lieutenante, ce qu'on a fêté par une partie de jambes en l'air et un charmant dîner dans une suite à l'hôtel Carlyle.

— On devrait faire ça plus souvent, a-t-il dit.

Je n'étais pas d'accord.

— Ça gâcherait tout. J'aurais les affaires internes sur le dos, tu manges trop vite pour moi, je suis une fille de la campagne et toi un gosse du Queens.

Ni l'un ni l'autre ne savions ce que ça voulait dire, mais ça nous a fait taire jusqu'au plat suivant.

On ne vit pas ensemble, mais on partage nos clefs et on stocke chacun assez de fringues et d'articles de toilette chez l'autre pour que ce soit tout comme. On dit : *Chez toi ou chez moi ?* et parfois je rentre à la maison pour trouver Bobby sur le canapé en train de lire un de mes bouquins à sa vitesse de malade habituelle. Ou un des siens pour son club de lecture zarbi dont les membres flottent aux limites de la criminalité : un baron de la livraison de marijuana, un avocat radié du barreau, un cambrioleur de banques à la retraite, une ancienne call-girl reconvertie dans l'immobilier de prestige, et le bookmaker de Bobby. Le club est animé par un prof de littérature de l'université d'Hofstra qui rembourse ainsi sa dette à Bobby. Ses membres refusent de lire quoi que ce soit ayant trait à la criminalité car les discussions sur la véracité prennent trop de temps. Actuellement, ils sont sur *Les Enfants de minuit* de Salman Rushdie.

Après le dîner, Bobby et moi jouons aux échecs ou regardons des films qu'il télécharge sur la Criterion Collection. Il est féru de la Nouvelle Vague française : Truffaut, Godard, Melville. Je sais qu'il s'imagine quelquefois comme une version *made in Queens* de *Bob le Flambeur*. Je préfère les comédies légères : Wes Anderson pour me sortir de mes moments les plus sombres, sinon n'importe quoi avec Will Ferrell ou Reese Witherspoon. Sous la couette, je m'accroche à lui avant, pendant et après l'étreinte. En plus de me faire l'amour avec tendresse, de me laisser pleurer quand je raconte ma triste histoire et de manger des pizzas au lit, Bobby me refile parfois des tuyaux. Il n'irait jamais me balancer quelqu'un de but en blanc, et surtout pas nommément, mais s'il y a une affaire sur laquelle il peut m'aider, il m'aiguille dans la bonne direction – sans citer de noms. S'il me dit : « Tu devrais faire un tour au Rainbow Lounge à Kew Gardens Hills », ça signifie que c'est là qu'un suspect aime aller boire un coup et que je pourrai peut-être procéder à son arrestation. Le fait que Bobby soit usurier implique que je ferme les yeux en échange de ses renseignements. Ça vaut pour tous les indics, qu'on couche avec ou pas. C'est l'essence même du boulot d'enquêteur. Bobby fait aussi partie du cercle restreint des gens qui savent que je cherche l'assassin de mon père, des personnes qui restent à l'affût de toute information susceptible de me conduire à l'*immonde crevure*.

Bobby m'a un jour suggéré de prendre le maquis pour m'infiltrer dans le mouvement anti-avortement, rejoindre l'Armée de Dieu et mettre la main sur *l'immonde crevure*. J'y ai pensé, mais je ne pourrais jamais m'introduire dans ce milieu au-delà de quelques manifestations devant une clinique de planning familial. Ces gens-là ont leur propre service de renseignements. On me prierait de partir, d'abord poliment, puis avec moins de ménagements.

Après mon rendez-vous avec McDermott, je préviens Bobby par texto que je le retrouve chez lui à Rego Park. On mange les pizzas qu'il a commandées. La mienne est toujours une margarita avec anchois, la sienne une chèvre-saucisse. Je lui parle de mes affaires en cours. Il dit que je devrais me méfier de M. McDermott, l'assassin amnésique mais prompt aux aveux spontanés.

— T'embarque pas avec des amateurs. Ce gars-là m'a tout l'air d'en être un. Soit tu lui plais, soit c'est un dingo de la police qui adore traîner avec des flics. Dégage-le vite fait. Ronald et Susan, ça, c'est intéressant. Je dirais qu'elle l'a tué, mais qu'est-ce que j'en sais ? Le chat perdu du présentateur météo est peut-être ta meilleure chance, finalement.

— Qui a tué la fille dans la voiture ?

— C'est un crime à aveux. Patiente quelques jours, l'assassin viendra se livrer.

On époussette les miettes de pizza du plumard et on se frotte les pieds sous la couette. Il y a du câlin dans l'air, mais j'ai besoin d'autre chose avant ; ça sort comme ça :

— Bobby ?

Sa main est sur mon mollet.

— Dis-moi ce que tu aimes chez moi.

— Il faut vraiment ?

— Oui.

— C'est une question de *même si*. J'aime ton rire *même si* ta vie n'a pas grand-chose de marrant.

Sa main est sur mon genou, puis derrière. Pourquoi elle me fait l'effet d'une pierre de massage toute chaude ?

— J'aime ton odeur *même si* tu ne portes pas de parfum, de déo ni de shampooing parfumé.

Sa main est en haut de ma cuisse ; ses doigts dansotent.

— J'aime ton corps, et là il n'y a pas de *même si*.

Son autre main est sous mon T-shirt.

— Je ne me lasse pas des courbes de tes seins – il me caresse le téton – ni de la zone tendre sous ton nombril en descendant vers ton mont de Vénus. Ça ira comme ça ?

— Continue. J'adore.

— *Même si* tu as une drôle de petite dentelure au bout du nez, ça te rend d'une beauté intéressante, pas platement belle.

— C'est tout ?

— Non.

Sa main déserte mon corps et il s'assied. Il colle son front contre le mien. C'est aussi doux que son gland sur mon clito.

— Encore une chose que j'aime, dit-il. Ta soif de vengeance. Elle est primitive, puissante. Elle m'attire. Clint, Bruce, Liam *Pas-touche-à-ma-famille* Neeson, ce sont eux, nos modèles. Tu leur fais du mal, ils n'appellent pas les flics, ils ne te font pas de procès : ils s'élancent à tes trousses. On applaudit quand les méchants se prennent une balle de .357 dans le buffet, se font balancer du haut d'un immeuble ou buter aux chiottes. On se sent mieux. Et après, la société nous rabâche que ce n'est pas bien, qu'on n'a pas à redresser les torts nous-mêmes. T'es censée dire « Je vais laisser la justice suivre son cours ». Sauf que tu ne le fais pas. Alors c'est encore un truc que j'aime chez toi. *Même si* c'est un aller simple pour l'enfer.

J'enlève mon T-shirt et l'attire contre moi.

Le lendemain matin, je me réveille. Bobby est parti, son côté du lit refait, la couette aplanie, les oreillers empilés et regonflés. Comme s'il n'avait jamais été là. Comment fait-il pour s'en aller aussi discrètement ? Est-ce que j'ai eu droit à un baiser d'adieu ? Est-ce que ce sont nos ébats qui me plongent dans un sommeil si profond que je ne me rends pas compte de son départ au matin ? J'emporte son odeur et sa sueur dans sa douche. Je les fais disparaître, comme lui.

Dehors, c'est un jour de mars pourri à Long Island City. Je roule dans le froid en attendant que le chauffage se mette en route. Je dépasse l'immense marché alimentaire de Hunts Point, où des manutentionnaires chargent des caisses de bouffe à l'arrière de camions à destination des supermarchés de Manhattan. Ils sont équipés de bonnets de laine, de gants épais et de grosses doudounes. Pendant un moment, je les envie ; leur vie paraît tellement plus simple que la mienne ! Ils n'ont pas à se préoccuper d'une jeune femme trucidée dans sa voiture. Je reconnais la mentalité de flic que je m'étais juré de ne jamais prendre : j'observe le ventre mou de la vie, je patauge dans les égouts, je vois le pire des gens et ainsi de suite, du blabla de poulaille, tout ça. Si ça se trouve, un des manutentionnaires est lié à la femme égorgée dans sa voiture ; les vagues de meurtre se répandent à l'infini. La police est simplement la première à voir le galet heurter l'eau. On est tous ensemble dans ce monde. Tandis qu'ils se réchauffent autour d'un brasero de fortune, les hommes portent le fardeau d'ados rebelles, de factures impayées, de soucis de santé, de parents âgés, d'addictions, et la douleur de l'exil. Je baisse ma vitre et laisse l'air glacial me vider la tête.

J'entends un *bip* dans mon sac à main. C'est un texto de Mme Steevers, qui me dit qu'elle a de nouvelles informations à partager sur sa belle-fille, Susan. Très bien, j'adore partager. Deux autres textos suivent. Un d'Artie Crews, qui insiste toujours pour que je cherche le chat de son fils ; l'autre de la commandante Hagen : Trouvé Ronald. Passez me prendre au poste.

Désolée, Artie. Le chat de ton fiston va devoir attendre.

10

La commandante Hagen m'attend dehors. Je me penche pour lui ouvrir la portière passager.

— Merci. Je préfère que ce soit vous qui conduisiez.

Je vous passe les détails vus et revus à la télé. Rubalise jaune, véhicules de chaînes d'info, techniciens de scène de crime en combi blanche, agents en uniforme faisant la circulation, enquêteurs se gelant les fesses à poireauter.

Ronald Steevers a trouvé la mort dans un entrepôt désaffecté près de la sortie du pont de Queensboro. Al Zitowitz, le veilleur de nuit, accompagné de son berger allemand, effectue des rondes quotidiennes pour déloger, le plus en douceur possible, les quelques sans-abri qui ont réussi à se glisser à l'intérieur en quête d'un endroit chaud où vivre. Al, lui-même ancien SDF et vétéran du Viêtnam, a toujours sur lui des cartes recensant le nom des refuges et des églises du quartier. En escortant les intrus jusqu'à la sortie, il leur donne des tickets de métro et des indications. En échange, ils lui expliquent par où ils sont entrés, ce qui lui permet de signaler la vitre cassée, la porte fracturée ou le mur défoncé au groupe de jeunes rentiers éclairés qui ont acquis le bâtiment dans l'intention de le transformer en complexe artistique. Ils veulent écarter les SDF par crainte des risques d'incendie pendant qu'ils se demandent comment résoudre la contradiction entre créer un espace pour les artistes et évincer les pauvres et les déshérités. La fenêtre, ou la porte, est remplacée et, quelques jours plus tard, Al répète le processus. Cette fois-ci, en partant, l'un des vagabonds lui a suggéré d'aller vérifier le sous-sol près de la chaudière. C'est comme ça qu'Al a trouvé le corps de Ronald Steevers posé debout, ficelé au ruban adhésif sur le diable qui l'a conduit à sa destination finale.

— Celui-ci est à vous, me dit la commandante Hagen.

Traduction : en plus de devoir élucider l'homicide, il me revient aussi d'aller trouver les parents de Ronald pour leur annoncer que leur fils est mort. Quels qu'aient été ses péchés et ses défauts, ses erreurs, son arrogance, et même ses violences envers sa femme, rien de tout cela ne constitue une raison pour arracher deux parents à leur vie confortable et les propulser dans l'horreur et la tristesse infinie de la perte d'un enfant, adulte ou non. Je vais devoir être ce messager-là. C'est l'aspect de mon travail que je n'ai jamais réussi à apprendre. Ensuite, une fois que je les aurai informés du décès de leur fils, on tâchera de découvrir qui l'a tué.

Mes collègues sont minutieux, mais pas pressés de trouver un assassin. Ce crime est, d'après les premières constatations des experts en combi blanche, l'œuvre d'une ou de plusieurs personnes extrêmement consciencieuses. Il n'y a pas d'arme du crime, pas de douille, et la balle qui a transpercé l'arrière du crâne juste au-dessus du cortex cérébral a été récupérée au scalpel. Tout ce qu'on a, c'est Ronald tel qu'il a quitté ce monde. Les seuls indices potentiels seraient que le ou les coupables savaient manier le scalpel (un chirurgien ?) et où et par qui a été acheté le ruban adhésif (impossible) ; pour couronner le tout, il n'y a aucun témoin, aucun lambeau de vêtement à agiter sous le museau des chiens pour suivre une trace à travers les plaines du Queens. En même temps, la police de Long Island City n'a pas de chiens, alors bon…

La mort de Ronald a été soigneusement préparée et exécutée – excusez le jeu de mots. Il est peu probable que l'assassin remette ça. Pour nous, il est clair que le mobile était personnel. Ronald a mis quelqu'un en rogne. Vengeance. C'est mon dada, ça. Mais d'abord, ses parents doivent être mis au courant. C'est leur droit. Ce sera leur malheur.

Je me gare devant le pavillon des Steevers. Mme Steevers m'attend sur le trottoir.

— Alors ?

— On peut entrer ? dis-je en descendant de voiture.

— Non. Ici. Tout de suite.

M. Steevers sort sur le perron et nous observe.

— Dites-moi. Je transmettrai à mon mari, insiste-t-elle.

— Ronald est mort, madame Steevers.

Elle se tourne vers son époux.

— Tu vois ? J'avais raison.

Peu après, assise à la table de leur cuisine, je n'ai pas eu le temps de leur présenter mes condoléances ni de leur demander si Ronald avait des ennemis, s'il avait jamais mentionné avoir reçu des menaces, que Mme Steevers lance :

— C'est cette salope malfaisante qui l'a tué.

Il est possible que je sois d'accord avec elle, car quelquefois, quand des *salopes malfaisantes* ont été giflées, frappées, jetées dans les escaliers tandis que leurs enfants hurlaient de panique (si c'était la première fois qu'ils voyaient papa dérouiller maman) ou assistaient à la scène dans un silence renfrogné, quelquefois, oui, il arrive que ces *salopes malfaisantes* butent leur mari. D'après mon expérience, c'est très rare. Je reconnais, dans mon propre moment « salope malfaisante numéro 1 », que le mari l'avait peut-être bien cherché.

— Dites-moi ce qui vous fait penser ça, madame Steevers.

— Ronald avait peur d'elle. Il disait qu'elle était folle, qu'elle était violente.

— Il craignait pour sa vie, ajoute M. Steevers en avalant son troisième shot de vodka, ce qui n'apaise en rien l'engourdissement qui va et vient par vagues jusqu'à l'obliger à se retirer dans la salle de bains pour vomir.

— Elle l'a ébouillanté pendant son sommeil, poursuit Mme Steevers.

Je sors mon calepin. Pour l'instant, on a dépassé le chagrin.

— C'est Ronald qui vous l'a dit ?

— Il nous a montré ses bras. Ils étaient tout rouges là où l'eau l'avait brûlé.

— C'était quand ?

— Quand il travaillait à Farmingdale. Il y a deux ans.

— Il l'a signalé ? Il a porté plainte ?

Je sais que c'est délicat – en général, les flics n'appellent pas les flics –, mais la réponse m'intéresse.

— Non. Ça aurait fait tache dans son dossier. Il songeait à quitter Farmingdale, prendre un boulot plus près d'ici.

Tout sauf passionnant.

— Alors il a démissionné de Farmingdale ?

— Oui.

— Home Depot n'était que transitoire ?

— Il attendait des nouvelles du NYPD, dit M. Steevers en revenant s'asseoir.

Il a éclaboussé sa chemise en se rinçant le visage à l'eau fraîche. On se regarde tous les trois. Je veux m'en aller, mais je dois creuser encore un peu.

— Dites-moi tout ce que vous pouvez sur la femme de Ronald, n'importe quoi qui puisse m'aider à la retrouver.

— Essayez en Alaska, lâche M. Steevers. C'est de là qu'elle vient.

Je suis au courant. Son pitoyable amant Brian Robbins de Sunny Gardens me l'a dit.

— Elle a de la famille ici ? Vous lui connaissez des amis ?

Mme Steevers secoue la tête. J'attends d'autres informations. Elle se lève et enlace son mari. C'est mon signal de départ.

— Vous m'avez beaucoup aidée. On va se mettre à la recherche de Susan. J'aurai peut-être d'autres questions, mais ça peut attendre.

Je descends l'allée jusqu'à ma voiture, sachant que je laisse derrière moi tristesse et désespoir. Quelque part, je n'ai été qu'une diversion, une distraction ; maintenant que je suis partie, les Steevers vont se retrouver seuls avec leur douleur. Je dois localiser Susan, trouver si elle a tué Ronald et, si ce n'est pas elle, découvrir qui pour retourner voir les Steevers et leur offrir… quoi ? Une justice ? J'en cherche une moi-même.

Je connais un resto pendjabi à Jackson Heights, sur mon chemin pour rentrer à Long Island City. Il est totalement impossible de manger indien en conduisant. Quand je fais un repas indien, je veux les accompagnements étalés devant moi, le naan à l'ail bien moelleux, le riz blanc comme neige, les éclats de vert du concombre flottant dans une mer de raïta, un dhal doré pour compléter le poulet tandoori. Pendant qu'on me conduit à une table, je vérifie mon téléphone. J'ai trois textos sans importance, cinq courriels ignorables et une demande de don de Nancy Pelosi.

Je range le portable dans mon sac. Je passe commande auprès du serveur et me demande ce qui me ramène à Grahamsville et à la manière dont ma mère s'est retrouvée à diriger l'orchestre de l'université populaire de Rondout Valley. Quel est l'intérêt de ce souvenir ?

Dans les années 1950, afin de moderniser son réseau d'approvisionnement en eau, la ville de New York a construit une série de barrages et de réservoirs dans les

Catskills. L'un des cours d'eau concernés se situait sur la commune de Grahamsville. Les autorités municipales ont négocié pied à pied, New York a payé une somme colossale pour acquérir les droits de l'eau et Grahamsville est passée de Trifouillis-les-Oies à Athènes. Notre maire et ses adjoints, pleins de bon sens, ont transformé l'école élémentaire en musée d'art et d'artisanat, démoli le collège-lycée et construit un nouvel établissement central équipé de labos de sciences, d'une bibliothèque bien garnie, de terrains de sport et d'un gymnase avec piscine. Il y avait des cours de musique avec des instruments neufs, une cantine gratuite, et, pour les parents, un programme de formation continue avec des cours sur des sujets aussi variés que *La chute du communisme* et *Quelles nouveautés dans les engrais ?* Là, au beau milieu des monts Catskills, dans une bourgade agricole, fleurissaient une académie – loin de celle de Platon, mais chaque enfant y recevait un enseignement dispensé par des professeurs triés sur le volet qui lui permettrait d'intégrer une université de l'État de New York – et, pour ma mère, un orchestre populaire.

Quand mon père a fermé son cabinet pour aller travailler à Albany, ma mère a été libérée de son rôle de secrétaire/infirmière. Presque titulaire, à quelques UV près, d'une maîtrise d'enseignement musical de New Paltz, elle a postulé à un poste de professeure au sein de la nouvelle école. Elle a été embauchée à condition de retourner achever sa maîtrise à New Paltz. On devrait se préparer à dîner tout seuls, elle aurait besoin de temps pour travailler, rédiger son mémoire et répéter son violoncelle pour le récital de fin d'études.

— J'aimerais qu'on vote, s'il vous plaît. À bulletin secret, si vous voulez, a-t-elle suggéré.

— On aura toujours des tartes ? a demandé Sammy.

— Du commerce.

— Alors je vote non.

J'ai proposé d'apprendre à réaliser la tarte aux pommes de maman et Sammy a changé d'avis pour voter oui. Elle a décroché sa maîtrise et donné des cours d'instruments à cordes à des enfants de fermiers. Un soir par semaine, elle dirigeait l'orchestre de l'université populaire de Rondout Valley. Le premier jour, elle a annoncé au groupe qu'elle avait choisi une symphonie de Mozart pour leur premier concert, prévu six mois plus tard. Vern Farquhar, qui jouait de son violon sur ses genoux, a demandé comment ce serait possible.

— On est presque tous débutants !

Maman a répondu :

— On l'apprendra note par note.

Aux obsèques de mon père, l'orchestre a joué l'*Adagio pour cordes* de Samuel Barber. Ils l'avaient appris note par note.

Je les entends dans ma tête, ces notes, la tristesse constante de ces accords, et les larmes affluent ; je vois l'air inquiet du serveur tandis qu'il dispose les bols en métal brillant devant moi. Je souris et me tamponne les yeux de ma serviette. Je suis de retour dans le présent. Je vais rechercher la justice au nom des Steevers. Pour eux, ce sera une arrestation, un procès, une condamnation et une peine d'emprisonnement. Pour mon père, ma méthode sera plus rapide.

11

Après trois sonneries à la porte de son appartement de Sunny Gardens, Brian répond. Une odeur de beuh brûlée mêlée d'un coup de désodorisant hâtif s'échappe de chez lui. Il ne m'invite pas à entrer.

— Brian, il faut que je trouve Susan.

— Vous avez sonné chez elle ?

Il se fout de moi ou il est simplement défoncé ?

— Pardon ?

— Elle est là. Je l'ai vue tout à l'heure.

Brian m'adresse un sourire pincé pour me signifier que c'est un renseignement, mais, de sa part, c'est aussi un tout petit peu péteux.

— Autre chose ? a-t-il l'imprudence de demander.

— Remercie-moi.

— De quoi ?

— De ne pas te traîner au poste avec toute ton herbe.

— Merci.

Je me rappelle que Susan habite au 22, à l'angle au-dessus de la famille indienne. Je vois un rideau s'écarter. La dame m'observe. Il n'y a aucun secret à la résidence Sunny Gardens. Je sonne. Une femme entrebâille la porte de la longueur de la chaîne. Je lui montre ma plaque de police.

— Je peux entrer, Susan ?

Elle ouvre en grand, ce doit donc bien être Susan. Je la photographie mentalement, réfléchis aux adjectifs que je pourrais employer plus tard pour la décrire dans mon rapport : *menue, svelte, fragile, délicate, agile*. Une chose est claire : je doute sérieusement que ce petit bout de femme qui se tient sur le seuil soit capable de maîtriser Ronald et son mètre quatre-vingt-dix, lui tirer dessus, le ficeler à un diable et le transporter dans une usine désaffectée du Queens – à moins qu'on ne l'y ait aidée.

En refermant la porte, Susan lève la main devant sa bouche un instant trop tard pour dissimuler le vide dans la rangée de dents de sa mâchoire inférieure. Elle a de très légères traces d'hématomes aux joues et autour des yeux. Les marques de sa vie avec Ronald, je suppose. Un halo de frisottis orange encadre son visage. Elle a un look sixties, à la Woodstock. Devrais-je aussi envisager *mignonne, vulnérable, optimiste, végane écolo baba cool* ? Qu'est-ce qu'elle écoute, comme musique ? Aimee Mann ? Edie Brickell ? Rien de tout cela n'apparaîtra dans mon registre. J'écrirai seulement : *Susan Steevers, femme blanche, la trentaine, 1,57 m, 50 kilos (environ)*.

— Je suis au courant pour Ronald, dit-elle. Si c'est pour ça que vous êtes là.

Je suis soulagée de ne pas avoir à lui annoncer de mauvaise nouvelle, et j'embraye avec ma réponse de flique. Je la connais par cœur. Mes propos sont aussi écrits que ceux d'un centre d'appels de Calcutta.

— Mes plus sincères condoléances.

Susan n'a pas l'air d'une veuve éplorée – ni d'une veuve tout court, d'ailleurs.

L'appartement est en meilleur état que la première fois où Brian m'y a introduite. La cuisine est impeccable et les fourmis ont disparu. Je jette un coup d'œil dans la chambre par la porte ouverte. Lit fait, sol ciré et lustré. L'endroit n'a pas l'air abandonné ; il y flotte un sentiment d'optimisme. J'aimerais bien voir la penderie.

Est-ce que Susan se dit que maintenant que Ronald n'est plus là, elle peut vivre sa vie comme elle l'entend ? Plus besoin de se disputer avec lui à propos de rien. C'est compréhensible, alors pourquoi ça m'emmerde ? Elle n'a pas la mine affligée ; elle n'a pas la tête d'une femme qui vient de perdre son mari. Elle n'a pas l'air qu'avait ma mère. Elle a l'air d'une nana dont le coloc névrosé a fini par dégager.

— Comment vous l'avez su ?

— Je l'ai vu à la télé.

Susan s'approche de la vitre. Un conducteur roulant sur le béton mouillé d'Utopia Parkway pourrait lever les yeux et apercevoir une femme à sa fenêtre prise entre chagrin et soulagement.

— J'aimerais vous poser quelques questions.

Elle ne répond pas. Elle songe peut-être que c'est le moment où elle peut déclarer qu'elle veut un avocat.

— La procédure m'y autorise, dis-je.

— Allez-y.

— Nous pensons que Ronald a été tué le 24 – il y a deux jours, mardi soir ou dans la nuit. Vous pouvez me dire où vous étiez ?

— Chez des amis. J'étais chez des amis.

— D'accord.

Je sors mon calepin.

— Le nom de ces amis, s'il vous plaît.

Elle se tait. Je pense qu'elle réfléchit à la réponse à cette question, que je la soupçonne d'avoir répétée. *On te demandera des noms.*

— Je ne peux pas.

J'attends qu'elle développe. Ce n'est pas long.

— Ce serait trahir leur confiance.

— Madame Steevers, vous savez que j'enquête sur le meurtre de votre mari, Ronald.

— Oui.

— Et vous savez ce qu'est un alibi.

— Évidemment.

— Je tiens à ce que ce soit bien clair. Votre mari a été assassiné. Vous pourriez être considérée comme suspecte. Vous me dites que vous avez un alibi et vous refusez de me fournir le moindre élément pour le confirmer. C'est bien ça ?

— Oui.

On se regarde. Je décide de la jouer à la Socrate.

— Quelle conclusion dois-je en tirer ?

— Celle que vous voulez.

— Susan, je peux vous passer les menottes, vous emmener au poste de police de Long Island City où vous serez arrêtée, photographiée, vos empreintes relevées et votre nom livré à la presse, qui vous portera aux nues ou vous traînera dans la boue. Vous entamerez le long et coûteux processus visant à aboutir à une sorte de vérité. Et, croyez-moi, vous n'y prendrez aucun plaisir.

Silence.

— Vous voulez changer d'avis ?

— Non.

Je passe au plan B.

— Écoutez, je ne crois pas que vous ayez tué Ronald, mais les affaires d'homicide sont notre priorité. Comme Ronald a été policier, résoudre ce meurtre est encore plus prioritaire, ce qui pèse davantage que n'importe quelle raison pour ne pas « trahir la confiance » de quelqu'un. Tôt ou tard, vous devrez nous donner cette information. À moins que vos amis ne soient impliqués dans quelque grave entreprise criminelle, nous pouvons vous promettre la plus grande discrétion, vérifier les informations qui vous blanchissent et pourchasser le véritable assassin.

Je mens comme un arracheur de dents.

— Vous comprenez ? Je veux juste trouver qui a tué Ronald. Alors réfléchissez-y.

Je lui tends ma carte et m'en vais.

12

En repartant vers le poste de police, j'essaie d'imaginer le prochain mouvement de Susan. Sur une intuition, je fais demi-tour et me gare en face de la résidence Sunny Gardens. J'allume la radio et écoute une émission de sport jusqu'à ce que Susan émerge du parking dans la Mustang de Ronald. Je me glisse derrière elle, lance un appel pour que des collègues en véhicule banalisé prennent le relais au cas où je la perdrais. Le lieutenant Higgins répond.

— Une minute.

— Sean ?

— Désolé, j'avais Linda sur l'autre ligne.

— Tu es occupé, Sean ? J'ai besoin d'aide sur une filature.

— Je suis sur une vente de drogue potentielle.

— Mon affaire est mieux, crois-moi.

Je sais qu'il s'ennuie comme un rat mort et qu'il est ravi d'être débauché d'une surveillance qui pourrait durer des jours.

— Je roule vers l'ouest sur la 57e Avenue, direction Queens Boulevard.

J'entends démarrer sa voiture.

— Je suis en route. Qu'est-ce que je cherche ?

— Une Mustang décapotable rouge rutilante, tu ne peux pas la rater.

— « Rutilante » ? Merde, Karim, pas étonnant que personne te supporte.

— Okay. Cherche-moi, moi, dans ma Nissan pourrie.

— J'aime mieux ça.

— Sean, j'entre dans le centre commercial Queens Center. La cliente est une femme blanche, cheveux roux frisés, la trentaine, petite et mince. Je pense qu'elle va retrouver quelqu'un. Essaie l'espace resto.

— Je te rejoins là-bas.

Susan a de la chance et déniche la seule place de parking libre au niveau 3. Il n'y en a aucune pour moi avant d'arriver tout en haut. Je dévale l'escalier en espérant que son ascenseur soit lent. Je la vois en sortir et la suis dans l'espace resto, un ensemble de stands de restauration rapide. Si j'avais faim, ce serait à plouf plouf entre Folie Mongole, Tacos El Torero et Nellie Napoli. Susan se prend un café et un pain à la cannelle, s'assied à une table et fait ce que font tous les êtres humains quand leur derrière se pose sur du plastique : elle sort son téléphone. Je m'installe à une table vide dans son dos. Quelques minutes plus tard, Higgins arrive par l'entrée opposée. Il me voit ; je lui indique Susan d'un signe de tête. Il commande une part de pizza et un Coca light chez Nellie, dégote une table assez proche de Susan pour pouvoir entendre la conversation s'il y en a une.

Oh, et puis merde. Aux fourneaux de Folie Mongole, un cuisinier hispanique coiffé d'une toque à la Gengis Khan remue des nouilles aux légumes sur une plaque de la taille d'une grille d'égout. Deux minutes plus tard, il me tend une boîte en polystyrène lourde comme du plomb. Je me retourne vers l'espace resto. Susan et Higgins ne sont plus là. Pas de texto sur mon téléphone. Je ne m'inquiète pas. Higgins la file. Je m'arrête pour prendre des serviettes supplémentaires et remarque une petite bonne femme trapue en blouson vintage du moto-club féminin des Tenacious Dames, orné d'un badge 1 % (ce n'est pas une revendication économique : en réaction à la mauvaise presse due aux gangs de motards criminels, l'Association américaine de motocyclisme a déclaré que seuls 1 % des motards étaient des hors-la-loi). Elle annonce donc qu'elle pourrait être hors la loi. Sauf qu'un badge, ça ne coûte pas cher, alors ça pourrait aussi être une assistante sociale en repos. On verra.

Elle et moi montons dans un ascenseur avec une mère et sa fille en virée shopping. Maman pose son sac Gap rebondi par terre. Fifille porte un sac à main neuf en bandoulière et serre un sac en plastique Zara contre sa poitrine. Mme Motarde 1 % est impénétrable derrière ses lunettes de soleil roses. On se met toutes mal à l'aise, silencieuses, chacune retenant son souffle en attendant son étage. Mme Motarde 1 % consulte son téléphone, le lève et prend un selfie. Ou pas. C'était peut-être une photo de moi. Je ne le saurai jamais. La porte de l'ascenseur s'ouvre. Tout le monde descend. La porte se referme.

13

Mon appel à Higgins bascule sur boîte vocale. L'odeur des nouilles mongoles sur le siège passager me donne la nausée ; j'ai besoin d'un café. En sortant d'un McDo drive, je balance les nouilles dans une poubelle. Je vide un peu de café pour ne pas me brûler et suis en train de reprendre la route quand mon portable sonne. C'est Higgins.

— On a bien bavardé. Susan vient d'Alaska.

— Je t'avais demandé de la suivre, pas de faire sa connaissance.

— Elle avait besoin d'aide pour acheter un jeu à son neveu. *Grand Theft Auto V* ou *Minecraft* ? Une chose en a entraîné une autre. J'ai son numéro.

— Moi aussi. Tu parles d'un scoop.

— Et j'ai vu la personne avec qui elle avait rendez-vous.

— Tu as un nom ?

— Non, mais elle est sur la photo que je t'envoie. Je peux y aller ?

— J'aimerais savoir où elle va maintenant.

— D'accord. Encore une demi-heure, mais après je dois reprendre la guerre contre la drogue.

— Je vais me poster à la sortie du centre commercial. Dis-moi juste quand elle sort et je continuerai la filature.

— Ça marche.

Je bois mon café et j'attends son signal. Jusqu'ici, Susan est une personne qui refuse de révéler à quel endroit elle se trouvait le soir où son mari a été assassiné et ne manifeste guère de remords. Elle devient de plus en plus intéressante. Je reçois le message d'Higgins constitué d'une photo de Susan avec son rendez-vous de midi, une dame en fauteuil roulant. Lunettes de soleil, bonnet, foulard Hermès autour du cou : pas assez de peau visible pour un logiciel de reconnaissance faciale. Quelques minutes plus tard, la Mustang rouge apparaît et je suis Susan jusqu'à son appartement de Sunny Gardens.

Perte de temps. Boulot de flic.

À mon bureau, je saisis un compte rendu de tout ça dans mon registre journalier, en commençant par ma visite à Susan et son refus de fournir un alibi pour le soir où Ronald a été tué. J'appelle Dave Liebowitz, mon procureur préféré, et je lui explique la situation. S'il veut que je l'arrête, je le ferai, mais on n'a rien contre elle à part son opposition à divulguer où elle se trouvait. Ce genre de situation peut être gênant pour un suspect quand il finit par se décider à parler. Personne n'a envie de vivre la version Long Island City de l'histoire du mec qui se retrouve pendu pour meurtre plutôt que d'avouer qu'il était dans les bras de la femme de son meilleur ami. Liebowitz me conseille de maintenir la pression sans l'arrêter. Vu que je ne l'ai pas embarquée tout de suite, ma crédibilité est compromise. Il me faudrait la lieutenante Tessa Harper. Elle n'est pas très imposante physiquement, mais elle a la tête et le tempérament de la pire prof qu'on puisse imaginer. Susan est habituée aux châtiments corporels. Elle le doit à son cher époux Ronald. L'intimidation, pour elle, doit être psychologique, et Tessa sait s'y prendre dans ce domaine.

J'envoie un mail à la commandante Hagen suggérant que Tessa interroge Susan. Je reçois un message d'Ernie : Le mec d'Hawaï est prêt à parler. Viens.

Plus facile à dire qu'à faire. Ma première impulsion est de répondre à Ernie que je veux en savoir davantage avant de me taper 8 000 kilomètres d'avion jusqu'à Honolulu. *Une minute. C'est moi, ça, soudain moins avide de découvrir qui a tué mon père ? Est-ce que ma haine diminue, que mes rêves de vengeance s'estompent ? Est-ce que j'ai repris ma vie en main ?*

Je ferme les yeux et visualise mon père. Une image en mouvement m'apparaît. Je perçois d'abord le parfum de son eau de toilette Old Spice, puis le toucher de sa veste en tweed rêche. Son visage ne vient pas. Patience. Je dois d'abord le ressentir. Il me soulève, me cale contre sa hanche et m'emmène. Je suis au chaud et aimée, je lève les yeux et je le vois à présent, chaque pore de sa peau brune, son nez romain, le regard tranquille derrière ses lunettes en écaille de tortue, il chantonne *Baby, baby* et ça suffit pour réveiller ma rage. Ma caméra mentale panote vers Sammy, ses larmes humides, le lent déclin de ma mère, et en un instant renaît la sensation physique de la haine. Mes tempes m'élancent, mes poings se serrent, mes yeux me brûlent. Aux chiottes Ronald. Aux chiottes Susan. J'ouvre ma page Expedia et réserve un vol pour Honolulu. J'informe la commandante Hagen par texto que j'ai besoin de trois jours pour raisons familiales. Je suis théoriquement de repos pour deux jours, de toute façon. Elle m'accorde le troisième. Parfait.

Je suis en vie.

14

Refuge pour femmes Artemis

Je me réveille percluse ; mon corps est endolori à des endroits où je n'ai pas été frappée. Comment est-ce possible ? J'ai mal aux pieds, les chevilles faibles, le dos en compote, la tête comme un compteur de gaz, mes côtes protestent quand je respire. J'ouvre les yeux. *Ouh là là !* Pourquoi c'est si douloureux ? Je suis sur un canapé. Je m'extirpe d'un sac de couchage, m'assieds face à une fenêtre. Je vois une lumière matinale à l'extérieur, j'aperçois des branches d'arbres effeuillées qui s'insinuent sous des lignes électriques entrecroisées. Deux pigeons en équilibre sur un fil discutent de leur prochaine étape par-dessus le brouhaha des bus, des klaxons et d'une sirène au loin. Je me trouve dans un salon, confortable et anarchique – il ne peut en aucun cas refléter les goûts d'une seule et même personne. Il y a un autre canapé, plus petit, face au mien, des chaises de tous les styles, des lampes anciennes, des lampes modernes, un mélange d'Ikea et de brocante, une reproduction des soupes Campbell par Warhol et un poster de chiens jouant au poker. Tout ça cohabite en paix, pourtant, côte à côte. Rien à cirer.

Un ange m'apparaît – ou est-ce la fille de la Vénus de Botticelli ? En tout cas, elle semble avoir onze ou douze ans, avec un bouquet de tresses à l'africaine, la peau mate, des yeux bleus ovales ; le produit miraculeux d'un métissage asiatico-nordique. Elle tient un verre d'eau dans une main et deux comprimés de paracétamol dans l'autre.

— Comment tu t'appelles ?

Je prends les cachets. J'ai mal aux doigts. J'en gobe un. *Agis vite, s'il te plaît.*

— Lucy, réponds-je.

— T'as une sale tête.

Autant pour l'ange.

— Ça ne m'étonne pas.

— Qui est-ce qui t'a fait ça ?

— Un homme. Encore de l'eau, s'il te plaît.

J'entends une voix féminine dire « Au revoir, mon chéri » et une porte se fermer.

— C'était Gerri. Elle a le droit de sortir.

Un chien flasque se faufile sous le bras de la fillette et vient poser sa tête sur mes genoux. Un labrador géant mâtiné d'autre chose – je ne sais pas quoi. Il doit peser plus lourd que moi. Je suis trop épuisée pour dégager sa tête de mon entrejambe.

— Il mord ?

— *Elle.* Bobo. Seulement si tu prononces le mot secret. C'est notre chienne de garde.

Bobo me pousse de la truffe, me suppliant de lui gratter les oreilles ou de lui frotter le museau. Elle n'a pas l'air capable de garder quoi que ce soit. Cette chienne ne recherche que l'amour. Et elle bave sur mon jean.

— Comment tu t'appelles ?

— Amanda. Je peux pas te donner mon nom de famille. J'en ai un autre pour l'école. Sainte-Anne. C'est une école catholique. Si je me fais des copines, je peux pas aller chez elles ni les inviter chez moi. Pff ! Comme si j'avais un chez-moi. Mais bon, c'est quand même mieux que de rester ici toute la journée et de faire la classe à la maison.

La dame qui m'a laissée entrer hier soir pénètre dans la pièce.

— C'est l'heure, Amanda. File en cours.

— Elle s'appelle Lucy. Je suis en 6ᵉ, ajoute Amanda à mon intention.

Et elle s'esquive. Bobo se détache de mes genoux et trotte à sa suite. La dame tire une chaise à côté du canapé. Elle se penche tout près de mon visage. Je sens du sang séché autour de mon nez.

— Moi, c'est Phyllis.

— Oui, merci de m'avoir accueillie.

— Pourquoi vous n'êtes pas allée aux urgences ?

Question logique. Je me lève, boitille jusqu'à la fenêtre. Contemple la rue.

— Vous avez appelé la police ?

Je me retourne vers elle.

— Mon mari est flic.

— C'est lui qui vous a fait ça ?

— Oui.

— Des enfants ?

Je ne réponds pas. Elle n'insiste pas.

— Il est à votre recherche ?

— Sûrement.

Phyllis réfléchit un moment.

— Il ne faut absolument pas qu'il sache que vous êtes ici. Ça nous mettrait toutes en danger.

— Je serai prudente. Mais je ne peux pas rentrer. Il me tuera. J'en suis sûre.

— Je dois vous demander votre portable. Si vous avez besoin de passer des coups de fil, vous prendrez le mien. Il est chiffré. Avec le vôtre, vous risquez de révéler votre position.

Je lui donne mon portable.

— On va vous faire examiner par un médecin. Vous devez avoir envie de vous débarbouiller. Il y a une salle d'eau par là. Et du café dans la cuisine.

Elle me tend un porte-bloc.

— Et remplissez ça.

— Il conduit une Camaro bleue, si jamais vous la voyez.

Elle hoche la tête.

— Vous êtes en sécurité ici, Lucy.

Je me renfonce dans le canapé. Le porte-bloc contient un mot de bienvenue, cinq pages de questions et une liste de consignes. J'apprends que j'aurai droit au petit déjeuner et au dîner. On me demande de signer une déclaration par laquelle je m'engage à ne pas révéler l'emplacement du refuge. Si je suis venue en voiture, je devrai désactiver son GPS intégré. Je me soumettrai à un dépistage de drogue, ne prendrai aucune photo, ne fumerai pas à l'intérieur de la maison, et bla et bla et bla jusqu'à ce que mon esprit s'embrouille.

Mais je suis dans la place.

Et j'aime bien Amanda.

15

Je descends de l'avion à Honolulu, remercie le pilote de m'avoir menée à bon port. Il y a quelques mètres de marche torride jusqu'au trottoir où Ernie m'attend, adossé à sa voiture de location.

— Je nous ai pris une Honda, dit-il.

— J'aime bien les Honda.

Le trajet prend six minutes. Le centre de détention fédéral se situe en face de l'aéroport. En chemin, Ernie m'invite à venir passer quelques jours chez lui à Maui.

— Tu m'as l'air d'en avoir besoin.

Ah bon ?

— Parle-moi de ce mec, dis-je.

— George Candler. Propriétaire d'un appart à temps partagé derrière le Royal Hawaiian. Il comptait se retirer ici quand il aurait arrêté de faire entrer des flingues de contrebande dans l'État de New York depuis la Géorgie et la Virginie-Occidentale. Il a eu deux malheurs : un de ses passeurs s'est fait serrer, un autre l'a balancé. Il va être extradé à New York, où il passera ses derniers jours à l'hôpital pénitentiaire de Rikers Island parce que son autre mauvaise nouvelle, c'est qu'il a un cancer du pancréas au stade IV. George nous dira tout. Il veut juste mourir avec une vue sur l'océan.

— Tu me fends le cœur, dis-je.

Robin Stella, la procureure, nous accueille dans le hall du centre de détention.

— J'ai fait partie de l'équipe chargée de l'affaire de votre père quand j'étais au FBI. Je vous ai rencontrée, à l'époque ; si vous ne vous rappelez pas, c'est compréhensible. Je savais qu'Ernie cherchait toujours le tueur, alors je l'ai appelé dès que j'ai su.

Elle nous conduit au foyer de l'infirmerie. C'est une pièce ensoleillée meublée d'un canapé élimé et de chaises en plastique. Trois détenus mal en point regardent un jeu télévisé sur un écran plat. L'un d'eux, sans doute George, nous voit, attrape sa perche à perfusion et éloigne son fauteuil roulant de la télé. George est un petit homme nerveux et bronzé, amaigri par son cancer. Sa figure est marquée de taches de chimio. Quand il parle, il remue la mâchoire de droite à gauche en quête du point de moindre douleur. Avant de trouver sa véritable vocation – acheter des armes dans le sud, les transporter vers le nord –, il donnait dans la vente en gros : oxycodone, méthamphétamine, herbe, coke, parfois un fugitif ou l'autre. Il était pourvoyeur de malheur. Les armes se sont révélées plus faciles et plus rentables. George les achetait cash en toute légalité dans des armureries ou des foires-expos. Il possédait une Chevrolet Malibu récente et proprette, engageait une maman aux bonnes joues et des enfants pour jouer sur la banquette arrière afin d'avoir l'air d'une famille, respectait les limites de vitesse, et bourrait le fond du coffre de pistolets et d'armes automatiques destinés aux criminels de New York, Philadelphie, Boston, partout où il est difficile et fastidieux pour lesdits criminels d'acquérir du matériel de destruction humaine. George les revendait à l'arrière de sa voiture après avoir déposé « femme et enfants ».

— Et entre deux expéditions, je surfais, commente George. J'étais assez bon pour gagner un certain respect sur la North Shore, Pe'ahi, Laniakea, la Banzai Pipeline. J'étais un vrai crack.

Entre deux ventes d'armes dont l'une a peut-être tué mon père. Je m'en souviendrai.

Robin Stella a une expression dégoûtée. Peut-être qu'elle surfe aussi ; l'idée de George polluant le Pacifique la révulse.

Elle dit :

— Bien, monsieur Candler, on peut donner à ces gens le renseignement dont on a parlé ?

George tourne son fauteuil vers moi.

— C'était un Remington M24. J'avais un sergent d'artillerie à Fort Drum qui me chourait du matos haut de gamme à la demande – des grenades ou carrément des lance-roquettes, des engins impossibles à se procurer. J'ai déjà filé son nom. Il est au trou, maintenant. Ça compte, ça. J'ai pas raison, Miss Justice ?

Robin hoche la tête.

— Et donc, je croise un gars qui me sort qu'il veut un truc spécial, un fusil à lunette, si possible un Remington M24.

— Vous l'avez croisé où ?

— Une foire aux armes à Scranton. Je lui dis qu'un M24, c'est pas si dur que ça à se procurer, y en a peut-être même dans la foire où on est. Non, non, il me répond, il en veut un volé, comme ça si jamais le pétard était identifié, on pourrait pas remonter jusqu'à lui.

— Qui c'était ?

— Un gars du Midwest, grand, blanc, sûrement un ancien militaire. Il savait ce qu'il voulait.

— Il avait un nom ?

— Clyde.

— C'est tout ?

— Il m'a pas payé par chèque. J'ai pas posé de questions. Il a dit qu'il allait sauver plein de vies avec, accomplir l'œuvre du Seigneur.

— On a montré à George des images de suspects dans la région de l'Ohio, intervient Mme Stella. Je les ai apportées.

Elle ouvre sa sacoche et me fait voir les photos de suspects potentiels.

George veut se rendre utile.

— J'ai une mauvaise mémoire et c'était il y a longtemps, mais ces trois-là lui ressemblent.

J'étudie les visages. Je les imagine enfants, élevés par des pères qui les aimaient, les battaient, les endurcissaient ou les abandonnaient. *Maintenant, mon fils James porte le bouc, le crâne rasé, la bouche fermée pour cacher ses dents en moins. C'est quoi, ce tatouage sur la tronche, Don ? Sig, ta mère aimerait bien que tu l'appelles.* Ce sont trois ouvriers blancs qui triment dur. Ils ont réparé votre voiture, goudronné votre toit, cambriolé votre magasin s'il était facile à fracturer. Peut-être que l'un d'entre eux a tué mon père. C'est un début.

— Vous penchez pour lequel, George ? je demande.

Il hausse les épaules. Son expression dit : *Butez-les tous, ça ne change rien. Ils n'ont aucune importance.* À coup sûr, ils ont fourni un bon alibi et George s'en bat les couilles.

— Bon, et comment s'est passée la vente ?

— Comme d'hab. On se retrouve. C'est moi qui fixe le rendez-vous. En général, au fond d'un parking Walmart désert. Je viens avec des renforts. J'ouvre le coffre et je montre les armes. Quelque chose te plaît, tu l'achètes, tu vas le ranger dans ta voiture et tu reviens pour les munitions.

— L'acheteur est arrivé en voiture. C'était quoi ?

— Je sais pas. Une fourgonnette Toyota pourrie. Blanche.

Robin Stella secoue la tête. Je recueille des informations inutiles. Je regarde à nouveau les photos des suspects. James, Donald et Sig.

— Clyde, c'est le nom qu'il vous a donné ?

— C'est ce qu'il a dit.

— Je peux avoir une minute seule avec George ? je demande à Mme Stella.

Elle opine d'un haussement d'épaules et quitte la pièce avec Ernie. George est menotté au bras de son fauteuil à roulettes. Je ne risque rien. Je me penche un peu plus près. Je peux parler doucement, avec compassion.

— Combien de temps vous donnent les médecins, George ?

— Cinq ou six mois.

Je lui prends la main.

— Est-ce que je peux faire quelque chose pour vous ? Vous recevez assez de morphine ?

George penche la tête sur le côté, réfléchit à une réponse sarcastique, puis se ravise. Il n'a pas l'énergie. Il préfère laisser libre cours à ses sentiments profonds.

— J'ai personne. C'est quelque chose, hein ? Une vie entière et personne à la fin.

Il se met à pleurer.

— On pourrait croire que… Nan, qu'ils aillent se faire foutre.

— Des enfants ?

— Mon fils habite Boston. Soi-disant qu'il peut pas s'échapper.

— Je suis désolée.

— C'est comme ça.

— George, parlez-moi un peu plus du surf. Où est-ce que vous avez commencé ?

— J'ai grandi à Ventura, alors j'ai démarré là-bas, et puis je suis descendu à L.A. J'étais un habitué de Malibu. À l'époque, il y avait des vols directs pour Oahu. On se connaissait tous. On formait une confrérie. On avait nos plages, eux les leurs. On emmerdait les jeunes de la vallée quand ils venaient à Malibu ; ceux d'Honolulu faisaient la même chose aux gamins de Kahala, mais quand on venait surfer à Hawaï, ils étaient cool avec nous, et vice versa. Au bout de pas longtemps, je me suis mis à passer de l'herbe pour financer mes séjours.

Je rigole.

— Excellent ! Vous aviez évidé votre planche de surf ?

— Nan. J'ai jamais trimballé quoi que ce soit. J'avais une copine, Alice, elle avait une tête d'instit. C'était ma mule. Elle voyageait en première classe, s'est jamais fait fouiller. Moi, les chiens me reniflaient les chevilles à peine je descendais de l'avion.

Je n'ai pas une attitude de flique. Je suis journaliste. On bavarde. On pourrait être dans 60 minutes.

— C'est marrant, ça.

— Vous savez ce qu'est marrant ? Elle était vraiment instit. De CE1 à Horace Mann, à Beverly Hills.

— Et vous êtes toujours en contact ?

George réfléchit, fouille sa mémoire – à moins qu'il se dise que je me fous de lui ?

— En contact ? Non, on n'est plus en contact.

Oh que si, connard. Même que c'est ta femme. C'était ta complice dans tes petites virées pour acheter des flingues en Virginie-Occidentale et en Géorgie. Évidemment que je me fous de toi – je suis maligne, comme flique. Tu ne crois pas que je me suis renseignée avant de venir ? Tu ne la balanceras jamais, mais on a assez de jolies photos de Mme Instit Candler dans sa Chevy Malibu prises à différents péages du New Jersey et de Caroline du Nord, sur le Coleman Bridge, la Dulles Greenway et dans un 7-Eleven de

Durham. Ce n'est pas pour rien qu'on parle de surveillance de masse, crétin.

— Peut-être qu'on peut la retrouver pour vous.

— Vous embêtez pas. C'est trop vieux, tout ça.

— George, je suis une femme désespérée. Je vis avec une chose qui me fait horriblement souffrir. Je ne compare pas ma souffrance à la vôtre. Je cherche à la dénouer, à aboutir à une résolution. Vous pouvez comprendre ça, hein ? C'est difficile à supporter. Je sais que vous avez quelque chose ; vous avez une clef pour ouvrir une porte. Vous avez une information qui m'aiderait énormément. Je le sais.

George réagit aussi sec.

— Qu'est-ce que vous ferez pour moi ? Vous avez un remède contre le cancer ? Je vous ai dit tout ce que je savais.

Il détourne son fauteuil. Je suis toujours toute douceur et compassion. Je suis toujours *concernée.*

— George, je vais vous dire ce que je peux faire : je peux rendre votre existence agréable. Je peux vous faire admettre dans un hospice à Hana. Avec vue sur l'océan. Il est propre et on entend le bruit des vagues. Vous vous réveillerez du cauchemar de la chimio au milieu des chants d'oiseaux, du parfum du jasmin et de l'ananas. Vous recevrez des médicaments et vous quitterez cette terre le sourire aux lèvres en rêvant de curls, de tubes et de dauphins pendant que la douleur désertera votre corps et que votre âme flottera jusqu'à l'océan. Sinon, vous pouvez finir vos jours dans une cellule souterraine humide de la prison d'Halawa. Vous la connaissez ? À côté d'Halawa, Rikers, que vous avez fréquentée un certain temps, c'est le Four Seasons de Maui. Voilà ce que je peux faire pour vous. Je cherche Clyde Untel. Il va falloir me donner plus qu'un grand mec en fourgonnette Toyota blanche et pas de nom de famille.

George tord ses lèvres en un sourire. Ce doit être une petite victoire pour lui. Il se trouve que c'est un grand fan des *Experts*.

— J'ai ses empreintes.

Ah.

— Je lui ai offert une bière. Heineken. Je bois que ça. Il a écrasé et jeté la boîte. Après son départ, je l'ai ramassée. Vous la voulez ? Elle est sur le siège arrière de ma voiture.

Ce qui signifie empreintes *plus* traces d'ADN potentielles sur la boîte.

Quelques minutes plus tard, Robin Stella, la procureure, me dit :

— On a toujours sa voiture.

Je paye à Ernie une chambre avec vue sur l'océan au Royal Hawaiian. Et je l'invite à dîner chez Alan Wong.

— On va choper ce salaud, maintenant, lance Ernie.

On sait tous les deux que rien n'est moins sûr, mais pourquoi gâcher le repas avec des *si* ? *Si* la canette de bière est bien dans la voiture, *si* on arrive à y prélever des empreintes, *si* Clyde a été militaire, soigné dans un hôpital militaire ou arrêté au cours des cinq dernières années. *Là*, on aura peut-être une correspondance.

— Ça va prendre combien de temps ?

— Une semaine. C'est assez rapide avec la solidarité professionnelle.

— Bien. T'as assuré, Ernie.

— Okay, mais tu sais, ce que tu as promis à George, l'hospice à Hana et tout… Je ne crois pas que j'ai le bras assez long pour le faire entrer là-bas.

— Moi non plus, Ernie. Qu'il aille se faire foutre.

Je réserve un vol pour New York le lendemain en fin d'après-midi, ce qui veut dire matinée à la plage de Waikiki, longue baignade et déjeuner d'adieu avec Ernie avant qu'il reparte pour Maui. J'ouvre les yeux sur une journée grise et terne, avec juste assez de pluie pour humidifier le sable. Rien à foutre. J'attrape une serviette, mon masque et mon tuba.

La plage est déserte à part quelques ados séchant les cours qui fument un joint sous un parasol déglingué et un gusse qui ausculte le sable au détecteur de métaux en quête d'un trésor enfoui. Quelques surfeurs dansotent sur les flots, espérant de plus grosses vagues. Grisaille ou pas, j'ai bien raqué pour venir, alors je ne vais pas laisser le mauvais temps me gâcher la journée. L'eau est chaude ; la pluie ne me dérange pas. Je m'avance jusqu'à être immergée à la taille, j'ajuste mon masque et je m'élance.

Au bahut, je faisais du 200 et du 400 mètres nage libre. J'ai décroché quelques records scolaires qui tiennent peut-être encore. Mon père me conduisait aux entraînements et aux compétitions. Il n'y a pas pire sport pour un parent. Une compète de natation peut durer six heures et toi, tu poireautes sur place pour voir ton gosse se jeter à l'eau et en ressortir deux minutes plus tard. Mon équipe s'entraînait de 6 à 7 tous les matins. Papa était fier de moi, il suivait méticuleusement mes performances, m'attendait dehors dans la voiture, me tendait une tasse de chocolat chaud de la Thermos. Il aimait bien rechercher les nageurs célèbres qui avaient fait de moins bons temps que moi.

— Tu vois, Nina, ton 100 mètres est maintenant plus rapide que celui d'Alice Nathan, qui a remporté la médaille de bronze à Paris en 1946. Tu n'es qu'à quelques secondes derrière le grand Johnny Weissmuller.

— Johnny qui ?

— Tu ne connais pas Johnny Weissmuller ? Il a joué Tarzan !

Les souvenirs affluent, prompts et délicieux ; ils me maintiennent en mouvement, tête baissée, respirant par le tuba, la bruine me picotant le dos. J'ai trouvé mon rythme à présent, mes bras remuent mécaniquement, la subtile oscillation d'une vague m'emporte vers la suivante.

— À quoi tu penses quand tu nages le marathon, Nina ? Tu te repasses tes activités du jour, tu révises tes conjugaisons françaises, tu penses à ce que tu vas manger ?

— Non, papa, je ne pense à rien. Je laisse mon esprit au bord de la piscine.

— Je faisais de la lutte au lycée. Je devais garder l'esprit vif, décider des stratégies.

— C'est différent. Quand je nage, ma tête oublie que mon corps ne peut pas continuer indéfiniment. Je pourrais nager jusqu'en Chine. Quand je fais un marathon dans la piscine, je me déconnecte au point que mon esprit ne remarque pas combien je fatigue. Il ne me le rappelle qu'au moment où les plus gros signaux clignotent – quand mes gestes se relâchent ou que je peine à faire la culbute. Je pourrais nager sans trop me rendre compte de mon état d'épuisement jusqu'à ce que mon corps finisse par craquer et que je n'arrive même plus à me maintenir à flot.

Je nage. Et je nage.

Et puis je m'aperçois que j'ai atteint ce point. Mes bras sont quasi morts. Je m'arrête. Je suis dans un banc de brouillard. Je fais du surplace, pivote. Zéro visibilité, comme on dit. Je ne vois pas le rivage. Je suis aveugle. J'essaie de sentir un courant. J'en décèle un. Il me porte. Mais vers où ? Où est-ce qu'il m'entraîne ? Vers Honolulu ? Ou vers la Chine ? Je ne sais pas, mais je vais sûrement me noyer si je prends la mauvaise décision. Le brouillard peut durer des heures. Je nage vite, quelle distance ai-je parcourue ? Trois kilomètres ? Même si je savais dans quelle direction aller, j'y arriverais à peine. Qui viendra me sauver ? Un gentil dauphin, Éole aux grosses joues me poussant vers la plage ? Ce ne sera ni un voilier en croisière au soleil couchant ni un pêcheur. Je suis seule. Je sens une main sur ma taille. Papa fait du surplace à côté de moi.

— Papa.

— Par là, Nina.

Il me retourne, me dirige vers le courant. J'ai six ans ; il a la main sur mon ventre, il m'apprend à nager.

On est dans une piscine. Mon père marche à côté de moi, me soutient.

— Détends-toi, Nina. Laisse-toi flotter, inspire, souffle des bulles dans l'eau. Je te tiens, je suis là. Tu te débrouilles très bien, ma chérie. Tu seras une merveilleuse nageuse.

Je vois la flèche du Royal Hawaiian. Le soleil est sorti, la plage blanche est mouchetée de parasols. Je suis sur le chemin du retour.

16

Ça ne rate jamais. J'accroche ma ceinture et relève le volet de mon hublot quand l'avion amorce sa descente vers JFK. J'aperçois la fine bande d'une plage déserte de Fire Island, les vagues vertes s'écrasant sur ce qui doit être du sable gelé. Il va faire un froid de gueux dans le Queens, et je regrette aussitôt d'avoir quitté Hawaï.

Je refuse poliment les offres de transport chuchotées par des chauffeurs clandestins quand je reçois un texto de Tessa Harper disant qu'elle m'attend dehors. Tessa et moi, on s'entend bien. Surtout depuis que son mari s'est pété le genou en skiant dans le Vermont et que je l'ai recommandé à mon ex-fiancé. Darren lui a magistralement posé une prothèse partielle, l'a confié à son meilleur kiné et n'a appliqué aucun dépassement d'honoraires. Tessa veut me raconter son entretien avec Susan. Me ramener chez moi constitue le moment idéal pour ça. Je ne me tiens plus de joie. Je viens d'économiser 40 dollars.

— On peut monter le chauffage, Tess ? Mon corps est encore à Hawaï.

— Okay. Tu t'es bien amusée ?

— Reposée et d'attaque.

Elle n'a pas besoin de savoir pour George Candler.

— Où est ton bronzage ?

— Dans mes bagages. Parle-moi de Susan.

— Elle ne l'a pas tué. Je sais que tu ne le crois pas non plus.

— Alors où est-ce qu'elle était le soir du meurtre ?

— Je vais te montrer.

Cinq minutes plus tard, on est sur la 32e Avenue à Jackson Heights, une succession de maisons à un étage datant de l'après-guerre, avec toit de bardeaux, parement en aluminium, clôtures grillagées de différentes hauteurs, une voiture dans chaque allée et une poule dans chaque pot. Le quartier a connu des hauts et des bas mais les pavillons n'ont pas bougé, passant de main en main dans une succession de méandres ethniques, depuis les GI blancs revenus de la Seconde Guerre mondiale qui les ont vendus à des familles noires, qui les ont vendus à des Asiatiques, qui les ont vendus à des Jamaïcains. Les Coréens d'antan ont cédé la place à des Pakistanais. Les seuls qui n'aient pas encore découvert le coin sont les milléniaux, qui arriveront plus tard, quand ils s'apercevront qu'ils ne peuvent pas se payer Brooklyn. Il y a quelque chose dans ces bicoques qui fait que les gens s'en sentent responsables. Elles sont toujours repeintes de frais, avec de jolis jardinets bien entretenus et des antennes paraboliques sur le toit.

— On y est, dit Tessa en s'arrêtant face au numéro 12 988, une baraque exactement comme les autres hormis les quatre caméras de surveillance placées discrètement sous la corniche et les barreaux métalliques à la porte et aux fenêtres.

Je suis prête à parier que les vitres sont blindées et en verre sans tain. Tessa me tend une paire de jumelles.

Je la porte à mes yeux. Un toit peut vous en apprendre beaucoup sur une maison. Je remarque que le 12 988 et son voisin le 12 990 ont le même climatiseur neuf. Coïncidence intéressante. Ils ont aussi le même paillasson. Les pavillons sont reliés par un grand mur, qui empêche de voir le jardin entre les deux.

— Devine, fait Tessa.

J'aperçois le haut d'un portique de balançoire qui dépasse du mur.

— C'est une garderie, un foyer d'accueil, un centre de désintox ou un refuge pour femmes.

— Bingo.

Tessa consulte ses notes.

— J'ai bossé sur les violences domestiques. Je connais tous les refuges pour femmes du Queens et je n'ai jamais entendu parler de cet endroit. Mme Steevers y a séjourné du 30 décembre au 26 mars. C'est son alibi pour le soir du meurtre de son mari. Elle connaît peut-être l'assassin.

— On s'en va, dis-je.

On roule en silence pendant un moment.

— Tu y es entrée ?

— Non. J'ai appelé Susan pour prendre rendez-vous. Quand je suis arrivée chez elle, elle était avec une avocate qui m'a montré une vidéo sur sa tablette. C'était Susan au refuge, avec tous les *timecodes* que tu veux. La baraque est bourrée de caméras. Elle a aussi une liste de personnes prêtes à jurer qu'elle était là-bas ce soir-là. Je lui ai demandé où c'était, « là-bas ». Elle m'a répondu que pour ça, il me faudrait une ordonnance du tribunal. Je suis partie et j'ai attendu dans ma voiture. Une heure plus tard, Susan est sortie et je l'ai suivie jusqu'à cette adresse.

Tessa adore les détails ; autant poser le reste de mes questions autour d'un café.

— Il y a un Starbucks au coin. Je t'invite.

On commande des *latte* et on s'installe dans un coin tranquille. Tessa sort son calepin.

— J'ai vérifié les registres de propriété. La maison est enregistrée au nom d'Artemis – c'est une déesse grecque.

Je sais. Dans la mythologie grecque, Artémis est la déesse de la chasse, mais aussi la protectrice des jeunes femmes. Ce qui en fait un nom adapté pour un foyer d'accueil.

— Elle a ouvert en 1998 en tant que résidence pour femmes. Les permis santé, sécurité, incendie sont à jour, mais il y a un truc bizarre : la structure pourrait sans problème être classée association d'intérêt général, les donateurs bénéficieraient d'une déduction d'impôts. Évidemment, ça impliquerait un conseil d'administration, des déclarations de revenus et une liste de tous les donateurs. Tout doit être absolument transparent. Sauf qu'Artemis n'est pas une association à but non lucratif.

— C'est quoi ?

— Une société. C'est une entreprise.

— Qui tourne avec quel argent ? Celui des femmes ?

— Ça me surprendrait. Elles fuient leur mari. Elles ont des enfants, nulle part où aller. Elles sont fauchées.

— Qu'est-ce que tu sais de cette boîte ?

Tessa relit ses notes.

— Elle a son siège dans le Delaware, alors bonne chance pour obtenir les déclarations de revenus. La seule information publique, c'est le nom de sa présidente, une certaine Phyllis Berke. Elle est aussi inscrite comme l'unique employée.

— Donc, soit Berke est pétée de thunes, soit quelqu'un a financé et continue à financer le refuge. Qui gère l'entreprise ? Paie les factures, se charge de la paperasse ?

— Il y a une experte-comptable à Merrick. Vali Lopez. Je lui ai parlé au téléphone. Elle prétend qu'elle ne connaît pas Mme Berke, qu'elle ne l'a jamais rencontrée. Elle fait la compta, règle les factures. Elle m'a dit que si je voulais en savoir plus, je devrais venir avec un mandat de perquise. Dans le genre discret…

— Ça, je comprends. Si je planquais des femmes recherchées par leur mari, je n'irais pas le crier sur les toits.

— Mais cet endroit est inconnu de nos services.

Tessa récupère les dernières traces de mousse de son gobelet.

— Tu ne trouves pas ça bizarre ?

— Pas vraiment. Ils ne tiennent pas à ce que la police sache où ils sont. Surtout s'ils hébergent des femmes de flics. Comme Susan.

— Alors on fait quoi, maintenant ? demande Tessa.

— On retourne à Ronald. S'il s'est fait virer de la police de Farmingdale pour avoir battu Susan, ça veut dire soit que leur big boss est quelqu'un d'avisé, soit que Ronald a franchement dépassé les bornes.

— Je crois que c'est plus compliqué que ça. Au fait, qu'est-ce que tu entends par « dépasser les bornes » ?

— Pour moi, toucher n'importe quelle partie de mon corps sans mon autorisation, c'est dépasser les bornes. Est-ce que Ronald allait tuer Susan ? Il n'en était peut-être pas loin.

— Ce n'est pas de ça que Susan avait peur.

— Alors de quoi ?

— C'est dans sa déposition. Elle était bavarde. Je n'ai posé que quelques questions.

Tessa tape sur l'icône de l'enregistreur de son téléphone. Je reconnais la voix de Susan.

On avait un accord : il bosse de jour, moi de nuit, il laisse sa voiture et ses fringues ici mais on ne dort pas ensemble et on ne mange pas ensemble, en attendant qu'il puisse louer un logement abordable quand il aura retrouvé un poste dans la police. S'il me frappe encore une fois, tout est annulé. Il doit déménager. C'était un arrangement délirant, mais ça fonctionnait. Jusqu'à ce que je commette l'erreur de lui dire bonjour. Quand est-ce que ça a commencé ? En réunion de groupe au refuge, on m'a demandé d'écrire un journal intime du passé.

— Vous pouvez me dire en quoi ça consiste ?

— Imaginez que vous le rédigez au présent. Vous commencez par décrire comment vous vous êtes rencontrés, comment vous êtes tombés amoureux, comment vous avez décidé de vous marier... Vous racontez votre mariage, votre lune de miel – et la première fois qu'il vous a frappée.

— C'était quand ?

— À Farmingdale. Une dispute à propos de fric. Je lui ai reproché de dépenser trop pour sa voiture, ses matchs des Islanders, sa moto, ses jeux vidéo ; il m'a sorti que je dépensais trop en bouffe. Je lui ai montré les reçus de carte de crédit ; il les a déchirés et me les a écrasés sur la figure. Je l'ai repoussé, et la seconde d'après j'étais par terre et je ne sentais plus ma mâchoire. Je me suis ruée dans la salle de bains, j'ai verrouillé la porte et j'ai appelé le 911. La police est venue, mais c'étaient des copains à lui, ils m'ont dissuadée de porter plainte. Ça, c'était la première fois.

— Les coups ont continué ?

— Oui.

— Et vous avez de nouveau alerté la police ?

— Deux fois. Mais à ce stade, il avait convaincu tout le monde que c'était moi qui l'agressais. Il m'attrapait la main et se griffait le visage avec pour avoir des marques. Et puis il a décrété que je méritais un autre genre de punition quand j'étais méchante – et « méchante », c'était plein de choses.

— *Quelle était la punition ?*
— *Il m'ébouillantait.*

— D'après la mère de Ronald, c'est Susan qui avait fait ça à Ronald, interviens-je.
Tessa met l'enregistrement en pause.
— Elle m'a montré les cicatrices de brûlures dans son dos.
Elle rappuie sur lecture. Susan poursuit.

Ronald a été formé à être obéi, à toujours dominer la situation ; son autorité ne peut pas être remise en cause. Il a été entraîné à l'usage de la force, et il aimait s'en servir dans son travail, alors je suppose qu'il aimait aussi s'en servir à la maison.

Tessa et moi, on se regarde. Nous savons toutes les deux qu'elle a raison. Quand on est mariée à un policier, on a 70 % de risques d'être maltraitée.

Il se trouve que je n'étais pas son seul punching-ball. Un soir, on est allés au ciné et il y avait des jeunes devant nous qui étaient assez turbulents, ils faisaient du bruit. Ronald en a attrapé un par le colback, l'a traîné dans l'allée et l'a jeté dehors. Le gamin est revenu avec son père et deux agents de patrouille. Il y a eu des poursuites et j'ai été appelée à déposer. J'ai déclaré que Ronald se montrait violent avec moi aussi. Ça s'est conclu par un accord, mais la police de Farmingdale a viré Ronald. Selon lui, c'était mon témoignage qui lui avait fait perdre son boulot.

— Qu'est-ce qui vous empêchait de partir ?

— Au début, j'imagine que c'est parce que je l'aimais. On avait un projet de vie. Il progresserait dans la police, on économiserait mon salaire d'infirmière pour s'acheter une maison, avoir des enfants, une vie normale, quoi. Et puis, après m'avoir frappée, il s'excusait, me promettait de changer, jurait qu'il m'aimait, toutes ces conneries auxquelles je croyais. On s'est installés ici, il a décroché son poste à Home Depot, il avait postulé dans d'autres services de police et un de ses copains disait pouvoir le faire entrer au NYPD, alors les choses avaient l'air de s'arranger. Sauf que ça n'allait pas. Je lui ai dit que je voulais divorcer. C'est là qu'il m'a montré la bouteille.

— La bouteille ?

— D'acide. Il me la viderait sur la tête quand il me trouverait. Il m'a montré des photos de femmes qui avaient reçu de l'acide. Il en a versé une goutte sur son propre bras. Vous voulez savoir ce qui se passe quand une goutte d'acide touche la peau ? Non, surtout pas. Mais je l'ai cru. L'eau bouillante n'était qu'un aperçu de la suite. Quelqu'un, ne me demandez pas qui, m'a parlé d'un refuge pour femmes où je serais en sécurité. Le lendemain, Ronald est parti pour Home Depot et j'ai foncé là-bas. Je n'en ai pas bougé jusqu'au jour où j'ai appris par la télé qu'il était mort. Je ne sais pas du tout qui a tué Ronald, mais vous savez quoi ? Je lui dis merci.

— Vous pouvez me parler de ce refuge ?

— Non.

Un silence. Je m'apprête à dire quelque chose quand Tessa m'arrête.

— Attends. Il en reste un bout.

Un jour qu'il me collait des allers-retours, une main sur le cou, l'autre me fouettant les joues, j'ai entraperçu une photo de lui sur la cheminée – dix ans, en uniforme de louveteau. Il avait l'air fier, et son sourire était trop mignon. Il lui manquait une dent, ce qui le rendait encore plus adorable, avec ses taches de rousseur, ses yeux vifs, ses cheveux bien coiffés encore humides. À croquer. J'ai eu envie de lui demander : « Comment t'es devenu l'adulte que tu es ? Qui t'a appris à frapper ? »

17

Bobby B est plus optimiste que moi sur mon passage à Hawaï.

— Si tu obtiens l'identité du tueur grâce à son ADN ou à ses empreintes, ça enclenche des tas de choses. Il devra expliquer ses déplacements, ses reçus d'achats, la localisation de son téléphone. On saura qui chercher sur les enregistrements de vidéosurveillance des stations-service, des agences de location de voitures, des supérettes, des fast-foods. Le mec doit bien se nourrir, non ? Si aucune preuve ne réussit à l'incriminer, tu peux toujours revenir au plan B et le buter.

— C'est le plan A, pas le plan B.

Le chef sushi nous interrompt avec l'élément suivant de son *omakase*, un menu infini de son choix : deux cuillers en porcelaine contenant une unique palourde flottant dans un bouillon rose. On a déjà dégusté huit minuscules morceaux de poisson cru élégamment présentés qui pourraient tenir sur une lame de microscope. Bobby étant un client régulier, il peut se permettre de dire :

— Hido, arrêtez-vous quand vous arriverez à 200 dollars, d'accord ?

— Pas de problème.

— Je n'en peux plus, dis-je.

On balance deux cartes de crédit sur le comptoir. Dans la voiture, Bobby B me sort ce qu'il sort toujours après un *omakase* à 200 dollars :

— Burger King ou Wendy's ?

Je me réveille au milieu de la nuit la tête pleine de questions. En voici une : qui est arrivé en premier, l'œuf ou la poule ? Pour Aristote, le réel précède le potentiel. Un œuf est une poule en puissance et une poule est une poule. Par conséquent, l'idée de la poule doit précéder l'œuf. Et pourquoi est-ce que M. McDermott ne sait pas qui il a tué ? Et où est donc passé le chat du fils d'Artie Crews ? Bobby ouvre l'œil, glisse une main sous mon T-shirt.

— Bobby, ne bouge pas. Reste comme ça.

Il sait ce que j'aime lui faire avant qu'il me fasse ce que j'aime.

Le lendemain matin, je passe devant le refuge pour femmes où logeait Susan quand Ronald s'est fait tuer. Juste histoire d'y rejeter un coup d'œil sur le chemin du boulot. Plus tard, au poste, la commandante Hagen s'arrête devant mon bureau, les bras chargés de gros dossiers. Je sais ce que c'est : des affaires non résolues.

— C'était bien, à Hawaï ?

— Oui. J'avais besoin de repos, de soleil bien chaud et de jus d'ananas. C'est dans les prospectus.

— On a coincé l'assassin de la fille dans la voiture.

— Son copain ?

Elle hausse les épaules.

— Il est venu se livrer hier. Il avait fouillé dans le téléphone de la fille. Vu des textos pour son autre copain.

Travail de police : chance, culpabilité, et aveux.

— Vous êtes prête à vous amuser un peu ?

J'acquiesce. Elle laisse tomber cinq chemises sur mon bureau. Affaires en suspens, homicides non élucidés. Je ne suis pas censée les démêler en une heure comme à la télé, je dois juste les passer en revue, chercher des indices, revérifier les suspects, voir quels crimes ils ont commis depuis, si l'un d'eux ressemble à l'original, et ce qu'on pourrait tirer des pièces à conviction grâce aux technologies plus récentes – analyse spectrale, caractérisation des poudres, généalogie de l'arme du crime, ADN. Ensuite, je suis tenue de rédiger une évaluation pour recommander soit la réouverture de l'enquête, soit son renvoi pour impossibilité à la résoudre : mort de tous les témoins, absence de la moindre preuve valable, chances réalistes de jamais parvenir à une solution, utilisation des ressources policières. On sait tous que, parfois, le processus fonctionne, un enquêteur repère un indice négligé, un lien avec un autre meurtre perpétré de la même manière et alors, un meurtrier est arrêté pour un crime commis vingt ans plus tôt et la famille de la victime obtient enfin justice et dénouement.

Ma cousine Aline travaille dans un cabinet d'avocats de Wall Street. Elle se surnomme le Nain Tracassin – un commis ou stagiaire poussant un chariot surchargé de documents de fusion débarque et les dépose sur son bureau. Une minute plus tard, un coup de fil d'un associé principal lui apprend qu'il lui faut ces documents revus, corrigés et prêts à être signés d'ici demain, et que ça a intérêt à être nickel. « Transformer la paille en or », soupire Aline.

Ce tas de paille, je l'ai devant moi. Je n'ai récupéré que cinq chemises, mais il en reste des dizaines dans des cartons au sous-sol du bâtiment. Je vais étudier ces cinq-là, puis cinq autres viendront, et ça ne s'arrêtera jamais tant que des gens continueront à se faire du mal.

Le premier dossier est aussi épais qu'un annuaire de banlieue, si ça existe encore. Il renferme tout ce qu'on a besoin de savoir sur un meurtre non élucidé : clichés de la victime, de la scène de crime, de l'arme du crime, portraits d'identité judiciaire ou photos de groupe des suspects, de la famille, des amis. Il y a des frises chronologiques, des rapports d'experts, des rapports d'autopsie, des rapports du coroner, des analyses de sang, d'empreintes, de salive, de selles et d'urine. Des témoignages de la dernière personne à avoir vu la victime en vie, des listes d'individus qui, en termes de MOM – « moyen, occasion, mobile » –, pourraient être suspects et méritent d'être réentendus. Aux yeux de certains flics, ce genre de dossier ne renferme *rien* de ce qu'on a besoin de savoir sur un meurtre non résolu ; s'il n'est pas résolu, ce n'est pas pour rien :

personne n'a réussi à le résoudre. Le verre est-il à moitié vide ou à moitié plein ? Comme je suis de nature optimiste, j'ouvre la chemise et cherche l'inspiration, un tueur potentiel qui aurait échappé à la sagacité de mes prédécesseurs. Si la victime est une jeune fille, je revérifierai tous les membres de sa famille.

La première affaire concerne un homme tué par balle retrouvé dans le coffre de sa voiture. Sans l'odeur de décomposition qui émanait du coffre et les efforts du restaurant voisin pour proposer un moment agréable en terrasse à ses clients, le cadavre serait resté là un bon mois de plus et aurait pu y passer l'hiver. Bien que le principe fondateur du projet « affaires non résolues » soit que chaque meurtre laisse derrière lui d'autres victimes – famille, amis, fiancé(e), parents –, le mec du coffre semble avoir connu une mort singulièrement solitaire. Sa bio commence à Tulsa, où il a été sorti d'un orphelinat pour être confié à un couple relativement âgé, désormais tous deux décédés. De sérieuses tentatives pour retrouver ses parents biologiques ont révélé qu'eux aussi étaient morts. Il n'avait ni frères, ni sœurs, ni oncles, ni tantes ; il est parti seul. Sans espoir. Pourquoi et de la main de qui, il faudrait des aveux pour l'apprendre. Je n'y crois pas. Ça peut aussi bien être une dette impayée qu'une dispute qui s'est envenimée ou un meurtre par vengeance comme celui que je prévois moi-même.

J'ouvre le deuxième dossier. Il y a un Post-it jaune collé à l'intérieur de la chemise. *Mon conseil : ne passez pas trop de temps à rechercher l'assassin de cette ordure.* Le premier document est un avis de recherche décoloré où s'étale la photo d'identité judiciaire de la victime, Nelson Gooding, prise au sommet de sa carrière de violeur en série et d'assassin. Nelson était un homme blanc de trente-six ans, 1,72 m, 80 kilos, bras couverts de tatouages du poignet à l'épaule. *Il est considéré comme armé et dangereux ; appelez le numéro suivant si vous le voyez ; ne l'approchez sous aucun prétexte.* Sans blague. Ses empreintes sont reproduites au bas de l'affiche. Je me représente le bureau de poste de Grahamsville et je ne me souviens pas d'avis de recherche placardés aux murs. Je me demande si celui-ci est assez vieux pour être expertisé dans *Affaire conclue*. Ma lecture se poursuit par la liste de ses viols et de ses meurtres ainsi que des tortures qu'il a infligées à ses victimes, toutes âgées de moins de quinze ans. Nelson a été retrouvé sous un banc de Forest Park, la gorge tranchée et le pénis enfoncé dans la bouche. Peut-être que Nelson s'en est bien tiré, en tout cas je doute que quiconque passe, comme le dit le Post-it, « trop de temps à rechercher l'assassin de cette ordure ».

L'affaire suivante concerne la mort accidentelle avec délit de fuite de Daniel Huang, un lycéen de seize ans qui bossait le soir à distribuer des tracts de restos à emporter dans les boîtes aux lettres. Son portefeuille avait disparu, ce qui signifie qu'après l'avoir percuté, le chauffard s'est arrêté et qu'il est descendu de son véhicule pour lui faire les poches. Je remarque que l'équipe scientifique n'a pas recherché de traces de peinture sur ses vêtements. L'affaire remonte à cinq ans, mais la science a encore progressé depuis, alors s'ils relèvent le moindre résidu de peinture, on peut identifier la marque et le modèle du véhicule qui a renversé Daniel ; je rédige une courte note expliquant pourquoi je veux qu'on rouvre cette enquête. Et de trois, plus que deux.

L'affaire non élucidée n° 4 est celle de Sean Brody, un immigrant irlandais qui avait dépassé – de dix ans – le terme de son visa de tourisme et travaillait comme aide-soignant au Queens General Center Hospital. On l'a retrouvé flottant dans l'Anable Basin avec les yeux tuméfiés, le nez cassé, les dents inférieures branlantes et un degré d'alcoolémie explosif. Deux hypothèses : 1) Il s'est battu dans un bar, en est parti ivre mort, est tombé dans l'eau et s'est noyé. 2) On l'a tabassé et jeté volontairement dans le bassin. C'était donc soit un homicide, soit un accident. Vérification faite auprès de tous les bars du quartier, aucune rixe n'avait été à signaler ce soir-là. Et personne n'y avait vu Sean. Le mystère restait entier, et on ne disposait pas d'éléments suffisants pour justifier de poursuivre les investigations. Noté.

La cinquième et dernière affaire concerne Juanita Castro Gooding, vingt-huit ans, battue à mort dans son appartement de Rego Park. Suspect principal : Nelson Gooding, son mari et *ordure* susmentionnée dont j'ai consulté le dossier il y a quelques instants. Je le rouvre. Et je la vois : une injonction d'éloignement émise par le tribunal municipal du Queens interdisant à Nelson tout contact avec sa femme, Juanita Castro Gooding, en personne autant que par téléphone, courrier, télécopie, courriel, livraison de fleurs ou de cadeaux. Les enquêteurs soupçonnaient Nelson du meurtre de Juanita. Ils l'ont interrogé puis libéré. Un an plus tard, il était assassiné.

Il est évident que les collègues chargés de l'affaire Juanita considéraient que Nelson était coupable, et puisqu'il avait lui-même été tué moins d'un an plus tard, inutile de prolonger les investigations. Techniquement, il s'agissait bien de deux meurtres non élucidés, mais en pratique, dans l'esprit des policiers, les dossiers étaient clos. Nelson avait tué Juanita puis s'était fait buter. Je reprends le dossier de Juanita. Il présente une copie de l'injonction d'éloignement accompagnée de la demande initiale. C'est une litanie amère et déprimante de coups, harcèlement, traque, et, à deux reprises, viol. L'ordonnance restrictive pour violences domestiques incluait formellement les relations sexuelles, de sorte que Nelson ne pouvait pas arguer s'être contenté d'exercer ses droits conjugaux. C'est ça le problème avec ces injonctions : la majorité des personnes qu'elles visent s'en foutent, les victimes éprouvent un faux sentiment de sécurité, et certains experts soutiennent même qu'elles ont tendance à mettre les harceleurs en rage.

Une idée me passe par la tête, m'alerte, mais elle est trop vague pour que j'aille la soumettre à la commandante Hagen. Je fais le tour des collègues qui ont des affaires non résolues sur leur bureau pour leur demander de me tenir au courant si l'une d'entre elles comporte une injonction d'éloignement pour violences conjugales. J'ajoute qu'ils peuvent me transmettre le dossier et que je me chargerai de l'évaluation à leur place. Ils acceptent tous – moins de boulot pour eux, plus pour moi.

Le lieutenant Mel Harden est le premier à venir me trouver. Il me tend une chemise.

— Deux ordonnances restrictives contre la victime. Un mec d'ici, une petite célébrité pour les amateurs de football du coin.

Affaire Derrick Matthews. Sa mère a signalé sa disparition le 3 décembre 2013. La police de Long Island City a interrogé son ex-femme, Janet Matthews. Qui a produit un alibi en béton : elle vivait dans un refuge pour femmes depuis deux mois quand Derrick a été vu pour la dernière fois.

Derrick Matthews, trente-deux ans lors de sa disparition, était le père de Derrick Junior, quatre ans, et de Deirdre, deux ans. Derrick et Janet se sont connus et mariés à l'université Fordham, dont Derrick était le receveur vedette de l'équipe de football américain. Son diplôme en poche, il est recruté par les Jaguars de Jacksonville. *Newsday* a publié des photos de lui en train de signer son contrat coiffé d'une casquette des Jaguars, brandissant son chèque (deux millions de dollars), montrant une copie de sa prime de signature. Un communiqué de presse des Jaguars le présente aux supporters de l'équipe. Il comprend une bio, qui retrace sa rencontre avec Janet, leur relation fusionnelle à la fac, leur mariage en deuxième année et la naissance de Derrick Junior un an plus tard. Ils achètent un appartement de standing dans la Marina San Pablo avec vue sur la rive d'en face (1,5 million de dollars). Je découvre les goûts musicaux de

Derrick, son travail remarquable pour la Dream Foundation, les goûts musicaux de Janet, son propre travail remarquable pour l'association United Way, leur attachement au mode de vie de Jacksonville, leur projet de se rendre à Disney World à Orlando.

C'est plus que je n'ai besoin d'en savoir, vu que le pauvre n'a même pas joué sa première saison. Il s'est déchiré le tendon d'Achille lors d'un match d'entraînement amical. Il ne pourrait jamais retrouver la vitesse prodigieuse qui avait fait de lui un receveur débutant à deux millions de dollars. Il a quitté l'hôpital en même temps que le football. Tout n'était pas si noir : il lui restait de l'argent de sa prime, il avait acheté cash une maison agréable pour ses parents dans le Queens, des voitures neuves pour Janet et lui, et ils disposaient d'un premier capital pour les études de Derrick Junior et Deirdre. Le luxueux appart de Floride a été revendu à perte, mais une perte modeste, et ils avaient pu rendre les meubles. L'un dans l'autre, les Matthews se retrouvaient encore avec 200 000 dollars.

En rassemblant les comptes rendus d'auditions et les dépositions de Janet, je parviens à reconstituer la suite de la triste histoire des Matthews.

Derrick avait un cousin, Kevin, qui tenait une concession Ford à Bayside, dans le Queens. Le cousin l'a embauché comme vendeur. Derrick jouissait encore d'une importante notoriété résiduelle de ses années à Fordham, sans parler de sa carrière avortée au sein des Jaguars. Kevin a exploité Derrick au maximum ; il a truffé son bureau de souvenirs grâce à lui : trophées, ballons signés, maillots de Fordham et des Jaguars dans des cadres en plexi. Kevin organisait des journées signatures ; il a persuadé Derrick d'attirer ses anciens coéquipiers à la concession en leur faisant miroiter de grosses ristournes. Au début, Derrick a joué le jeu. Il a posé pour quantité de photos, signé quantité d'autographes. À force, il en a eu assez de poser pour des gens qui ne comptaient pas acheter de voiture. À peu près au moment où Derrick envisageait de démissionner, la concession a fermé à la suite de la crise financière de 2008. Derrick et Janet ont tous les deux juré de vivre selon leurs moyens pendant qu'il cherchait du travail, seulement leurs moyens diminuaient. Il a fini par décrocher un job dans un club branché de Manhattan, avec pour fonction de se montrer, bavarder, accueillir les clients ; l'embauche s'accompagnait de la promesse d'un poste de management. Avant peu, il faisait sa star, décidait qui entrait ou non. Janet parlait de soirées interminables, de drogue, d'autres femmes. Derrick s'est fait arrêter plusieurs fois pour conduite en état d'ivresse, jusqu'au retrait de permis, suivi par l'inévitable délit de conduite sans permis. Janet déclarait : « Il travaille de nuit et se plaint que ce ne soit pas mon cas, mais je dois m'occuper de Derrick Junior et de Deirdre. »

Des pages et des pages du dossier de divorce relatent le délitement du couple à mesure que Derrick perd son emploi puis décroche une place de videur dans une boîte de strip-tease, avec les mêmes résultats prévisibles. Janet voit surgir un Derrick différent. Il s'emporte vite, se plaint de maux de tête, déprime et consomme énormément de drogues, tout ce qui lui tombe sous la main – oxy, coke, herbe, antalgiques. Puis, lors de l'une de leurs querelles, il frappe Janet. Elle appelle le 911, la police arrive, elle refuse de porter plainte.

« Les flics me disent qu'ils sont fans de lui. Ils laissent couler pour cette fois, mais la prochaine, ils arrêteront Derrick même si je ne porte pas plainte. Et voilà. Je sais ce que coûtera sa violence. Je suppose que tout au fond de moi, j'en redoute les conséquences autant que lui. Trêve. Jusqu'à la prochaine fois. »

La fois suivante, la police l'inculpe. Derrick écope d'une mise à l'épreuve, accepte de suivre des séances de gestion de la colère. Ils entament une thérapie de couple, qui ne fonctionne pas. Janet demande le divorce et déménage chez ses parents. Derrick ne peut pas lui verser de pension. Il n'a plus un sou ; tout est parti dans la poche des avocats. Derrick s'installe chez ses parents, s'en fait virer, vend sa voiture, vole celle de Janet et se voit de nouveau condamner pour conduite en état d'ivresse. Cette fois, il purge six mois de prison. Janet obtient une injonction d'éloignement interdisant à Derrick tout contact avec elle. Derrick passe outre.

« Il débarque chez ma mère et me réclame de l'argent. Il essaie de m'enlever Derrick Junior. Il me frappe, violemment. En sortant de l'hôpital, je sais qu'il faut que je me réfugie dans un endroit où il ne me trouvera pas. »

18

Janet Matthews enseigne aujourd'hui les maths au collège Albert Leonard de New Rochelle. Je la retrouve en salle des profs. Elle me dépasse de sept centimètres, davantage si on tient compte de sa boule afro à la Angela Davis. Elle entrecoupe ses phrases d'éclats de rire et sent la craie. Elle me plaît aussitôt.

— C'est l'heure des activités. On est censés animer des clubs, vous vous souvenez ? J'ai proposé un club d'échecs mais personne n'est venu, alors je suis libre. J'adore. Vous voulez en savoir plus sur Derrick ? Pourquoi ça ?

Un prof occupé à corriger des copies au bout de la table lève la tête.

Janet lance :

— Phil, c'est pas tes rognons.

Il se remet au travail.

— C'est une affaire non élucidée, dis-je. On essaie toujours de les résoudre. Derrick a disparu. On soupçonne un acte criminel. Désolée, je déteste cette formule – ça fait mauvais film.

— Derrick n'a aucun besoin d'être élucidé. Il a eu une vie tragique et s'il n'est pas mort, j'espère qu'il va bien, mais j'en doute. En vérité, son existence était terminée avant même de se terminer.

Je trouve ça très dur. Janet saisit mon expression.

— Écoutez, pour mes enfants, Derrick est à peine un souvenir. Ils ont un nouveau papa qui les aime, qui les a adoptés. Je ne veux pas que Derrick revienne dans leur vie. Il est derrière nous. C'est triste, ce qui lui est arrivé, mais, je suis navrée de le dire, ça a été un soulagement pour beaucoup de monde. Il a fait énormément de mal. Je ne vois pas l'intérêt de le retrouver.

J'ai tendance à être d'accord avec elle, mais ce n'est pas pour ça que je suis là.

— Vous résidiez dans un refuge quand Derrick a disparu.

— En effet.

— Qu'est-ce qui vous y avait conduit ?

— Il y avait une infirmière aux urgences. Elle a noté l'adresse sur mon plâtre. Oui, Derrick m'avait cassé le bras. Je suis rentrée à la maison, j'ai embarqué les enfants et j'ai pris un taxi pour le refuge, direct.

Phil garde la tête baissée, mais je sais qu'il écoute.

— Vous pouvez me parler de cet endroit ?

— Si vous voulez le nom et l'adresse, non. On n'est pas censées les révéler à la police. Je peux vous dire que je m'y suis sentie en sécurité, d'abord et avant tout. Et mes enfants aussi.

— Vous y êtes restée combien de temps ?

— À peu près six mois. J'en suis sortie une fois pour aller récupérer des affaires à l'appartement. On était arrivés sans rien, juste avec les habits qu'on avait sur le dos. Les gens du refuge m'avaient déconseillé d'y retourner et ils avaient raison. Un pote de Derrick squattait à l'appart, il l'a prévenu que j'étais là et Derrick est passé. Il était gentil – au début. Il m'a expliqué qu'il reprenait sa vie en main, que les enfants lui manquaient, qu'il ne se droguait plus, qu'il voulait reprendre la thérapie de couple. L'espace d'une minute, j'ai failli y croire. Et puis j'ai répondu que ce n'était pas possible, qu'il était hors de question que je me remette avec lui.

Elle se penche vers moi pour ne pas être entendue par Phil.

— Alors il a sorti un pistolet et il me l'a collé sur le front. Je l'ai vu dans ses yeux : il était fou. Je m'étais documentée sur les commotions, les lésions cérébrales, l'encéphalopathie traumatique chronique, toutes ces maladies caractéristiques chez les hommes qui pratiquent des sports violents, comme le football américain, depuis leur plus jeune âge. Derrick était receveur. Se prendre des coups était son mode de vie. Je ne sais pas si ça venait de là, mais je savais que, quoi qu'il dise, il était décidé à me tuer. Alors je lui ai proposé d'aller chercher les enfants et de le retrouver à l'appartement. Il m'a prévenue qu'il savait où j'habitais, il était au courant pour le refuge. Si je ne revenais pas, il irait là-bas et il me tuerait.

— Et après ?

— J'ai foncé au refuge, je leur ai raconté ce qui s'était passé. Ils m'ont dit de ne pas bouger, qu'ils s'occupaient de tout.

J'attends.

— Je n'ai plus mis les pieds dehors. Je me sentais en sécurité là-bas. Je faisais l'école aux enfants, j'ai découvert que ça me plaisait alors j'ai suivi des cours en ligne et j'ai décroché mon diplôme d'enseignante. Au bout d'un moment, on m'a annoncé que je pouvais sortir.

— Qui ça, « on » ?

— Quelqu'un du refuge. Oh, vous voulez un nom. Hmmm… Je crois pas. C'était il y a longtemps.

Une sonnerie retentit. Elle résonne dans tout l'établissement. Elle apporte le soulagement aux élèves qui s'ennuient et l'angoisse à ceux qui ne sont pas prêts, et met un terme à toutes les conversations avec des gens qui ne veulent pas vous en dire davantage. Janet se lève, rassemble ses papiers et s'approche de Phil. Elle lui caresse l'épaule.

— Il est l'heure de rentrer, chéri.

Phil ramasse ses copies pour les ranger dans son sac à dos. Janet me regarde.

— Mon mari.

Nous quittons la salle des profs ensemble. Dans le couloir bordé de casiers et bondé d'ados pressés, je demande :

— Est-ce que le refuge s'appelait Artemis ?

— Me souviens pas.

— Vous vous rappelez ce qu'on vous a dit quand vous êtes partie ? Précisément ?

Janet s'arrête. Elle laisse les derniers élèves la doubler. Nouvelle sonnerie. Les portes se ferment. Le couloir est désert à part trois adultes immobiles.

— « Tu peux rentrer chez toi. »

19

La commandante Hagen veut savoir qui a tué Ronald Steevers.

— Parce que quoi qu'il ait fait, il a été policier, et il mérite qu'on se décarcasse pour retrouver son assassin.

— Je suis d'accord, mais j'ai deux cas de femmes qui résidaient dans le même refuge quand leur mari s'est volatilisé. Et elles avaient toutes les deux obtenu des injonctions d'éloignement pour violences conjugales.

— L'une d'elles est la femme de Ronald ?

— Oui.

— Et l'autre ?

— Celle de Derrick Matthews, Janet. Il jouait pour Fordham.

— Le footballeur. Je me rappelle.

— Sa femme habitait le refuge quand il a disparu. On n'a jamais retrouvé de corps.

La commandante Hagen avale une bouchée de son chausson à la crème.

— C'est peut-être une coïncidence.

— Je ne crois pas aux coïncidences.

— Votre théorie est qu'il y a un lien entre les maris victimes et ce refuge pour femmes ?

— Oui.

J'attends. Elle pige.

— Vous allez devoir passer en revue le reste des affaires non résolues. Voir s'il y en a d'autres.

— J'ai déjà demandé aux collègues de me transmettre les dossiers contenant des violences domestiques ou des ordonnances restrictives.

— D'accord.

— J'aurais dû vous en parler avant.

— C'est bon.

— J'aimerais aussi consulter certaines de nos affaires classées plus récentes comportant des mesures d'éloignement.

— Pourquoi ? Elles sont résolues.

— Par curiosité.

— Vous savez où sont les dossiers. Servez-vous.

C'est ce que j'aime chez la commandante Hagen. Elle est sensée.

La semaine suivante, les collègues continuent à me passer leurs affaires non résolues en lien avec des violences conjugales ou contenant des ordonnances restrictives. Sur dix-sept meurtres non élucidés, trois concernent des hommes ayant des antécédents de violences domestiques. Aucune des femmes qui partageaient leur vie (deux épouses et une concubine) n'a jamais déclaré être hébergée dans un refuge au moment de fournir un alibi. L'une se trouvait dans un autre État et a pu le prouver, une autre croupissait en taule, la troisième avait péri dans un accident de voiture six mois avant qu'on ne découvre le corps de son mari dans une benne à ordures derrière un magasin de pneus de Queens Boulevard. Je n'ai toujours que Susan et Janet. Ça ne suffit pas. La commandante Hagen arguera que deux affaires, c'est une coïncidence. En parallèle, je revisite des meurtres de femmes, la plupart tuées par leur mari, leur amant, parfois une rencontre d'un soir. À part dans ce dernier cas, elles avaient toutes requis des mesures d'éloignement contre les hommes qui les ont tuées. Bon Dieu…

J'entends tousser. Le lieutenant Claude Ito se tient devant mon bureau, un épais dossier sous le bras.

Même quand je suis tombée amoureuse de Bobby B, j'ai gardé un petit béguin pour Claude. Peut-être parce qu'il m'a sauvé la vie. Après que j'ai réussi le concours de lieutenant, on m'a attribué un bureau de jeune recrue à la Crim. Un vieux moniteur Dell noir me séparait d'un sublime Nippo-Américain à la peau parfaite et aux beaux yeux gris en amande. Il était toujours poli ; il ne se moquait ni n'ironisait jamais. J'étais attirée par la douceur de Claude, une qualité rare chez un flic, et plus encore chez un enquêteur criminel chevronné. Je connaissais des flics d'origine asiatique qui étaient aussi durs à cuire que n'importe qui dans la police, mais Claude, lui, n'élevait jamais la voix ; il était toujours poli, patient ; son expression tout à la fois curieuse et sympathique disait qu'il s'intéressait à ce qu'on avait à raconter, que l'on soit témoin, victime ou suspect. Claude obtenait toujours des réponses en interrogatoire. On plaisantait qu'il était capable de calmer un coupable sous PCP et de soutirer des aveux à un avocat. Ma théorie sur la douceur de Claude était qu'elle dissimulait sa formidable puissance. Je l'ai constaté le jour où il m'a sauvé la vie, lorsqu'un suspect assis contre le mur en attendant d'être auditionné a dégainé un pistolet de son holster de cheville (les agents qui l'avaient amené avaient oublié de le fouiller – ils se sont fait virer), gueulé qu'il allait buter du flic et braqué son flingue sur moi. Comme tout le monde dans la salle, j'avais rangé mon Glock dans un tiroir – passer des heures assise à un bureau avec un kilo d'artillerie chargée à la ceinture, ce n'est pas confortable. Juste au moment où le mec pointait son arme sur moi, Claude passait la porte derrière lui. En deux temps trois mouvements, le forcené était à plat ventre par terre, le genou de Claude planté dans le dos et son pétard dans la main de Claude. On a tous assisté à la scène. Aucun de nous ne pouvait décrire exactement ce qui s'était passé, tellement c'était allé vite.

— Tu peux m'apprendre ta technique, Claude ?

— Facile. Tu as un ou deux ans devant toi ?

Et donc, le voilà posté devant mon bureau.

— Salut, Claude, qu'est-ce que je peux faire pour toi ?

Je ferais *n'importe quoi* pour lui.

— J'ai un peu merdé. Comme tu cherches des hommes victimes d'homicides qui étaient sous le coup d'une injonction d'éloignement, je ne t'ai pas transmis ce dossier. J'ai trouvé une victime du nom de Joey Savone. Il s'avère que Joey était une femme.

— Et ?

— Je me suis rappelé que tu avais interrogé une suspecte dont l'alibi était un refuge pour femmes. Ou c'est Tessa qui m'en a parlé ? En tout cas, la femme de Joey était… est – punaise, on s'y perd. Bref, Joey était en couple avec une femme. Elle s'appelle Karen Marschner.

Il me tend la chemise.

— Tout est là. Elle dit qu'elle logeait dans un refuge pour femmes au moment du meurtre.

— Claude ? T'es hyper futé, comme mec.

— Je sais.

J'ai peut-être trois affaires. Ça ne peut plus être une coïncidence.

Joey (Jolene) Savone, femme blanche, vingt-quatre ans, retrouvée au bord du lac de Flushing Meadows. Elle avait les mains ligotées dans le dos et un bloc de ciment fixé à la poitrine. Comme elle s'était pris une balle dans le cœur, elle n'a pas vécu l'expérience de la noyade. Joey exerçait en tant qu'échographiste dans un cabinet gynécologique de Forest Hills. Les photos montrent une femme séduisante, l'air sérieux, réticente à sourire même quand elle vous annonce que c'est un garçon/une fille/des jumeaux en parfaite santé. Aux yeux de Joey, poser pour une photo, que ce soit pour l'annuaire du lycée, le permis de conduire ou en compagnie de sa moitié dans une soirée d'anniversaire, semble toujours représenter une occasion solennelle. *Allez, quoi, fais risette !* Ah, en voilà une : un selfie de Joey et Karen. Je les regarde. J'essaie de dépasser ce que je sais être un cliché. Joey est la femme du tandem, menue, féminine derrière ses lunettes Warby Parker, tandis que Karen est clairement hommasse, trapue et menaçante. Alors pourquoi Joey est-elle morte et Karen vivante ? Désignez la violente, désignez la flippante, désignez celle qui ne craindrait pas une minette de la moitié de sa taille : c'est Karen, pas Joey. Karen mesure dans les 1,65 m pour une centaine de kilos, en cuir noir clouté de la tête aux pieds. Joey fait moitié moins dans tous les sens. Elles se tiennent devant une Harley dépouillée qui doit appartenir à Karen, laquelle me rappelle la motarde 1 % avec qui j'ai passé trente secondes dans un ascenseur au Queens Center. Je pourrais lui demander si elle me reconnaît. Si c'est non, mon incognito a marché.

En les voyant côte à côte, j'aurais dit que Joey devait avoir peur de Karen, et non l'inverse. C'est pourtant Karen qui déclare s'être trouvée au refuge au moment de la mort de Joey. Le dossier indique que Karen Marschner est barmaid au Bum Bum Bar, un bar lesbien sur Roosevelt Avenue, dans le Queens. Je m'y présente vers 18 heures, supposant que Karen sera là pour profiter du repas du personnel. J'ai raison. Elle est installée dans un box le long du mur, une barquette de frites en plastique rouge devant elle. Sous une coupe Pompadour rasée sur les côtés, le visage est rond et sympathique. Des bouts de tatouages pointent sous son T-shirt blanc recouvert d'une chemise de travail bleue. Elle porte un anneau dans le nez, une ribambelle de boucles d'oreilles sur chaque lobe, et sûrement d'autres bijoux à des endroits que je ne peux ni ne veux voir.

— Il a l'air bon, ce fish and chips, dis-je.

Karen lève la tête, interrompt le trajet d'une frite maigrichonne vers sa bouche.

— Je vous connais ?

Je lui montre ma plaque.

— Police de Long Island City.

— On a une vidéo qui montre le mec cognant le premier.

— Pardon ?

— Vous êtes là pour la baston d'hier soir ?

— Non, quelle baston ?

Elle se détend ; mon sourire naturel la désarme. Karen m'invite à me glisser dans le box.

— J'ai vidé un client ; il était ivre, homophobe. Il m'a copieusement insultée avant d'essayer de me frapper.

— Vous vous êtes défendue.

— Obligée, et ma patronne m'a filé un coup de main. Vous êtes plutôt mignonne pour une flique. En repos ou en service ?

— En service. Moi, je vous connais.

— Vous me connaissez ?

— On a partagé un ascenseur au Queens Center. Vous êtes une 1 %, pas vrai ?

— Et alors ? C'est pas interdit, que je sache.

— Non, mais je m'en souviens parce que vous aviez un blouson hyper cool.

Karen hausse les épaules, sourit.

— Je vous remets toujours pas.

J'ai comme l'impression qu'elle trouve cette conversation limite marrante, et moi aussi, de manière quelque peu surréaliste. Je vais poursuivre jusqu'à ce qu'elle me dise la vérité.

— Je peux vous demander ce que vous faisiez là-bas ?

— Au centre commercial ?

— Oui.

— Du shopping.

— Je vois. Du shopping.

— Ben oui. C'est un putain de centre commercial.

Je hoche la tête. Si ça se trouve, c'est une simple coïncidence, je n'ai retenu son visage que parce que je suis flique et elle ne se souvient pas du mien. Je laisse couler. Je relance :

— J'enquête sur une affaire non résolue.

— Comme dans *Cold Case*.

— Joey Savone.

Karen balance sa fourchette dans la barquette en plastique rouge.

— C'est pas vrai !

Ses traits se fripent, les larmes coulent. Elle ne cherche pas à les essuyer, et je la crois.

— Trois ans et c'est toujours pareil. Qui a dit que le temps guérissait toutes les blessures ?

— Je suis navrée, dis-je.

— Ouais…

Elle embroche un nouveau morceau de poisson.

— Qu'est-ce que vous voulez ?

Une serveuse s'est postée devant notre box. Je commande une Stella et des frites. Quand elle s'en va, Karen reprend :

— Je veux dire, qu'est-ce que vous *me* voulez ?

— Tout connaître d'elle pour découvrir qui l'a tuée.

Karen me parle jusqu'à ce qu'il soit l'heure de prendre son service. Je note différentes choses, siffle encore deux Stella et partage une autre portion de frites avec elle.

— Joey était esquintée. Son père la battait. C'est tout ce qu'elle connaissait.

— Vous l'aviez quittée. Pourquoi ?

— On prenait des chemins différents, j'avais de nouveaux amis, je ne voulais pas d'attaches.

— Comment elle l'a pris ?

Karen m'adresse un large sourire, exhibe deux rangées de dents blanches, en haut et en bas.

— Comment vous les trouvez ?

— Je suis aveuglée par leur éclat.

— Les molaires sont à moi. Les autres, Joey les a laissées sur le carrelage de notre salle de bains. C'est ce qui se passe quand on vous cogne la tête sur la cuvette des toilettes.

— Vous voulez bien me raconter ?

À la fin, je n'ai plus de questions. Elle est exhaustive et honnête. J'ai tout enregistré. J'en ai assez pour retourner voir la commandante Hagen.

Témoignage de Karen Marschner

Enregistré par la lieutenante Nina Karim, police de Long Island City

Des fois, je me dis que Joey a été ma punition pour une mauvaise action que je ne me rappelle pas avoir

commise. Dieu m'a fait l'aimer comme je n'avais jamais aimé personne qui lui ressemble. Elle me disait qu'elle m'aimait aussi, mais, en même temps, elle se comportait comme une teigne. Un jour je lui ai sorti : « J'ai des ennemis qui me traitent mieux que toi. » Elle s'est marrée. Je me suis excusée. Elle n'assumait pas d'être gay, alors elle se vengeait sur moi. Ça arrive.

D'après mon psy, on était dans une relation sadomasochiste type. Vous connaissez l'expression : « Quelquefois, les paranoïaques ont de vrais ennemis » ? J'en ai une autre : « Quelquefois, les sadiques tuent ceux qu'ils prétendent aimer. » Je sais de quoi j'ai l'air. Plus butch que moi tu meurs. J'attire un certain type de femmes qui cherchent une compagne forte, dure. Parfois parce qu'elles ont été violées ou maltraitées dans leur enfance. Joey avait besoin de se sentir en sécurité. Je dégage ça. La vérité, c'est que je suis pétée de trouille comme n'importe qui. De quoi ? D'utiliser les toilettes publiques, d'aller chez le gynéco ou d'être appelée Monsieur *par un serveur, pour commencer.*

On s'est rencontrées dans un bar de Manhattan, on a flirté sur Facebook, et puis on a fini par sortir ensemble. En trois mois, on vivait chez moi. Joey a pris les choses en main, elle réglait toutes les factures, elle a réaménagé l'appart, sélectionné ce qui restait – surtout ses affaires – et ce qui dégageait – surtout les miennes. Ensuite, elle s'est attaquée à mes amis. Elle les a écartés. Ça arrive au début de toute histoire d'amour – on n'a besoin de personne d'autre –, sauf qu'elle l'a pérennisé. Je m'en foutais. J'étais amoureuse. Joey me suffisait. Et puis elle est devenue critique. C'est vrai, je ne suis pas hyper ordonnée. Je me suis dit qu'elle était maniaque alors j'ai essayé, j'ai fait de vrais efforts pour des conneries comme suspendre les fringues, plier les serviettes, ne pas laisser de vaisselle dans l'évier, récurer les chiottes. J'étais cool. Quand elle se plaignait, je rigolais et je disais : « Compris, cheffe, je ferai mieux la prochaine fois. »

Ça s'est mué en violentes agressions verbales, des commentaires sur moi, mon hygiène, mon physique, mon poids, mon odeur, et puis ça a viré à l'exaspération permanente – elle n'était jamais contente. J'ai commencé à croire que tout était ma faute. J'ai perdu mon amour-propre, le peu qu'il m'en restait. Un jour, elle est entrée dans une colère noire à propos de je ne sais plus quoi – ah, si, je sais. J'étais au lit, elle est sortie des toilettes en râlant que ça puait. J'ai éclaté de rire. C'était plutôt marrant, quoi ! Depuis quand la merde ne pue pas ? En un clin d'œil, elle était à cheval sur mon ventre et me bourrait de coups, me tirait les cheveux, me griffait ; c'était comme avoir un chat enragé de 50 kilos sur moi. Je me suis protégée du mieux que j'ai pu, je lui ai attrapé les poignets et je l'ai calmée. Elle m'a demandé pardon, elle a promis que ça ne se reproduirait pas. Je lui ai dit que j'allais partir. Elle a pleuré, m'a suppliée de rester, répété qu'elle m'aimait, et pendant un temps tout s'est arrangé.

Seulement la ligne rouge avait été franchie. Je l'avais laissée m'agresser physiquement sans que ça tire à conséquence, c'était comme si je lui avais donné le feu vert. Si on s'engueulait et qu'on se mettait à crier, elle pétait les plombs, elle se jetait sur moi et puis elle disait qu'elle était désolée. Elle est devenue de plus en plus jalouse, elle exigeait de voir mon téléphone, de lire mes textos, mes mails. Elle me menaçait de révéler mon homosexualité à mes parents, d'aller trouver mon patron, de me faire virer. À ce stade, elle avait la mainmise sur mon argent. Le compte était à son nom. J'étais totalement sous sa coupe. Je me sentais piégée : je l'aimais toujours ; j'étais en son pouvoir. J'avais l'impression de n'avoir nulle part où aller. Et puis elle a commencé à parler de suicide. Qu'on devrait le faire ensemble. Joey bossait dans un cabinet médical. Elle pouvait se procurer des médocs. Elle plaisantait : « Tu commences et je te suivrai. Tu me fais confiance ? » Elle disait qu'elle connaissait des tas de moyens de tuer quelqu'un. Elle pouvait faire en sorte que ça ait l'air d'une crise cardiaque ou d'un AVC. « Enfin quoi, t'as jamais entendu parler de médecins en maison de retraite ? Ils savent comment se tuer. »

Après, elle a encore poussé la violence un cran plus loin. Elle s'est mise à répéter que j'étais quelqu'un de mauvais qui avait besoin d'être puni. Évidemment, c'est elle qu'elle voulait punir. D'être gay. Ça arrive. Eh oui, il y a des homos homophobes. Hommes ou femmes, ils détestent ce qu'ils sont, et comme ils ne l'assument pas, ils s'en prennent à leur partenaire. Je l'ai compris aujourd'hui, mais vous auriez dû me voir à l'époque. J'étais complice de ma propre destruction. Quand elle pensait que j'allais me tirer, elle enclenchait le mode amour ; une fois sûre que j'allais rester, elle relançait la haine. J'ai commencé à prendre de la coke, ce qui lui a offert une nouvelle menace vis-à-vis de mon boulot. J'ai planqué du fric pour pouvoir louer quelque chose quand je partirais, elle l'a trouvé et je me suis fait tabasser ce soir-là. Il n'y avait aucune échappatoire, aucun espoir, aucune sécurité. Elle s'excusait toujours, jurait de changer, je gobais ; je n'avais pas le choix.

Et puis un jour, j'ai su qu'elle allait me tuer. C'était évident qu'elle allait le faire, et probablement sans être inquiétée, en plus. Je ne voyais pas d'autre solution que remplir un sac à dos et foutre le camp. Vous savez, ça aurait pu être moi. J'aurais pu être le bourreau. J'aurais pu la frapper. C'était moi la plus forte. Le problème, c'est que je l'aimais à la folie. Si j'aime une personne, jamais je ne lèverai la main sur elle. Du jour où Joey a compris ça, où elle s'est sentie hors d'atteinte, elle a commencé à s'occuper de mon cas. C'est au refuge que je m'en suis rendu compte. Je reprenais possession de ma vie. Je suis retournée au boulot, j'ai entamé des séances de groupe avec d'autres femmes gay victimes d'abus. Il y a beaucoup de violences domestiques dans la communauté LGBT. J'ai appris qu'il y en avait autant dans les couples homos que dans les couples hétéros ; selon certaines études, les gays seraient simplement moins enclins à les signaler. Au bout de quelques mois, Joey s'est pointée au refuge avec le mari d'une des autres résidentes – elle voulait me tuer et lui voulait tuer sa femme. Je n'ai plus jamais entendu parler d'elle depuis. J'imagine que c'était la goutte d'eau.

Je me demande pour qui.

20

J'envoie un texto à la commandante Hagen : J'ai 1 autre personne dont le conjoint/mari a été assassiné. 3 femmes.

Je vérifie mes messages reçus. Bobby B suggère un dîner maison. Ça veut dire chez moi. La commandante Hagen répond : Venez me voir demain. Bonne nouvelle. En voiture, je me demande si Bobby est capable de faire la différence entre un pesto en boîte et un pesto maison. Jamais de la vie. J'ai un plan. Mais avant, j'ai un message à écouter sur ma boîte vocale.

C'est Artie Crews, le présentateur météo. Je voulais juste vous prévenir qu'on a retrouvé le chat. Mon fils l'avait caché. Il refuse de me dire pourquoi.

Je devrais dire à Artie que son fils voulait sûrement un peu d'attention de la part de son père. Chercher un chat ensemble lui aurait apporté exactement ça. Sauf que la solution d'Artie a consisté à engager quelqu'un, nouvelle preuve d'indifférence envers son fils. Encore un truc à faire. À la place, je m'occupe des courses pour le dîner.

Je ne ferme pas ma porte à clef pour que Bobby puisse me retrouver sous la douche. C'est mieux que l'apéro. Il enlève son jean et son T-shirt, me rejoint, me tourne sur le côté, me savonne des deux mains. Je ferme les yeux. Je sens une main tracer un chemin vers le bas de mon dos, l'autre entre mes seins et entre mes jambes. L'une s'arrête au milieu de mes fesses, l'autre presse mon clitoris juste comme il faut – comment sait-il faire ça ? Mais c'est une question rationnelle et là, je jouis, alors la réponse va devoir attendre. Sa queue dure est dressée contre ma cuisse, est-ce qu'il me pousse vers le bas ou au bord de la baignoire, peu importe, c'est là que je voulais aller de toute façon, je n'ai plus qu'à me pencher en avant pour le prendre dans ma bouche pendant qu'il s'agrippe à mes cheveux. Je tiens son cul ferme à la peau de bébé jusqu'à ce qu'il recule, me hisse debout, me retourne et me pénètre par-derrière. Un de ces jours, je vais finir par arracher les tuyaux du mur. On se frictionne mutuellement et on dîne en peignoir.

S'il adore le melon au jambon, les pâtes au pesto et l'escalope de veau, Bobby B n'aime pas du tout mon plan. Il refuse ma demande de me battre comme plâtre.

— Ce n'est pas comme du maquillage. Oui, je pourrais te faire un coquard, mais je pourrais aussi te fracturer l'orbite, endommager l'œil lui-même, déchirer le nerf optique, bousiller les muscles oculaires, les sinus et les canaux lacrymaux.

Je fais la grimace. Inévitablement.

— Tu veux un pain sur le nez ? Je peux te le péter, mais si je ne tombe pas exactement au bon endroit, je peux aussi te faire un hématome de la cloison nasale.

— Comment tu sais tout ça ?

— Comment ça se fait que toi, tu ne le saches pas ? réplique Bobby.

Il a raison.

— Quoi d'autre ?

— On ne peut pas simuler les effets d'une dérouillée. Il te faudra des coupures, des éraflures, des bleus aux bras, à la poitrine. Tu t'es défendue, pas vrai ? Il t'aura arraché des cheveux, tu auras besoin d'une bosse à l'arrière du crâne, là où il te l'a cogné contre un mur, d'une côte cassée par ses coups de pied – quand t'étais à terre, bien sûr –, plus quelques beignes au niveau de la bouche, ce qui veut dire une lèvre fendue, des dents en moins, en général celles de devant. Tu crois que je vais te faire ça ? Atterris !

Il se ressert de pâtes.

— C'est délicieux. Je t'ai déjà raconté l'histoire de mon unique baston de bar ? J'étais dans un petit bar à cocktails chaleureux sur la 8e Avenue après un match des Knicks, ravi de regarder les commentaires à la télé, de boire une bière et…

— De lever une fille ?

— Je ne lève jamais dans les bars. Laisse-moi terminer. Il y a deux jeunes gars qui sirotent des martinis à une table sans rien demander à personne ; au comptoir, trois mecs qui cherchent l'embrouille. Leurs conneries de casquettes à l'envers indiquent que ce sont des supporters des Nets, dégoûtés que leur équipe ait perdu. Ça ne m'aurait pas étonné qu'ils aient parié gros sur le match. Ils ont la vingtaine, âge versatile. Les deux mecs à la table ont l'air homos – oh, et puis merde, ils *sont* homos, BCBG en Ralph Lauren, pas très costauds et, comme je disais, tranquilles dans leur coin. Pour je ne sais quelle raison tribale ou économique, ça met les supporters des Nets hors d'eux. Tout démarre comme un chahut de lycée. Ils leur balancent des cacahuètes, chacune accompagnée d'une petite raillerie. Je ne me souviens plus exactement, c'était du style : « Tu vas faire quoi, tafiole ? » Les deux gars sont prudents, ils déposent ce qu'ils doivent sur la table et s'en vont. Les trois connards décident de les suivre dehors pour en découdre. Alors je sors aussi. Maintenant, on est tous dans la rue. Ça va bastonner. Je déteste ces enfoirés, et ils sont trois contre moi.

— Attends. Et le couple ?

— Plus malins que moi, ils ont vu un taxi et ont sauté dedans. Alors je dis aux trois ninjas : « À plus » ou un truc du genre.

« "Sûrement pas. C'est ton tour, connard", réplique un des trois.

« Je recule contre le mur pour qu'ils ne puissent pas m'attaquer de dos.

« "Vous êtes sûrs ? Vous voulez vraiment vous battre contre moi ? Dans la rue ?"

« Ils acquiescent.

« "Vous avez une assurance maladie ?" je leur demande.

« "Heu ?"

« "Écoutez, je suis sûr que vous pouvez me battre, mais ça va pas être facile. Je suis un ancien flic. Je ne suis pas armé, mais je suis assez dangereux et je ne fais pas de cadeaux. Alors si on s'engage dans cette voie, au moins l'un d'entre vous va perdre un œil, peut-être pas mal de dents. Je sais comment casser un bras au niveau du coude avant de m'effondrer. Aux dernières nouvelles, un bras cassé coûte dans les 50 000 dollars, un œil 100 000, et j'ai pas besoin de vous dire ce que coûte une mâchoire pétée, en plus d'avoir à s'alimenter à la paille pendant trois mois. Alors je veux juste m'assurer que vous êtes bien couverts."

« Ils se regardent, me regardent. Je suis d'un calme terrifiant. Ils calculent leurs pertes potentielles. J'attends encore un moment et je suggère qu'on ferait mieux de se dire au revoir.

— Et ?

— On s'est dit au revoir.

— J'aime bien cette histoire. J'ai pigé l'idée. Tu restes dormir ?

21

La commandante Hagen fait pivoter sa chaise de bureau et allume sa machine à café. Elle ouvre une boîte plate. À l'intérieur s'alignent plusieurs rangées de capsules.

— Vous en voulez un ?

— J'ai un faible pour le bleu.

Elle met le café en route et dit :

— Vous savez combien de femmes ont été accueillies au refuge ces dix dernières années ? Cent ? Deux cents ? Vous êtes au courant que la plupart des femmes quittent ces lieux d'hébergement avant la fin du premier mois ?

Elle me tend le café. La tasse très fine me brûle les doigts.

— J'aimerais m'y infiltrer. Me faire héberger. Fureter, voir ce qui s'y passe.

— Il faudra trouver un moyen d'entrer.

— Il me reste une ou deux fausses identités du temps où j'effectuais des missions sous couverture pour les Stups. Il va me falloir un mari violent, une ou deux injonctions d'éloignement, quelques bleus et mon ingéniosité personnelle.

— Mais s'ils découvrent que vous êtes flique ?

— Pas grave. Le pire qu'ils puissent me faire, c'est de me foutre dehors.

— Espérons.

— Je veux que ça reste entre nous. Si on vous pose des questions, je suis en mission spéciale sur votre ordre et ça ne regarde personne au poste.

22

Mon mari fictif sera lieutenant de police dans un poste du coin, membre des Alcooliques anonymes par intermittence depuis des années, un modèle d'échec pour leurs douze étapes. Il est convaincu que son alcoolisme est sous contrôle. Quand ce n'est pas le cas, il m'en tient responsable, puis part généralement dans une rage extrême qui le conduit à me taper dessus. On a un fils de dix ans qui fait pipi au lit et me dit d'arrêter de mettre papa en colère. Dernièrement, mon « mari » parle de se suicider et me promet qu'il ne partira pas tout seul. J'ai peur et je vais m'installer ailleurs. Il me retrouve, plaide la réconciliation et la thérapie de couple, se montre abstinent, me présente à son parrain des AA puis m'attend devant chez moi complètement bourré, s'introduit de force dans mon appartement, me viole ou essaie mais n'arrive pas à bander, ce qui le met encore plus en rage et me vaut une nouvelle volée de coups pour être une salope frigide et castratrice. Mon fils vit toujours avec son père, mais je crains pour sa vie – et la mienne. Bobby B a un cousin greffier au tribunal municipal qui produira une injonction d'éloignement antidatée. Ladite injonction n'a aucune valeur pour mon mari. Il me tape dessus par périodes depuis deux ans maintenant ; c'est de pire en pire, mortellement menaçant.

À présent, je n'ai plus qu'à embarquer la lieutenante Linda Fuentes dans ma combine. Facile. Il y a longtemps qu'on ne s'aime pas. L'animosité est née alors qu'on enquêtait ensemble sur un braquage qui avait mal tourné. Le tueur s'était présenté dans un pressing de Queens Boulevard avec une brassée de chemises sales au milieu desquelles il avait planqué une arme de poing. Pendant que le gérant comptait le nombre de chemises, le braqueur avait sorti son flingue et demandé la caisse. Le gérant avait son propre pistolet sous le comptoir, mais le voleur avait tiré le premier et l'avait tué. Il s'était enfui en laissant ses chemises derrière lui. Deux d'entre elles portaient de petites étiquettes de blanchisserie en papier vert, il suffisait donc d'identifier de quel autre pressing elles venaient, puis de passer les tickets en revue. En deux jours, on avait le nom de ce crétin.

Higgins et moi, on l'a harponné une semaine plus tard. Le problème, c'est que le seul témoin du meurtre était un tailleur salvadorien qui bossait sur sa machine à coudre au moment des faits et qui était sorti avec Fuentes. Non contente de ne pas informer la commandante Hagen qu'elle le connaissait, elle s'est remise à sortir avec lui. Peut-être que le traumatisme du meurtre avait rallumé leur passion. Ça représentait un gros conflit d'intérêts, une flique qui couche avec un témoin. Ça pouvait sérieusement compromettre l'accusation.

Quelqu'un a prévenu Hagen et elle a piqué une crise, nous a réunis tous les trois dans son bureau et a dessaisi Fuentes de l'affaire. Fuentes a toujours cru que je l'avais caftée, pourtant ce n'était pas moi. Je n'ai jamais réussi à la convaincre du contraire.

En m'appuyant sur son ressentiment, ce sera un jeu d'enfant de provoquer une bagarre. Je commence par un sarcasme, l'arme du fou :

— Chouette robe, Linda. Tu dois t'infiltrer dans un marché aux puces ?

Au vestiaire, en présence de quelques collègues masculins, j'obtiens des rires. Linda réagit par des invectives en espagnol qui récoltent des *ouh !* des mêmes collègues masculins. Je descends sous la ceinture.

— Ton cul n'est pas jaloux de toute la merde qui vient de sortir de ta bouche ?

Fuentes rétorque :

— T'es dangereusement près de me foutre la rage totale. Ça va se terminer par un tour aux urgences ou au gymnase, là on pourra enfiler nos gants et t'apprendras qu'il faut pas me chercher, *puta*.

— Les gants, alors. Les urgences, c'est pour les êtres humains, pas pour les radasses comme toi.

Comme tout le monde dans les forces de l'ordre, j'ai acquis les bases des arts martiaux pour la police, un mélange de judo, karaté, krav-maga, maniement de la matraque et un peu de boxe. Je me débrouille pas mal, mais je n'ai aucune illusion sur le fait que mes maigres connaissances puissent me sauver en cas d'affrontement physique avec un malabar de deux fois ma taille. Je fais davantage confiance à ma capacité à désamorcer une situation potentiellement violente par la persuasion calme et polie. Quand je patrouillais à pied, j'avais toujours un équipier homme. Je n'étais jamais trop fière pour demander des renforts non plus. Et je portais deux armes : mon Glock de service et mon Vilain Petit Calibre dans son étui de cheville.

J'explique au sergent Freeman, l'ancien militaire bientôt à la retraite qui tient le gymnase, que Fuentes et moi avons un *différend personnel* à régler.

— D'accord, dit-il.

Ce n'est pas la première fois que des flics viennent résoudre une querelle au gymnase, mais deux femmes qui enfilent des casques et des gants de boxe 12 oz, ça, c'est une nouveauté pour Freeman, d'autant qu'en plus, c'est lui qui va devoir arbitrer le match. Il propose trois rounds de trois minutes chacun. Je m'aperçois qu'à moins de rester là sans me défendre, j'en sortirai au pire avec un œil au beurre noir et quelques bleus sur les joues. On boxe nos trois rounds sans que ni l'une ni l'autre ne fasse beaucoup de dégâts et quand Freeman siffle la fin de la rencontre, on est toutes les deux bien essoufflées mais je ne suis pas amochée. Freeman nous demande de toper nos gants en signe d'amitié, on s'exécute, puis il s'excuse pour aller prendre son poste d'entraîneur de ligue junior. Dès qu'il a le dos tourné, Linda crache par terre, manquant de peu mes Keds, on enlève nos casques et on les jette de côté.

Pendant que Linda me met une raclée, je me rends compte que c'était peut-être une très mauvaise idée.

Dans un premier temps, je trouve que je me défends pas mal – elle a du mal à me frapper, ses coups ne me touchent pas, les impacts sont faiblards. Et puis je m'avise qu'elle est simplement en train de m'étudier ; une fois qu'elle connaît ma vitesse et mes défenses, elle peut passer aux choses sérieuses. Ce qu'elle fait. Les coups fusent de plus en plus vite ; elle s'insinue sous mes bras levés, me bourre les reins et me fait perdre l'équilibre. Je m'écrase au sol ; elle me shoote dans les côtes. *Oh, Linda Fuentes, tu es un don du ciel : décidément bien meilleure bagarreuse que moi.*

— T'as ton compte, pétasse ?

— Je crois.

— T'es foutue, Karim, dit-elle en se dirigeant vers les douches, me laissant bien amochée.

Mais je suis habillée pour un séjour chez Artemis, refuge pour femmes battues.

Je m'appellerai Lucy.

23

Refuge pour femmes Artemis

Je roule mon sac de couchage et j'avale le second paracétamol d'Amanda. Phyllis m'a dit que je devais avoir quitté la pièce à 9 heures pour faire place aux plus jeunes enfants, qui s'en servent de salle de classe. Une doctoresse arrive, chargée d'une sacoche en cuir.

— Ruth Iskin, de l'hôpital de Flushing, se présente-t-elle, puis elle me prend le menton, siffle en voyant mes ecchymoses et procède à un rapide examen : tension, respiration, yeux, palpation des côtes, torsion du nez de gauche à droite.

— Il n'est pas cassé. Des dents branlantes ?

— Non.

Lui parler de ma molaire enflée ne ferait que prolonger la visite. Elle pose des pansements sur mes coupures au visage, m'assure qu'elles ne sont pas graves, que ce n'est qu'une question de temps avant que les bleus s'estompent et que les égratignures cicatrisent.

— Vous prenez des médicaments ?

— Sans ordonnance.

— Vous survivrez.

— Ouais, okay.

Le Dr Iskin remballe son matériel et s'en va. Le sergent Freeman racontera sûrement l'histoire de deux fliques venues régler leurs comptes au gymnase, mon combat avec Fuentes sera de notoriété publique. J'aimerais avoir un peu moins l'air d'une looseuse quand je rentrerai. Phyllis reparaît accompagnée d'une autre femme et me présente ma première résidente adulte du refuge.

— Lucy, voici Sofia. Jamais de noms de famille ici, ajoute-t-elle.

Impec. Je ne veux pas qu'elle connaisse le mien non plus.

— Bonjour, bienvenue dans notre demeure sécurisée.

Sofia a une pointe d'accent slave qui m'indique qu'elle pourrait venir de n'importe où entre la Slovénie et l'Ukraine. Elle possède une beauté de top model, ses cheveux blonds raides encadrent un visage à la peau lumineuse, aux pommettes hautes et aux dents parfaites. Je me sens petite et trapue à côté d'elle.

— Sofia est notre prof attitrée.

— Juste pour les petits, précise l'intéressée.

Elle m'étudie de plus près, secoue la tête devant mes blessures.

— Tu as de la chance d'être ici. Excuse-moi, je dois préparer la classe pour les enfants.

Elle ouvre un rideau contre un mur, dévoilant un tableau noir, et je m'aperçois soudain qu'une autre cloison est couverte de cartes géographiques, de dessins d'enfants, de posters de stars, plus une bibliothèque avec deux vieux iMac sur l'étagère du haut. Sofia vide sur la table une caisse en plastique remplie de crayons, de craies grasses, de carnets à croquis et de livres. Un instant plus tard, trois enfants débarquent de la cuisine : deux garçons et une fille.

— Dites bonjour à Lucy, notre nouvelle pensionnaire, lance Phyllis.

J'ai droit à un « Bonjour, Lucy » décousu. L'aîné des garçons me serre la main.

— Je m'appelle Ben. J'ai neuf ans.

Le plus jeune marmonne « Frankie » en passant devant moi. La fillette me dit :

— Moi, je m'appelle Tiffany et j'ai sept ans.

Sofia lance :

— Frankie ?

Frankie, plongé dans un bouquin, ne lève pas la tête. Phyllis m'entraîne dans la cuisine, où on se sert un café.

— Frankie est le frère d'Amanda. Il est réservé, renfermé. Il pourrait aller à l'école avec sa sœur, mais il ne veut pas quitter le refuge, il ne parle à personne ou presque. On ne peut pas lui en vouloir. On essaie toutes de le faire sortir de sa coquille, mais il est dur. Il y a des jours où j'aimerais bien qu'on accueille une femme battue qui soit aussi pédopsy. Si vous voyez une occasion de lui parler, n'hésitez pas.

— D'accord.

Je ne précise pas que j'ai une grande expérience des enfants de neuf ans traumatisés. J'ai échoué avec l'un d'eux : mon frère.

— On fait l'école à la maison. Les plus grands vont parfois dans les établissements du quartier si on sent qu'on peut les laisser sortir sans danger. Sofia et moi faisons la classe ; les autres mères participent en fonction de leurs compétences. Quand vous serez posée, on a toujours besoin d'un coup de main.

— J'ai enseigné quelque temps. Maths et lettres, en collège.

— Parfait.

J'ai une valeur pour Phyllis. Tant mieux. Et comme tout mensonge efficace, il contient une part de vérité.

J'ai connu une période de latence après les examens écrits et les épreuves physiques de la police de Long Island City, le temps qu'ils vérifient mes antécédents, interrogent mes références, confirment mes déclarations financières. On m'a dit que ça pouvait prendre quelques mois. Pendant que je flottais dans ces limbes, j'ai croisé une copine du bahut chez Peet's. On a récupéré nos cafés, trouvé une table, et rattrapé le temps perdu. C'est moi qui ai commencé. Je ne sais plus ce que j'ai raconté à Nancy – sûrement pas que j'attendais d'intégrer l'école de police, j'ai dû dire que j'étais entre deux boulots, célibataire, et que oui, ça allait. Nancy m'a expliqué qu'elle était principale adjointe du collège gratuit sous contrat Better Beginnings.

— Ça t'intéresserait de donner des cours ? On cherche toujours du monde. Tu pourrais être remplaçante. Le prof titulaire laisse un plan de cours, il suffit de le suivre. C'est payé 100 dollars par jour.

— Ça paraît tentant, mais je n'ai aucune expérience.

— On est une *charter school* ; pas besoin d'expérience. Tu remplis un formulaire, tu nous donnes ton numéro et quand un de nos profs est absent, tu prends sa place. Les élèves sont tranquilles. C'est facile.

Elle avait raison. C'était du gâteau. J'ai enseigné par intermittence pendant six mois et quand j'ai été reçue à l'école de police, j'ai démissionné.

Phyllis dit :

— Vous pouvez aussi aider les enfants individuellement.

Elle se tourne vers les trois mouflets assis à la table dans la pièce voisine.

— Nos classes sont assez réduites.

— Je peux aller chercher des affaires dans ma voiture ? Des fringues, des articles de toilette.

— Il y a un protocole pour quiconque sort du refuge. On doit faire attention à préserver notre propre sécurité. On se méfie des maris ou conjoints qui attendraient dehors.

Par la porte de la cuisine, elle me conduit dans le jardin entre les deux maisons.

— Première règle, on ne prend jamais la porte d'entrée.

Elle s'approche de celle de derrière de la baraque d'à côté et tape une suite de chiffres sur un digicode. On arrive dans une autre cuisine.

— Il y a une ribambelle de digicodes. Même code pour tous, changé chaque semaine. C'est pénible, mais vous vous y ferez. On a transformé ça en jeu pour les enfants – « Qui connaît le code ? » – afin qu'ils s'en souviennent. On essaie de regrouper les femmes sans enfants ici ; celles qui en ont occupent la plus grande maison. La propriétaire du pavillon suivant est une amie. Elle nous laisse l'utiliser pour accéder à la rue. On va traverser son jardin, passer par chez elle, et vous pourrez sortir par sa porte à elle. Vous reviendrez par le même chemin. Ce n'est pas infaillible, mais si quelqu'un surveille le refuge, il ne verra personne y entrer ni en sortir.

Phyllis déverrouille la porte de derrière de la voisine.

— Même code.

On se retrouve dans une cuisine. Une voix de femme crie :

— Je suis au salon !

— Dites bonjour à Myra Eisenson, murmure Phyllis.

Myra, une quadra en peignoir, me salue depuis son bureau, détournant à peine les yeux des deux grands écrans d'ordinateur où s'affichent des courbes, des graphiques et des cotes en temps réel.

— Elle est day-trader, explique Phyllis.

— Je ne sors jamais, ajoute Myra.

Sa maison donne sur la 80e Rue. À côté de la porte, un petit moniteur vidéo montre alternativement la rue et le perron. Phyllis l'étudie avant d'ouvrir.

— Où est votre voiture ?

— Au coin, sur Northern Boulevard.

— Je vous attends ici.

Je marche jusqu'à ma Prius en vérifiant que je ne suis pas suivie, consulte mes messages sur mon autre téléphone, envoie un texto à Bobby et à la commandante Hagen : C'est bon. Je récupère mon sac et retourne chez Myra. Phyllis me laisse rentrer et on rebrousse chemin pour regagner Artemis. Avec la commandante Hagen, on a mis au point une couverture qui me permettra de quitter le refuge pendant la journée. Avant de nous introduire dans la maison principale, je déroule mon bobard à Phyllis.

— J'ai un travail. Mon mari n'est pas au courant. J'aimerais le garder.

— C'est sans danger ?

— Je fais des relectures en free-lance pour une éditrice qui accepte plus de boulot qu'elle ne peut en traiter. Je suis comme un fantôme. Je bosse de chez elle sur un de ses ordinateurs. Elle me paie en liquide. Elle sait que je me cache, mais elle ignore où. Je gare ma voiture dans un parking souterrain et je m'assure toujours de ne pas être suivie. Je prends l'ascenseur jusqu'à un étage supérieur et je redescends à pied jusqu'au sien.

Phyllis hoche la tête.

— Bien vu.

— J'ai piqué ça dans un film.

— D'accord. Faites juste très attention en revenant ici. Je me disais… Il y a un lit de camp dans la cave, vous pourriez vous y installer. Vous y serez plus à l'aise. C'est un peu sombre, mais vous aurez votre intimité ; vous ne serez pas dans leurs pattes pendant les heures de classe.

Elle me mène au sous-sol par une porte dans la cuisine. On ne peut pas parler de cave aménagée, mais c'est propre. Tapis délavés au sol, murs blanchis à la chaux, un lit Ikea une place en métal pour dormir. Il règne une odeur persistante de produits d'entretien, de fioul, et même du charbon qui a précédé le fioul. Dans un coin, un petit cabinet de toilette avec un lavabo jauni. Si j'étais celle que je prétends être, une femme battue en fuite, ce serait nickel, seulement je joue un rôle et me languis déjà de mon lit à moi avec Bobby B dedans. Au rez-de-chaussée, ça s'agite, ça vit : j'entends des bruits de pas, de pieds de chaises qui frottent, des voix étouffées de femmes et d'enfants, la télé, des portes qui claquent. Une ambiance familière. Brusquement, je suis de retour chez moi, habitant mon propre studio dans l'ancien cabinet de mon père, à l'intérieur de la maison mais en dehors.

— Je prends.

24

Après quelques jours au refuge, dans ma chambre en sous-sol, j'imagine la vie à l'étage ressemblant à une sororité de fac : une maison confortable avec une bannière de lettres grecques déployée au balcon, foyer de femmes vivant ensemble, dédié à la sororité, à la camaraderie et aux groupes d'étude. Phyllis en est la responsable, qui a son appartement au rez-de-chaussée : un salon-bureau et une petite chambre.

— Ma porte est toujours ouverte, me dit-elle.

Les membres de cette sororité ne vont pas en cours ni à des matchs de football, elles ne font pas l'amour, ne boivent pas d'alcool et ne fument pas d'herbe dans des soirées avec des garçons en train de devenir des hommes. Ici, au refuge, ce sont des femmes qui, de différentes manières, ont vécu les hommes comme des violeurs, des tortionnaires, parfois des assassins en puissance. Au sein de cette sororité, je dors dans la cave. Je me réveille, monte les marches et émerge dans une autre vie : je prends un café avec les femmes qui viennent d'envoyer leurs enfants à l'école ou qui rassemblent ceux qui sont scolarisés à la maison parce que leur vie est menacée par un père aux tendances meurtrières ou sous risque de kidnapping de la part d'un père un peu moins sanguinaire. J'apprends que, souvent, « papa » et « mari » ne sont pas des termes affectueux. Dans cette atmosphère réglée et craintive, on vaque aux tâches domestiques. Des horaires et des plannings indiquent qui est de corvée de courses, de cuisine et de ménage.

Certains matins, j'aide Sofia à faire classe. Frankie m'autorise à corriger ses problèmes de maths mais refuse d'engager la moindre conversation. Ensuite, je m'en vais, après avoir mémorisé le code de la semaine, pris bien soin de passer par-derrière, de traverser le jardin, la maison voisine et enfin celle de Myra pour sortir par sa porte à elle. Je rejoins ma voiture, non suivie et en sécurité, roule jusqu'au poste de police et reprends mon travail d'enquêtrice criminelle. Linda Fuentes et moi entretenons des relations cordiales. Les autres policiers sont indifférents à mes bleus en résorption ; un combat au gymnase entre collègues n'est pas une affaire. Fuentes et moi, on fait partie de la bande. Et jusqu'ici, nul n'a l'air de se soucier de mes allées et venues irrégulières. Si quelqu'un veut en savoir plus, je l'adresserai à la commandante Hagen. Mais personne ne pose de questions. Je consacre la matinée à aller déposer les vêtements de Daniel Huang, la victime du délit de fuite, au labo du NYPD à Jamaica. Je demande à Libby Murphy d'effectuer une recherche de traces de peinture dans les fibres. Elle me promet des résultats, peut-être cet après-midi même. Elle est scandalisée par le salopard qui a non seulement renversé

Daniel, mais est allé jusqu'à le dépouiller. De retour au poste, je découvre trois autres dossiers sur mon bureau, trois affaires où les victimes avaient obtenu une injonction d'éloignement contre leur meurtrier. Deux femmes mariées, une en concubinage, et aucune ne se trouvait à proximité d'un refuge quand elles ont été assassinées. Ce qui, je suppose, est l'une des raisons pour lesquelles elles ont été faciles à tuer. Je déjeune d'un bol de phô à emporter de chez Tuk Tuk, un resto vietnamien. À 16 heures, Libby Murphy m'appelle.

— J'ai isolé des fragments de peinture sur le sweat de Daniel.

— Marque et modèle ?

— Toyota blanche. Un utilitaire, je dirais. Il y avait aussi des traces de peinture extérieure rouge. Et un éclat qui contenait un bout de chiffre, donc le véhicule était habillé d'un logo ou d'une pub. Cherche une Toyota récente utilisée pour des livraisons. Genre de fleurs ou d'alcool.

— Merci, Libby. On la trouvera.

Je télécharge la liste des ateliers de carrosserie agréés du Queens. Malheureusement, il y en a aussi un paquet qui ne sont pas agréés. Le Triangle de fer, bordé par la 126e Rue et Willets Point Boulevard, compte plus de 200 carrossiers indépendants. La quête sera longue et ardue, mais on mettra la main sur cette camionnette et son infâme conducteur. Je serai obsessionnelle.

En rentrant le soir, je gare ma voiture près de chez Myra et slalome à travers les maisons pour rejoindre Artemis.

Je suis dans ma chambre en sous-sol, en train d'essayer de récurer les taches jaunes du lavabo, quand Phyllis frappe et m'appelle du haut de l'escalier.

— Je peux venir ?

— Oui, oui.

Elle descend, une tasse de café dans chaque main. M'en tend une et s'assied sur la dernière marche.

— Tu peux supporter encore quelques questions ?

— Comme quoi ?

— Ton nom. Le vrai.

— Écoute, je t'ai dit que mon mari était flic. Mon seuil de confiance est assez bas, alors pour le moment je m'appelle Lucy. Tu peux me virer ou accepter mon anonymat.

— Tu n'es pas la première à venir ici pour échapper à un mari flic. Je ne leur fais pas confiance non plus. D'après mon expérience, les policiers sont les auteurs de violences les plus dangereux ; ils savent comment éviter de se faire prendre. Si ton mari est flic, tu es à haut risque, non seulement pour toi mais aussi pour nous, alors tu as intérêt à redoubler de prudence. Tu comprends ?

— Pas besoin de me le dire. La dernière fois qu'il m'a frappée, j'ai appelé le 911. Deux de ses potes se sont pointés. On les voit de temps en temps. Je connais leurs femmes ; nos gosses jouent ensemble. Eh ben, tu sais quoi ? Il leur a raconté qu'on s'était disputés. J'étais devenue violente et je l'avais attaqué. Il avait dû me maîtriser. C'est du langage codé ; les policiers savent ce que ça veut dire. Ils n'ont pas voulu l'arrêter, sous prétexte qu'on ferait mieux de consulter un conseiller conjugal. Et que si je portais plainte, sa carrière serait foutue. Je leur ai dit qu'il allait me tuer. Ils m'ont demandé de me calmer, promis qu'ils lui parleraient. Fini, terminé, la police.

— Je ne t'en veux pas de ne pas vouloir t'ouvrir tout de suite. J'aimerais quand même te poser quelques questions.

— Okay.

— Qui sait que tu es ici ? Tu as prévenu quelqu'un ?

— Non.

— Tu as des soutiens extérieurs ? De la famille ?

— Une sœur à Rochester. Elle m'appelle quand son mari n'est pas là. Grâce au mien, je ne suis plus la bienvenue chez eux. Il a été horrible avec eux aussi. Ils ne pouvaient pas le saquer.

— Et des amis ?

— J'ai squatté, je me suis planquée, j'ai dormi sur des canapés. Mon mari les connaît et connaît leurs adresses. Ma seule présence les met en danger. Je m'y refuse.

Phyllis me regarde, les yeux immobiles derrière ses fines lunettes de grand-mère octogonales, la tête légèrement penchée, sa bonne oreille à l'écoute de la suite. Je connais cette expression. J'y ai déjà eu recours en interrogatoire pour faire parler le suspect. Je ne joue pas le jeu. Mais comme je veux que ça reste amical, j'éternue.

— À tes souhaits, dit Phyllis.

Je l'ai poussée à parler la première.

— Notre mission est de créer un environnement sûr et encourageant pour les femmes en danger. La sécurité au-dedans comme au-dehors. Tu ne dois dire à personne où tu es. Tu dois respecter nos principes à l'intérieur. On est toutes responsables les unes des autres. Ça implique des règles, beaucoup trop, alors on essaie de trouver un équilibre entre celles qui assurent notre sécurité et celles qui recréent une atmosphère d'oppression.

Logique. Phyllis reprend :

— Une dernière chose. J'ai besoin de savoir si tu te penses en danger de mort.

— Si je crois mon mari quand il menace de me tuer ? Absolument.

— Quand est-ce qu'il est violent ?

— Quand il est bourré, déprimé ou infoutu de bander.

— Tu lui as parlé de divorce ?

— Attends voir. Il me répond qu'il ne peut pas m'empêcher de le demander, mais que je ne vivrai pas assez longtemps pour signer les papiers. Après, il me dit qu'il m'aime, promet de changer, implore mon pardon, fond en larmes, me ressort sa propre enfance maltraitée, son père qui le frappait, jure qu'il va apprendre à gérer sa colère, aller aux Alcooliques anonymes, qu'on peut entamer une thérapie de couple.

— La thérapie de couple ne sert à rien s'il te bat. Il ne s'agit pas de te faire changer, il s'agit de l'empêcher de te taper dessus.

— On a essayé, mais ça n'a fait qu'empirer les choses. On avait des échanges posés et sincères avec le psy et dès qu'on remontait en voiture, il me bourrait de coups pour l'avoir débiné devant un étranger. Tu peux me proposer quelque chose que je n'ai pas encore tenté, à part l'empoisonnement ?

— C'est toujours une possibilité.

Il n'y a aucune ironie dans la voix de Phyllis. Elle me rappelle M. McDermott, qui ne sait plus qui il a tué mais dit : « Ça ressemble à quelque chose que j'aurais pu faire. »

— Tu parles sérieusement ?

— Non. Tu irais en prison. Les prisons sont pleines de femmes qui croyaient pouvoir tuer en légitime défense.

— Alors rien ne changera. Jusqu'à ce qu'il me fasse la peau, c'est ça ?

— Et tes enfants ? Tu m'as dit que…

— Un garçon. Lucas. Il a dix ans. Il vit avec mon mari.

De tous mes mensonges, mes fabrications, celui-ci est le plus déprimant. Il sera convaincant, car c'est le plus proche de la vérité. Lucas, le fils que j'ai créé pour tromper Phyllis et rendre mon couple authentique, est inspiré de Sammy, mon frère.

— Mes parents ont divorcé quand j'avais son âge. Ça m'a dévastée. J'ai juré de ne jamais faire subir la même chose à mon fils. Le plus surprenant, c'est que mon mari est un père génial.

— Sauf quand il te tabasse.

— N'empêche, Lucas l'idolâtre. Quel gamin de dix ans ne serait pas en admiration devant lui ? C'est un flic, un ex-marine qui est allé se battre contre les méchants en Irak. Il parle d'honneur, de patriotisme et du drapeau. Il fait du bénévolat – entraîneur de ligue junior, chef louveteaux –, il sait jouer aux jeux vidéo, gratter la guitare, aller camper. Et monter son fils contre sa mère.

— Il t'a déjà menacée de son arme ?

— Souvent.

Phyllis se met debout, me prend le menton, lève doucement ma tête vers elle.

— Quand tu seras prête, je veux connaître ton vrai nom, et je veux celui de ton mari. En attendant, on va te garder en sécurité ici.

En attendant ?

25

Je loge au refuge depuis assez longtemps maintenant, mes bleus commencent à s'estomper. Mes côtes ne me font plus mal quand je me retourne dans mon lit et je suis sevrée des antalgiques d'Amanda. Ma mission de flique sous couverture consiste à rechercher des informations susceptibles d'impliquer une ou plusieurs personnes dans trois meurtres. Je dois écouter, fouiner, trouver un rouleau de ruban adhésif pour voir s'il correspond à celui utilisé sur Ronald, un nouveau diable au cas où il y aurait un cadavre à transporter, mais, surtout, je dois sympathiser, gagner la confiance des autres pour, ensuite, si elles font des suspectes sérieuses, les trahir. Boulot de police classique. Je commence à me familiariser avec les pensionnaires du refuge ; mes notes parlent d'April – la mère d'Amanda et Frankie. La petite trentaine, en surpoids, toujours en sweat, cheveux bruns noués en une minuscule queue de cheval superflue. Je connais ce look : elle ne veut surtout pas attirer qui que ce soit. Elle arbore ses blessures. Il y a Sofia, la prof résidente : grande, mince, la vingtaine. Paula, jamaïcaine, la trentaine, porte son petit garçon d'un an, Byron, dans une écharpe afin de toujours savoir où il est : contre son corps. Gerri, la trentaine, les traits marqués et fatigués ; il lui manque les incisives supérieures, ce qui la fait paraître plus vieille que son âge. J'apprends plus tard que son mari les lui a décrochées à coups de poing. Haneen, moyen-orientale – facile à deviner vu son prénom. La vingtaine, teint cacao impeccable et cheveux noir de jais, parfaite à part ses ongles rongés. Elle s'habille en Ralph Lauren et jean de marque. Qu'est-ce qu'elle fout ici ? Elle paraît trop jeune et bien nantie pour être une victime. Je découvrirai son histoire. Enfin, Janice, la mère de Tiffany. Elle m'a raconté, autour d'un café, que son mari suivait une thérapie intensive, qu'il terminait ses séances de gestion de la colère et qu'ils s'étaient vus à l'extérieur du refuge. Il la supplie de rentrer à la maison ; il lui promet qu'il a changé.

— En fait, je suis terrifiée, dit-elle.

— De quoi ?

— De finir par le croire.

La commandante Hagen m'a accordé des horaires flexibles qui me permettent de me consacrer à mes autres affaires puis de rentrer au refuge à l'heure du dîner. C'est comme être assignée à résidence, sans le bracelet électronique. Phyllis est habituée à me voir partir bosser et a cessé de me poser des questions.

Ce vendredi matin, j'accompagne Amanda à l'école à pied. Elle change tous les jours d'itinéraire au cas où son père la surveillerait. En chemin, je recueille des bribes de sa vie.

— Maman était comptable chez un grossiste en fleurs. La patronne, Mme Bartolini, m'a appris à confectionner des bouquets de roses. Quand je suis devenue bonne, elle m'a payé 25 cents le bouquet. Mon père était chef cuisinier au Waldorf Astoria – c'est genre un grand hôtel en ville. Après, il a démissionné et, avec un autre chef, ils ont ouvert leur propre resto à SoHo. Sauf qu'il a fait faillite et qu'il a perdu beaucoup d'argent, alors il a dû se remettre à cuisiner pour des hôtels, ce qu'il détestait. Il bossait tout le temps et il s'est mis à prendre de la cocaïne, et ça allait super mal entre maman et lui. Il lui reprochait tout le temps des trucs. Maman dit qu'il a commencé à la taper quand ils se disputaient. Un soir, il lui a cogné la tête contre le mur tellement fort qu'elle a dû aller à l'hôpital. Il aurait dû faire six mois de prison mais il a eu droit à une remise de peine pour bonne conduite, il a fait des travaux d'intérêt général comme prof de cuisine pour des enfants défavorisés et il a récupéré son emploi. Maintenant il nous cherche et maman dit qu'il va pas bien. Il pourrait nous enlever alors il faut qu'on soit hyper prudents. Maman, elle voit double – elle peut plus utiliser l'ordinateur ni se concentrer sur les chiffres, du coup elle peut plus travailler.

— Et ton frère, Frankie ?

— Il aime bien la salle de bains, c'est là qu'il bouquine et fait ses devoirs. Pourquoi ? Parce qu'il peut fermer la porte à clef. Mais on a de la chance : on pourrait être dans la rue ou dans un foyer pour sans-abri comme avant de venir ici, ou même chez nous. Si tu me demandes mon avis, je dirais que le foyer pour sans-abri, c'est pas bien, la rue encore moins, et la maison avec les parents, c'est le pire.

— Est-ce que tu pleures ?

Amanda s'arrête.

— C'est la première question intéressante que tu me poses. Je sais que les bébés pleurent pour plein de raisons – ils sont fatigués, ils ont faim, ils ont mal quelque part, un truc trop serré ou la couche pleine – mais on sait jamais laquelle parce qu'ils ne parlent pas. Il y a toujours une maman qui les entend chouiner et qui sait quoi faire. Elle les prend dans ses bras, les embrasse, les cajole, desserre le truc, change la couche. Mais qu'est-ce qui se passe quand elle, elle pleure ? Nous tous… Frankie, Ben, Tiffany, Byron – non, Byron, il a qu'un an, il était trop petit pour comprendre ce que ça voulait dire quand son papa tapait sa maman –, on connaît tous les larmes de notre maman. On a grandi avec. Avant, on pleurait quand elle pleurait, mais on a arrêté. Ça paraissait pas juste. On a appris à ne plus pleurer et à essayer de prendre soin d'elle quand papa lui avait tapé ou crié dessus ou comme le père de Ben, qui s'amusait à lui jeter la nourriture à la figure quand il aimait pas ce qu'elle avait préparé – il trouvait ça marrant, alors il rigolait pendant qu'elle, elle pleurait. Non, moi je pleure pas.

— Et l'avenir ?

— Maman dit que papa va peut-être avoir un boulot à Miami, ce qui serait une solution. Il quitterait New York et on pourrait partir du refuge, reprendre nos vies en main. Maman dit qu'il n'a qu'à passer sa folie sur une autre. Et surtout, on saura toujours où il est.

— C'est quoi, le pire ?

— C'est quand papa promet. Promet de ne plus jamais frapper maman ou de ne plus se droguer, et que maman nous promet que papa va être gentil avec elle à partir de maintenant et qu'elle le mettra plus en colère parce qu'il a tellement mauvais caractère. Après, on se serre tous dans les bras en riant et on va au Chili Grill ou même dans un resto chic dont papa connaît le chef. Maman dit que papa l'aime et qu'elle aime papa et que papa aime Frankie et moi alors on va être une famille heureuse et on se sent bien. C'est pareil pour nous tous ici. Je le sais. J'ai demandé à Ben et à Tiffany et ils m'ont répondu la même chose : on se sent bien mais en dessous on se sent super mal. On sait que ça va recommencer. Maman et papa sont des putains de menteurs.

— Tu fais plus que tes douze ans.

— J'écoute ce qui se dit au groupe. Il y a plein de gens dérangés dans ce monde, tu trouves pas ?

— Je trouve.

— Le plus souvent, c'est des hommes, tu crois pas ?

— Je crois.

Chacune prépare le dîner à tour de rôle ; ce soir, c'est mon tour. Il y a des idées dans le livre de recettes du refuge, un classeur à feuilles mobiles. Ma partenaire sera Amanda. Avant de partir pour l'école, on a feuilleté le classeur et opté pour un rôti de porc avec du riz complet et des épinards à la crème. Normalement, les provisions sont livrées au refuge via la maison de Myra mais puisque je peux sortir, je me chargerai des courses du dîner. Pour celles qui ne peuvent pas risquer de mettre un pied dehors, la cuisine est un moyen de tromper l'ennui. Ça aboutit à des repas quasi gastronomiques, les enfants se rebiffent et des mets français dignes de chez Lucullus finissent à la poubelle pour être remplacés par des macaronis au fromage. Selon le règlement, on est censées toujours prévoir une alternative végétarienne, mais Amanda me dit qu'il n'y a personne de végétarien actuellement.

Pendant que le rôti est dans le four, on fait cuire les épinards et on allume le cuiseur de riz. Parfois, les repas sont servis façon buffet car il y a trop d'horaires différents pour permettre d'être tous ensemble à table. Amanda se fait de l'argent de poche en jouant les baby-sitters quand une des mères doit s'éclipser pour un rendez-vous avec tel ou tel bureau d'aide sociale, service de protection, avocat ou médecin.

Je perçois une tension latente entre les résidentes à propos des chambres, leur proximité avec la salle de bains, la taille de leurs placards et de leurs fenêtres. Les cloisons sont minces ; les conversations, les cris des tout-petits, les fâcheries des enfants contre leurs mères, les emportements des mères contre leurs enfants – tout est partagé. Les pensionnaires vivent sous une pression incroyable. Les femmes se rongent les sangs pour leurs bambins, leur vie, l'argent. Elles sont en colère, loin de chez elles, impuissantes, et tout cela a tendance à les mettre de mauvais poil. Les mouflets s'en rendent compte. C'est important de se sentir en sécurité. Ça l'est tout autant de regretter papa quand il se montre gentil. Ne pas avoir sa chambre à soi, ses jouets, ses poupées, ses livres, et devoir partager une télé et une salle de bains avec d'autres gamins, ce n'est pas marrant non plus.

Résultat, Phyllis passe énormément de temps à calmer tout le monde.

— Nous ne nous sommes pas évadées de notre prison pour en créer une autre. Nous devons coopérer, agir collectivement dans l'intérêt de chacune pour tirer le meilleur parti d'une situation difficile. Nous sommes toutes stressées, mais on doit vivre ensemble, et plus ce sera convivial, mieux ce sera pour nous et pour les enfants.

Elle anime des séances de méditation, de yoga, d'exercice dans le jardin – tout ce qui peut aider à limiter la mauvaise humeur, la frustration et le désespoir. Et ce soir, après dîner, quand les enfants seront couchés, on aura notre groupe de parole – ou « groupe » tout court –, mon premier depuis que je suis chez Artemis.

— Le vendredi soir, il y a une sorte de groupe de parole après le dîner, m'a dit Phyllis.

— Présence obligatoire ?

— J'en ai bien peur. Mais tu n'es pas obligée de parler. C'est comme tu le sens.

Le repas terminé, on se rassemble dans la salle à manger autour d'une théière, de tasses et d'une assiette de petits gâteaux.

Phyllis démarre :

— On peut parler de « groupe », mais pas de « thérapie de groupe ». Je ne suis pas psy. Je n'ai aucun diplôme en la matière. Presque tout ce que je sais, je l'ai appris en regardant les émissions de Dr Phil.

Elle récolte quelques sourires ; la plaisanterie était à mon attention. Il n'y a que moi qui ne l'aie pas encore entendue. Je suis observée par les autres pensionnaires en même temps que je les observe. Aucune à part Phyllis ne connaît mon histoire. Je ne suis que « la nouvelle » ; blessée, effrayée, sur ses gardes. Elles sont gentilles et ne me pressent pas pour en savoir plus ; elles savent que ça finira par sortir.

— Nous avons beaucoup à apprendre les unes des autres. Vous pensez peut-être que vous êtes la seule à vous débattre, mais ce n'est pas vrai. Et ça aide, de savoir qu'on n'est pas seule. Alors, il y a deux règles. April ?

— Pas de bobards.

— Pourquoi ?

— Nos maris nous en ont assez servi comme ça.

Elles acquiescent en chœur.

— Dans le mille, April, fait Paula.

— Et la deuxième ?

— On n'interrompt pas, poursuit April.

— Parfait. Qui veut commencer ?

Silence. Phyllis me regarde ; elle m'invite à prendre la parole. Je baisse les yeux, évite les siens. Je ne me lance pas. Je suis la nouvelle. Mes bleus s'estompent, mais je me sens mal à l'aise dans cet endroit. Je n'ai encore rien à livrer.

J'observe les femmes autour de la table : à ma droite, Haneen. À côté, April, la mère d'Amanda et Frankie, assise raide comme un piquet sur sa chaise. Je vois Amanda dans ses traits, pourtant ses yeux sont différents. Ceux d'Amanda fouillent, cherchent, explorent en permanence. C'est un bourdon. Ceux de sa mère trouvent leur place, ses mains soigneusement repliées sur la table, et y resteront, sans curiosité mais en sécurité. Je me rappelle que son mari aimait bien l'attraper par la nuque et lui cogner la tête contre le mur.

Elle se penche vers Phyllis.

— Je peux parler de ma famille d'abord ?

— Tu peux parler de tout ce que tu veux.

April s'exprime vite, anxieuse de tout déballer avant que quelqu'un lui dise de *fermer sa gueule*. Personne ne le fera, naturellement. Mais elle a été bien habituée par son cher époux.

— Ben voilà, je repense à la manière dont il m'a coupée de ma famille. Il m'a forcée à choisir ; c'était lui ou eux. Vu qu'ils le détestaient, c'était une question de loyauté. Il avait raison : mes parents l'avaient percé à jour ; ils avaient vu au-delà du charme et le trouvaient bidon. J'aurais dû les écouter. J'étais jeune. Encore en pleine rébellion.

— Te faire couper les ponts avec ta famille, c'est une technique classique, intervient Phyllis. Tu deviens dépendante de lui. Tu es pile là où il voulait que tu sois.

— C'était dingue. J'ai repoussé ma famille pour lui et lui, il les accusait de m'avoir rejetée. « Ils ne t'aiment pas comme moi. Ils t'ont abandonnée. Je suis tout ce que tu as. C'est moi qui t'aime. » Il le répétait tout le temps. « C'est moi qui t'aime. » Il le disait quand il me frappait, quand il m'étranglait jusqu'à me faire perdre connaissance, quand il m'accusait de le tromper, quand il débarquait à mon boulot, quand il me reprochait de m'habiller sexy pour d'autres mecs. Trois ans, ça a duré. Il était de plus en plus violent. Je me sentais seule, sans personne vers qui me tourner ; je ne pouvais pas affronter ma famille.

« J'ai requis une mesure d'éloignement contre lui, style il n'avait pas le droit de m'approcher à moins de 100 mètres, alors il a commencé à harceler mes parents, comme quoi j'étais devenue une prostituée, à appeler mon patron pour lui raconter que je dealais de la drogue, jusqu'à ce que je me fasse virer. Là-dessus, mon père est mort d'une crise cardiaque. Je me sentais coupable. J'ai pas osé assister aux obsèques. Mon frère m'a aidée à déménager ; mon mari avait peur de lui alors il a pas cherché à m'arrêter. Je commençais à revivre quand il a découvert où j'habitais. Un soir, en rentrant chez moi, j'ai trouvé un mot sur le lit : *C'est moi qui t'aime*. Il ajoutait qu'il me retrouverait toujours et que la prochaine fois, il me tuerait. La police a déclaré qu'elle ne pouvait rien faire à moins de le surprendre en ma présence. J'ai fini par appeler ma mère. Elle n'a pas voulu me voir ; elle a dit que j'avais provoqué la mort de mon père. Je lui écris toutes les semaines, Phyllis – une vraie lettre, pas un mail.

Haneen intervient :

— Elle se ravisera. J'en suis sûre. Laisse-lui un peu de temps. Et en attendant, tu es en sécurité ici.

Janice, la mère de Tiffany, lève la main – puis la baisse en se rappelant qu'on n'est pas à l'école, on est un groupe de femmes attablées pour échanger des histoires sur des hommes qui leur tapent dessus.

— « Pipelette. » C'est comme ça qu'il m'appelait avant la gifle. Pas trop forte. Juste au-delà de l'affectueux. Attendez… Ça existe, ça ? Une baffe affectueuse ? Une claque amoureuse ? Un gnon à l'épaule pour attirer mon attention ? Une calotte sur le crâne en passant pendant que je suis à l'ordi ?

« "Redresse-toi, pipelette. Tu vas te faire mal au dos." Ça résonne encore dans ma tête. Alors c'est devenu une habitude, ses beignes sur le crâne. Et puis, comme s'il le découvrait, ça lui a donné du plaisir. Les claques sont devenues des coups, d'abord dans l'épaule, puis dans le ventre, comme pour voir jusqu'où il pouvait aller, ce que je serais prête à supporter. Manifestement, beaucoup.

— Pourquoi ? demande Phyllis.

— Pourquoi je suis restée ? Où est-ce que j'aurais pu aller ? Je n'avais pas d'argent. Nulle part où habiter. Les cartes bancaires, les comptes, tout était à son nom.

Gerri attend un moment et rebondit :

— Mon mari a fait la même chose. Il a transféré tous nos comptes à son seul nom. Il était propriétaire de la maison, de la société, des voitures. Je n'avais plus de carte de crédit. Il me donnait du liquide pour les courses et exigeait les tickets de caisse. Je devais tout justifier.

Phyllis dit :

— Je connais cette technique. Non seulement tu n'as nulle part où aller, mais si tu trouvais, tu n'as aucun moyen de payer.

Gerri acquiesce et poursuit :

— Avant d'épouser Tom, j'avais monté ma boîte en ligne, je proposais des tableaux à encadrement personnalisé pour animaux de compagnie décédés. Les maîtres endeuillés m'envoyaient une photo de leur chien ou de leur chat et je confectionnais un cadre en bois sculpté avec son nom et ses dates gravés dessus. Je faisais ça à la maison sur une petite machine de gravure laser. J'ai connu Tom sur un site de rencontres chrétien. Il venait de quitter l'armée avec une petite pension d'invalidité. Au début, il était totalement extérieur à mon activité, il démarrait sa propre entreprise sur Internet ; mais ça n'a rien donné, alors il a commencé à travailler avec moi. Ça me plaisait bien, qu'on bosse ensemble. Il était intelligent, plein d'idées. On a élargi l'offre à d'autres types de souvenirs d'animaux : bracelets à breloques, pendentifs, effigies. Au bout d'un moment, c'était comme s'il décidait de tout, prenait le contrôle, et très vite j'ai eu le sentiment de travailler non plus avec lui, mais *pour* lui. Quand on avait besoin de capitaux pour nous développer, acheter de meilleurs graveurs laser, faire de la pub, c'est moi qui empruntais l'argent. Dans le même temps, on était tous les deux propriétaires de la boîte. Je m'endettais pendant que lui conservait les actifs. Ce n'était pas juste. Il disait que ses capacités de crédit étaient nulles et que de toute façon, ça nous appartiendrait à tous les deux au bout du compte. Je l'aimais, je lui faisais confiance, je voulais que tout le monde soit heureux.

« Tom adorait "jouer à la bagarre" avec notre fils, Ben. C'est comme ça qu'il disait, "jouer à la bagarre". Ils faisaient semblant de boxer, sans jamais vraiment frapper. Tom était plus rapide, plus fort. C'était un homme, Ben n'était qu'un petit garçon. Tom expliquait que c'était bien de lui apprendre à se battre et qu'il ne lui faisait jamais mal – alors que si. Une gifle, un coup de poing, une erreur. Tom lançait toujours : "Oups, désolé fiston, un peu trop près, ça va ?" Ben assurait que ça allait, mais je savais qu'il était au bord des larmes. Il n'aimait pas "jouer à la bagarre". J'ai demandé à Tom d'arrêter. Il m'a répondu : "Je ne le répéterai pas : ne me critique jamais devant mon fils, c'est compris ? Je veux que Ben apprenne à se battre, qu'il sache se défendre."

« J'ai rétorqué : "Tu sais ce qu'il apprend, là, Tom ? Il apprend que quand ce sera à son tour de se battre, il trouvera plus petit que lui. Tu lui apprends à être une petite brute, bon sang !" Je voyais Ben devenir comme lui. J'ai compris qu'il fallait qu'on sorte de là.

— Qu'est-ce que tu as fait ? demande Sofia.

— J'ai cédé la boîte à Tom pour qu'il ne me dispute pas la garde de Ben, et j'ai mis les voiles. Tom a conduit l'entreprise à la faillite. Il a tout perdu, et il m'a tout mis sur le dos. Entre-temps, j'avais repris ma vie en main, monté une autre boîte, commencé à sortir avec un mec sympa. Tom s'est mis à le menacer et on a rompu. Il m'a harcelée, demandé de l'argent, battue à plusieurs reprises. Il conduit un fourgon aménagé, il dort dedans. Il est toujours en mouvement. La police n'arrive pas à lui mettre la main dessus, mais lui, il peut toujours me retrouver. Il est là, quelque part.

Paula tient son fils d'un an, Byron, sur ses genoux. Elle parle tout bas dans son mélodieux accent jamaïcain pour ne pas réveiller l'enfant.

— Mon mari est avocat. La première fois qu'il m'a frappée, je lui ai dit que s'il recommençait, je… Et là, il m'a sorti : “Ouais, et quoi ? *Quoi ?* Tu feras quoi, te tirer ? Tu veux voir Byron ? Je suis avocat ; tu n'auras aucune chance.” J'ai lâché : “Si tu me touches encore une fois, je prends des ciseaux et je te coupe la queue dans ton sommeil, je colle de la mort-aux-rats dans ton café et je dis à mes frères que tu me bats, ils s'occuperont de toi.”

On acquiesce toutes. Ça paraît raisonnable, comme solution.

— Ce soir-là, il m'a violée. Il savait que c'était que de la gueule de ma part. J'ai pigé son plan. Il demanderait le divorce, me ferait passer pour une mère inapte, obtiendrait la garde de Byron et trouverait mille façons de me pourrir la vie. Il en était parfaitement capable. Alors j'ai embarqué Byron et je suis venue ici. Je réfléchis à la suite, mais en attendant…

Elle regarde Phyllis.

— Je suis en sécurité.

Haneen est la suivante à s'exprimer. Et là, je comprends. De toutes les pensionnaires du refuge, je crois que c'est elle qui est le plus en danger. Il n'y a pas de misogynie, de sadisme, de jalousie sexuelle ni de rage alcoolique dans son cas, simplement un sens de l'honneur dévoyé pour lequel des femmes se font assassiner. Son père et son frère, de tradition pakistanaise, ont juré de la tuer, et sa mère n'est pas de son côté.

Haneen avait cinq ans quand sa famille a quitté Karachi pour s'installer aux États-Unis. À son quatorzième anniversaire, son père la promet en mariage à un cousin éloigné. Elle n'en est pas informée. Par la suite, Haneen devient une élève totalement américanisée du lycée d'Astoria puis entreprend des études de langues moyen-orientales avec option économie au Queens College. À l'été de sa troisième année, en stage à la banque Chase, elle fait la connaissance d'un autre stagiaire, Teddy Wang, qui suit un triple cursus en économie, maths et informatique à Stanford. Comme Haneen est capable de travailler en urdu, arabe et pendjabi, la banque lui promet un poste au sein de son pôle banque privée spécialisé dans les clients du Moyen-Orient.

Toujours chez Chase, on attend aussi avec impatience que Teddy décroche son diplôme ; cela fait, il commencera à 200 000 dollars par an avec des bonus à un million dans les cinq ans. Haneen gagnera à peu près la même chose, moins les bonus.

Quand Haneen annonce à ses parents que Teddy et elle prévoient de se marier une fois leurs diplômes en poche, son père lui notifie qu'à toutes fins pratiques, elle est déjà mariée. Haneen proteste, refuse et déclare qu'ils ne peuvent rien y faire. Elle est citoyenne américaine et elle épousera Teddy. Il y a des lois contre le mariage forcé.

— Mon père a attrapé un couteau de cuisine, me l'a mis sous la gorge et a déclaré qu'il existait une loi supérieure. Il préférait me tuer plutôt que de me laisser jeter la honte et le déshonneur sur notre nom. Il a envoyé mon frère dire à Teddy que je ne voulais plus le voir et qu'il ne devait pas m'appeler. Qu'est-ce que je pouvais faire ? Obéir, aller au Pakistan, épouser un homme que je n'avais jamais vu ? Aller trouver la police ? Faire arrêter mon père et mon frère ? Mais s'ils vont en prison, qu'est-ce qui arrive à ma mère, mes deux petites sœurs et mon petit frère ? Je me suis cachée ici. Avec Teddy, on a un plan. Je vais changer d'identité. Teddy va se trouver un emploi dans la banque à Singapour et j'irai le rejoindre. On veut déménager le plus loin possible, en espérant et en priant pour qu'ils ne me retrouvent jamais.

Phyllis demande :

— Quelqu'un d'autre veut prendre la parole ?

L'appel du pied est pour moi. Elle sourit.

— Okay. Même heure la semaine prochaine.

J'ai envie d'une clope. Un truc à moi. Les histoires de ces nanas m'ont épuisée ; je suis enquêtrice à la Crim depuis cinq ans, j'ai vu à peu près tout ce que les gens peuvent se faire comme horreurs, mais ici, je suis à l'épicentre de crimes en attente d'être commis. Chacune de ces femmes a été battue, et c'est terrible, mais le pire c'est qu'elles sont toujours en danger, elles savent qui guette leur sortie et connaissent les risques qu'elles prennent rien qu'en mettant un pied dehors. Dans le jardin, je gagne le portique des enfants, me laisse tomber sur une balançoire, pousse des talons dans le sable et commence à osciller, lentement. Je glisse une cigarette entre mes lèvres, cherche du feu. Je n'en ai pas. Merde. J'ai la flemme de retourner prendre mon briquet à l'intérieur. Une flamme jaillit. Sofia me tend une allumette.

— Merci.

— Je t'en prie.

Elle s'installe à côté de moi, s'allume une clope à son tour, et on tangue doucement.

— Je ne me sens pas à l'aise de parler au groupe, dit Sofia.

— Je comprends. Je ne suis pas prête non plus.

— C'est une longue histoire.

— J'ai tout mon temps.

— J'ai l'impression qu'à toi, je peux la raconter. Les autres, je ne suis même pas sûre qu'elles me croiraient.

— Et Phyllis ?

— Elle, elle me croit. J'étais prof à Ljubljana. De chimie. En parallèle, je jouais de la flûte et donnais des cours particuliers. J'ai rencontré un jeune Américain. Il était venu enseigner l'anglais dans le cadre d'un programme d'échange et il voulait prendre des cours de flûte. Il m'a trouvée, on a joué ensemble et – comme c'est romantique – on est tombés amoureux. Il a tenu à ce que je rentre aux États-Unis avec lui et que je l'épouse. Je crois que j'étais son fantasme, mais que quand je suis devenue sa réalité, il ne l'a pas supporté – on s'est séparés. J'étais seule et vulnérable à New York. Comment on dit… sans assistance ? Je suis tombée sur un garçon que je connaissais à Ljubljana, on jouait dans le même orchestre de jeunes. Maintenant, il faisait des affaires à Manhattan.

— Quel genre ?

— Je n'ai pas posé la question, et je n'ai jamais su. Des affaires. Avec des Russes. Il avait une chambre d'amis, il m'a hébergée, m'a présentée à ses copains, m'a acheté des vêtements. J'étais fauchée. Il disait que j'étais belle, intelligente et sexy. Je parlais trois langues, ce qui faisait de moi une compagnie parfaite pour lui et ses amis. On faisait la fête, on filait aux Hamptons en hélico et on prenait des jets privés pour les Caraïbes, Las Vegas ou Aspen. Les passagers sont devenus de plus en plus vieux et de plus en plus riches, et j'ai compris que je faisais partie du package. Quand j'ai voulu arrêter, j'étais ce que j'étais – poliment, une escort-girl ; moins poliment, une pute. Je leur appartenais. Je savais ce qui m'attendait si j'essayais de partir. Mon visa avait expiré, je n'avais pas d'argent à moi et ils détenaient mon passeport.

« Lors d'un de ces voyages, j'ai connu un psychiatre, il travaillait pour une compagnie de sécurité qui assurait la protection de certains des passagers de l'avion, mais aussi de célébrités et de stars de cinéma. Son boulot consistait à évaluer le courrier des fans – celui des dingues, ceux qui envoient n'importe quoi, des menaces de mort aux demandes en mariage. Tu serais surprise du nombre de lettres que ces personnalités reçoivent et du nombre de gens qui les signent de leur vrai nom et donnent leur adresse pour la réponse. Entre ça et le cachet de la poste, on peut en identifier pas mal. C'étaient des harceleurs, des fous, des paranos et des maîtres-chanteurs. Le psy lisait le courrier puis rédigeait un rapport qui commençait par « Prenez cet individu au sérieux » ou non. À ce stade, j'étais escort à plein temps. Il s'en foutait. Il appréciait ma compagnie ; ce que je faisais quand il n'était pas là ne regardait que moi. On a commencé doucement, il m'emmenait dans des musées, dans des galeries.

C'était purement amical, même si j'attendais que ça change.

« Un soir, il m'a invitée à une fête, l'anniversaire surprise d'un de ses clients, un gros investisseur new-yorkais. La surprise, c'était moi. Le type était marié, mais il a complètement craqué pour moi et il a sûrement passé un accord avec les Russes. Je suis devenue sa maîtresse exclusive. Il était puissant et riche, je ne veux même pas prononcer son nom. Il était aussi cinglé. Je représentais son échappatoire, sa deuxième vie. Son truc, c'était le voyeurisme, il me faisait coucher avec ses copains en filmant sur son portable pour pouvoir regarder les vidéos quand ça lui chantait. Il filmait aussi ses propres prouesses. Un soir, j'ai copié toutes ses vidéos, puis je lui ai dit que je les avais et que s'il ne me laissait pas partir, je les posterais sur Internet. Il a répondu que si je faisais ça, il me ferait tuer. J'ai compris qu'il me ferait tuer de toute façon. J'en savais trop. Une des filles que je connaissais m'a parlé du refuge.

Ce soir-là, une fois les autres montées dans leur chambre, je reste bouquiner au salon. J'aime bien traîner en haut jusqu'à ce que je me sente assez fatiguée pour aller me coucher dans ma cave et m'endormir. Phyllis entre et s'assied à côté de moi sur le canapé.

— Tu as l'air d'avoir pris tes marques.

— C'est une grosse adaptation.

— À un moment, il faudra que tu nous en dises plus, malgré tes blessures évidentes.

— Je ne suis pas prête.

— Ce qu'on a vraiment besoin de savoir, c'est quel type de danger tu cours. Question d'évaluation des risques. Ça impacte le refuge et ses habitantes.

— Qui réalise l'évaluation ?

— Toi. Je peux t'aider. J'ai une grande expérience. Il m'est arrivé de me tromper. C'est difficile à vivre.

— Okay. Mon mari ? Quand il devient mauvais, oui, je crois qu'il serait capable de me tuer.

— Tu as dit qu'il était flic, c'est bien ça ?

— Oui.

— Alors il pourrait.

— Tu veux tout savoir de moi ?

— Oui.

Je répète à Phyllis que je ne suis pas encore prête à raconter mon histoire.

— On pourrait t'aider, répond-elle.

26

Je veux en savoir plus sur Haneen. Sur le chemin du poste de police, je m'arrête au lycée d'Astoria, où je consulte les anciens albums de promo. Le nom de famille d'Haneen est Lakhani. Son profil indique qu'on la surnomme « Nee Nee », qu'elle va poursuivre ses études au Queens College, qu'elle a reçu les félicitations, qu'elle jouait dans l'équipe de volley féminine, était membre des clubs de français, d'échecs et de soutien scolaire, et rédactrice pour le journal du lycée. Arrivée au bureau, je me connecte au site sécurisé des services de l'immigration, qui me révèle que son père, Amar Lakhani, a été naturalisé en 1999. Il est employé de longue date chez Mammoth Security en tant qu'agent de sécurité pour des banques, des musées et des grands magasins – je vais vérifier s'il a un permis de port d'arme. Je passe au crible sa demande de naturalisation, le bail de son appartement, son permis de conduire et ses relevés téléphoniques. La mère d'Haneen s'appelle Rameesha. Elle a deux autres filles plus jeunes : Tamsila, onze ans, et Rida, neuf. L'aîné des frères, Isar, a vingt-deux ans et bosse pour une société de réparation de climatiseurs à Manhattan. Le cadet, Azfar, quatorze ans, est inscrit à la MDQ Academy, une école musulmane. Sur la base de données NYPD/NSA de tous les immigrants moyen-orientaux à New York (compilée après le 11-Septembre), j'apprends que les messieurs Lakhani fréquentent la mosquée El-Ber de Long Island City. Je sais tout d'eux. C'est une famille d'immigrés new-yorkais typique, respectueuse des lois et travailleuse. J'ai besoin d'un conseil. Je trouve le lieutenant Akram Danai à la cafète au rez-de-chaussée.

— J'ai besoin d'un service. Tu peux m'aider avec un problème dans une famille musulmane ?

Danai se marre.

— C'est ma spécialité.

Je lui tends mes notes sur les Lakhani. Il prend son temps, les lit avec attention.

— Très intéressant. Je peux te demander pourquoi tu me montres ça ?

— La fille aînée est menacée parce qu'elle refuse un mariage arrangé au Pakistan.

— C'est assez rare de nos jours. C'est plutôt un problème au Royaume-Uni. Menacée comment ?

— De mort.

— Le reste de la famille ?

— Le fils aîné est dans le coup, la mère est passive, au mieux, les autres gosses sont trop petits pour compter.

— Le père a peut-être une grosse dette au Pakistan. C'est peut-être comme ça qu'il la rembourse.

— Avec sa fille ?

— C'est tout bénef : il marie une fille et règle sa dette. Vu qu'il a aussi donné sa parole à l'autre, si le mariage n'a pas lieu, son nom sera déshonoré. Ce n'est pas un mauvais bougre, il est simplement coincé dans un système et il n'en connaît pas d'autre.

— Bien sûr que si. L'autre s'appelle comté de Queens, État de New York. Il lui a collé un couteau sous la gorge ; il la tuera s'il la trouve. Son crétin de fils l'y aidera.

— Je connais l'imam de sa mosquée. Il n'approuvera pas. Tu veux que je lui en parle ?

— Oui.

— Où est la fille ?

— Elle se cache.

— Je peux demander au Dr Kahn de le raisonner. Le max qu'il puisse faire, c'est de le menacer de l'exclure de la mosquée.

— C'est important ?

— Possible.

— Merci.

J'ai fait ma B.A. du jour. Je passe voir la commandante Hagen pour lui rendre compte de la vie chez Artemis.

— C'est comme un Airbnb pour femmes battues. Toutes les résidentes sont des victimes. Il y a des enfants qui ont vu leur mère rouée de coups…

Elle lève une main pour m'arrêter.

— Je fais ce boulot depuis trente ans, Nina. Je connais tout ça par cœur. Retournez là-bas et tâchez de savoir si ces personnes ont quelque chose à voir avec vos affaires non résolues…

Elle marque une pause pour ménager son effet.

— Et le meurtre de Ronald Steevers.

Après le dîner au refuge, je suis chargée de la vaisselle avec Sofia. Cet après-midi, Phyllis est allée racheter des serviettes chez Ikea et en est revenue avec deux sachets de boulettes de viande surgelées. Elle les a réchauffées dans une grosse sauce tomate en boîte avec des petits pois surgelés. C'était pas mal.

Phyllis dit à Sofia qu'elle va finir de ranger à sa place. Sofia lui tend aussitôt ses gants en caoutchouc jaune et sort dans le jardin, où elle va fumer et se ronger les ongles. On remplit le lave-vaisselle, je passe l'éponge sur le plan de travail, Phyllis met la machine en route et lance :

— J'aimerais te parler dans mon bureau, si tu veux bien.

C'est la première fois que je vais dans son bureau. Dans la vie antérieure de cette maison, c'était sans doute le coin petit déjeuner. Maintenant, il y a tout juste la place pour un canapé délabré adossé au mur et recouvert de coussins. La chienne du refuge, Bobo, y prend presque toute la place. En me voyant, elle remue la queue contre un coussin en guise de bonjour, mais elle est trop flemmarde ou trop bien installée pour se lever. Il n'y a pas de table de travail. Ça me plaît. Deux chaises à dos droit garnies de gros coussins font face à une table basse. Il y a un bouquet de lis jaunes. Sur un mur, quatre images encadrées de la même maison à toit de chaume, une par saison. La bicoque est située dans une forêt victorienne un peu mystérieuse, au bout d'un chemin de terre. Des rosiers bulbeux et des pommiers féconds bordent le sentier. Un panache de fumée s'élève de la cheminée, une lumière douce luit aux fenêtres. C'est le foyer idéalisé, sûrement habité par des gens aimables et bienveillants. Dans un bar, ça ferait pleurer les poivrots. À ma grande surprise, je les trouve agréables, ces cadres.

— Assieds-toi, dit Phyllis.

J'obéis. Elle ne me propose pas de thé. Elle s'assied en face de moi, lève son iPad où s'étale une photo de moi dans un ascenseur du Queens Center, prise, je m'en souviens, par Mme Motarde 1 %, alias Karen Marschner.

— Il est temps de tout me dire, ma belle. Je sais que tu es de la police. Ce que je ne sais pas, c'est ce que tu fiches ici.

Grillée. Mais j'ai toujours une longueur d'avance sur elle.

27

Phyllis sait que je suis flique ; là-dessus, elle a bon. Le reste de ses renseignements est faux. La commandante Hagen est experte en matière de couverture pour agents infiltrés.

« J'ai un diplôme du FBI en infiltration. Je pourrais placer un étranger dans votre famille et vous faire croire que c'est un parent éloigné. »

Elle savait que Phyllis relèverait ma plaque d'immatriculation. Ce n'est pas difficile de retrouver une immat. Elle aurait alors mon identité. Ou croirait l'avoir. Parce que ma plaque était fausse. Elle la conduirait à moi, mais ce ne serait pas moi. Ce serait une personne inventée. C'est mon histoire qui compte : elle doit être convaincante. Voilà comment j'ai imaginé la mienne.

Quand mon chirurgien de fiancé et moi avons rompu, j'ai cherché un bar à Manhattan où je ne croiserais aucun de mes collègues du poste en dehors des heures de travail. Ce n'est pas que je ne les appréciais pas, simplement j'avais envie de rencontrer des gens avec qui je pourrais prendre un nouveau départ ou, si je voulais, rester anonyme, voire me faire passer pour une autre : étudiante, avocate, informaticienne, n'importe quoi sauf flique. J'avais lu un article sur la White Horse Tavern, à Greenwich Village ; une seule visite et c'est devenu mon quartier général pour boire des coups les soirs de repos. La White Horse est un illustre abreuvoir littéraire, ayant servi Dylan Thomas, Brendan Behan, Jack Kerouac, et, plus tard, des générations de romanciers, de journalistes et d'aspirants écrivains. Là-bas, j'ai connu un romancier semi-célèbre, James X, qui m'a séduite par son esprit, son érudition et son intérêt pour mon identité bidon du moment – vendeuse à la boutique de souvenirs du MoMA –, puis m'a emballée par une promesse de petit déj au lit avec bagels, saumon fumé et mots croisés du *Sunday Times* le lendemain matin. Il y a eu baise – je m'en souviens comme d'un truc qu'on a fait, mais de telle manière qu'on puisse encore avoir des conversations sérieuses après. C'était un vrai écrivain, mon premier, alors je lui ai posé la question bateau : ce qui était le plus important à savoir si on voulait devenir écrivain.

Il m'a répondu :

— Il y a deux choses. Dans la fiction, ta vie peut servir, alors inspire-t'en. Et si ta vie n'est pas intéressante, vole celle de quelqu'un d'autre.

Ce qui vaut pour les auteurs de fiction vaut aussi pour les flics en mission d'infiltration. C'est ce que m'a dit la commandante Hagen quand je lui ai parlé d'entrer au refuge.

— Il va vous falloir une couverture, une histoire convaincante. Vous vous ferez passer pour une flique mariée à un flic cruel et violent. J'en connais une. Servez-vous de sa vie.

La légende de mon faux passé appartient à Marlene Davis, ancienne de la police de Merrick.

On s'est donné rendez-vous dans un McDo près de LaGuardia à 16 heures. Heure tranquille, peu de clients – Marlene était facile à repérer : une quinqua sinistre en uniforme, attablée le dos au mur. En parlant, elle gardait les yeux rivés sur la porte, pas sur moi. Sa parano (une peur authentique) était contagieuse et en un rien de temps, moi aussi, je voulais un siège contre le mur. Elle sirotait un café noir et est allée droit au but.

— Lily m'a dit que tu voulais une légende pour une infiltration.

— Une flique mariée à un flic.

Marlene a pris une grande inspiration.

— C'est moi. J'ai dix minutes.

J'ai hoché la tête.

— Bon. Il m'a dit qu'il allait me tuer. Il connaissait des tas de moyens ; il pouvait maquiller ça en accident ou en suicide. Je savais que s'il avait assez bu, il tuerait aussi mon fils, puis lui-même. Tu pourrais commencer avec ça.

Marlene était calme. Elle ne demandait pas de compassion, ni même de compréhension.

— Tu pourrais me dire pourquoi tu es entrée dans la police ?

— Oui. Je suis devenue flique pour la même raison que les hommes deviennent flics. Je voulais être utile. Je voulais aider la population, protéger les gens de ma communauté contre les criminels. Après, il y a les raisons officieuses. J'aimais l'uniforme, la voiture, l'action ; j'étais sportive au lycée. J'adore ce qui est physique, la sueur et les bleus. Au bahut, je faisais de l'escalade, du foot, je courais le marathon. J'étais un rat de salle de sport ; les endorphines étaient mes meilleures copines. À l'inverse, j'étais nulle pour les tâches domestiques – incapable de faire cuire un œuf ou de passer l'aspirateur. J'ai appris, forcément. Et puis, pour être honnête, il y avait aussi le salaire. Dans la police de l'État de New York, on commence aux alentours de 50 000 dollars par an, et je pouvais atteindre les 70 000 assez vite. On a une bonne assurance maladie, des congés payés, des congés maternité, un plan de retraite solide ; avec les heures sup et les promotions, je pouvais être à 100 000 par an quand je prendrais ma retraite au bout de vingt ans, et je n'aurais encore que la quarantaine. Pas mal. Et toi ?

— À peu près les mêmes raisons que toi. Et j'avais quelque chose à prouver, mais je ne sais plus quoi.

Je suis entrée dans la police afin de mieux retrouver un assassin et de le tuer. Est-ce qu'on a quelque chose en commun ? Aujourd'hui ou demain ?

— Tu peux me parler de ton mari ? Hagen m'a dit qu'il était flic aussi.

— Plus maintenant. Enfin, si. Il est suspendu. Je ne sais pas s'il sera réintégré, et il va avoir du mal à se dégoter un autre poste à New York. C'est un grand gaillard qui parade avec un air de défi quand il entre dans un bar. Il sait se faire craindre des autres hommes. Personne sur le terrain ne conteste son autorité ;

personne ne lui demande pourquoi il le siffle, l'arrête, le fouille ou le pousse contre un mur. Il connaît des centaines de façons de te faire mal sans que ça se voie ; il peut te martyriser sans laisser de trace. C'est ce qu'il fait aux ados noirs, aux gamins en skate à la supérette, aux conducteurs issus des minorités qui circulent dans le mauvais quartier, et à sa femme.

Elle a regardé l'heure sur son téléphone, avalé une dernière gorgée de café.

— Mais il a une autre facette : au YMCA où il va nager et donner des cours, à l'église, chez les scouts… c'est un modèle. Les petits garçons aspirent tous à devenir comme lui.

— Et la violence ?

— Il aime bien me frapper pour m'aider à mieux me souvenir de ce qu'il aime et n'aime pas. Le truc, c'est qu'il est discret. On peut être sur le canapé après dîner à regarder la télé bien au chaud, et voilà qu'il me cogne le bras, fort – il sait exactement où taper pour que ça m'engourdisse jusqu'au poignet – pour me rappeler qu'il *déteste le steak bien cuit, putain de bordel de merde*. Mais en général, ça dépend de ce qu'il a bu. Si c'est beaucoup, ça veut dire que je suis par terre, sa main sur la gorge, et qu'il me met des torgnoles. Je ne crie pas pour ne pas réveiller notre fils. Dans tous les cas, j'apprends ma leçon. Et je ne peux pas respirer parce qu'il est à genoux sur ma poitrine et qu'il pèse 110 kilos. Quand il va vomir aux toilettes, j'appelle les flics. À leur arrivée, il sort leur parler sur le pas de la porte. Ils tentent de « me calmer ». J'ai la réputation d'être hystérique : je perds mon sang-froid et je le tape. Il doit se protéger, lui et notre fils. Il peut leur montrer des égratignures, un bleu. Ils me débitent le baratin classique comme quoi il vaut mieux régler ça en famille et me pressent de ne pas bousiller sa carrière et la mienne. « Allez, Marlene, vous pouvez arranger ça entre vous. » J'ai demandé le divorce et engagé un avocat pour les assigner en justice, lui et le département de police. On m'a relevée du service actif et affectée à la salle des scellés. Quelques semaines plus tard, on a découvert de la cocaïne dans mon casier. Elle provenait des scellés, évidemment. J'ai eu le choix : lever les poursuites ou perdre mon boulot, peut-être aller en prison, à coup sûr finir mère célibataire sans un rond. Me battre ? J'entends encore mon avocat : « Quel degré de justice pouvez-vous vous permettre ? » Alors je suis rentrée. Ça va. Je vois mon fils, j'ai un boulot et j'essaie de me tenir à carreau. Je lis beaucoup, aussi. Principalement sur les moyens de lui faire la peau.

Elle a haussé les épaules et écrasé son gobelet en carton dans son poing.

— Merci. Tu m'as beaucoup aidée.

— Ouais.

À présent, chez Artemis, assise sous la chaumière aux quatre saisons avec la tête de Bobo sur les genoux, je fais des aveux retenus et larmoyants à Phyllis.

— J'*étais* flique.

— Tu l'es toujours ?

— Plus maintenant. J'ai cet autre boulot.

— Dans l'édition ?

— Oui.

— Mais ton mari est flic ?

— Oui.

Bobby B incarnera mon mari violent et dangereux. Si Phyllis découvre que je mens, j'ai encore un boniment de rechange, un meilleur bobard. Ma vie est un empilement de mensonges, si l'un est percé à jour, un autre le couvre. Je me glisse dans l'histoire de Marlene ; c'est désormais la mienne. Je lui parle des menaces que Bobby (Robert) a proférées contre moi, contre mes parents, de ses propos sur le suicide. Phyllis écoute. Elle ne m'interrompt pas ; elle absorbe et traite les informations à mesure qu'elle les reçoit.

— Il est en suspension temporaire. Il me traque. La dernière fois qu'il m'a retrouvée, il m'a frappée si fort (*merci infiniment, Linda Fuentes*) que j'ai dû aller aux urgences, c'est là qu'une infirmière m'a suggéré de venir ici.

— Tu te crois en danger de mort ?

En danger de mort ? Drôle de manière de s'enquérir de ma situation. Voilà une question qu'on ne poserait jamais dans la chaumière du tableau.

— Il est là, dehors, réponds-je. Il estime qu'il a été suspendu par ma faute et certains de ses potes dans le service en sont convaincus aussi. J'ai un boulot. J'avais un endroit où loger – une chambre chez une copine –, mais il m'a retrouvée. Jusqu'ici, il n'a pas découvert où je travaille, ni que je suis ici. Ma patronne me laisse dormir sur le canapé quand je bosse tard, mais je suis bien plus en sécurité ici. Robert est là, il me cherche. Un de ces jours, il me trouvera et me tuera. Parfois, je me dis qu'il vaudrait mieux que je le tue en premier, quitte à aller en prison.

Phyllis acquiesce lentement, consciemment.

— Je ne veux pas t'effrayer, mais les plus cinglés tuent aussi leurs enfants.

Elle s'interrompt, lève les yeux sur la version hiver de la bicoque au mur, douillette, confortable, accueillante.

— Après, ils se suicident. Pourquoi ils ne commencent pas par là, ces connards ?

Elle a prononcé ces derniers mots d'un ton si calme, si froid, si parfaitement logique que j'ai le sentiment qu'ils lui viennent de son expérience personnelle.

— Je ne veux pas voir mes pensionnaires en danger. Toi, ma belle, tu es en danger. Je crois que tu le comprends.

J'opine. Oui, je suis en danger de mort. *Est-ce que tu vas le tuer pour moi ?*

— Qu'est-ce que je dois faire ?

— Pour l'instant, tu es en sécurité ici. Je vais réfléchir. Le mieux serait de t'envoyer sur la côte est, loin d'ici… mais on n'a pas de programme de protection de témoins et, de toute façon, c'est une mauvaise solution. Il faut changer de vie, tout recommencer, et, ce qui est plus difficile, apprendre à ton fils à faire pareil. Vu que ton mari est flic, il sait comment vous localiser. Il a à sa disposition des outils informatiques dont tu n'as même pas idée. Il peut se procurer tes comptes bancaires, numéros de cartes de crédit, permis de conduire, déclarations de revenus, dossiers d'assurance maladie. Il peut mettre tes parents sur écoute, accéder à leur ordinateur – c'est illégal sans mandat, mais il le fera quand même. Du coup, il ne s'agit pas seulement de disparaître : il faut se réinventer. Ta famille ? Tu ne la reverras plus. Jamais. Donc, oui, c'est possible, mais pas évident du tout. En plus, tu passes ton temps à regarder derrière toi. Et si tu rencontres quelqu'un, que tu te remaries, que vous avez des enfants ensemble ? Ça rendra ton ex-mari encore plus furax. Est-ce que tu dis la vérité à ton nouveau mari ? Si ton ex est à ta recherche, fou de jalousie, tu mets ta nouvelle famille en danger. Bienvenue dans une vie de parano.

Je pense à Marlene assise dos au mur, fixant la porte du McDo.

— Je veux rentrer chez moi, dis-je.

— Je te dirai quand tu pourras. À ce moment-là, tu n'auras plus rien à craindre.

Amanda fait irruption dans le bureau de Phyllis. Elle m'attrape par la main et me tire de mon siège.

— Faut que tu parles à Haneen. Vite !

Phyllis est sur mes talons quand on arrive au salon. Haneen descend l'escalier. Elle a mis sa doudoune.

— Haneen, qu'est-ce qui se passe ? dis-je.

— Elle s'en va, répond Amanda.

— Haneen ?

— Ma mère a fait une crise cardiaque. Elle est à l'hôpital.

— Lequel ?

— Le Mount Sinai d'Astoria.

Par réflexe, Phyllis se campe devant la porte, lui barrant la route.

— N’y va pas, Haneen. Pas tout de suite. On peut vérifier. Ce n’est peut-être pas vrai.

— C’est ma sœur qui m’a prévenue. Je la crois.

— Téléphone à l’hôpital. Vérifie. C’est peut-être une ruse pour t’attirer dehors. Où est ton père ?

— Au travail.

Phyllis n’a aucune autorité réelle sur Haneen, et tout le monde le sait. Elle n’a que sa voix.

— C’est dangereux, Haneen. En attendant d’être sûre, tu restes ici. Dans ta chambre.

J’ai perçu le « jeune fille » non dit, comme dans « Dans ta chambre, jeune fille ».

Haneen retient ses larmes. Phyllis bloque toujours la porte.

— Laisse-nous vérifier, Haneen, dis-je à mon tour.

Haneen sort son portable, passe un appel, parle en pachto. J’entends *Mama*.

— C’était ma sœur, annonce Haneen. Elle est à l’hôpital avec ma mère. C’est bon ? J’y vais.

Elle tend la main derrière Phyllis pour ouvrir la porte. Son « Pousse-toi » l’emporte sur le « Je ne peux pas te laisser faire ça » de Phyllis. Qui s’écarte, me regarde, penche la tête. *Tu ne peux pas faire quelque chose ?* Je lance :

— Je t’accompagne.

Haneen hausse les épaules, franchit la porte, marche en textotant. Je la rattrape.

— Ma voiture est au coin de la rue.

— J’ai déjà commandé un Uber.

Le chauffeur Uber consulte son GPS intégré, prend la Grand Central Parkway en direction du Triborough Bridge. Au loin, la silhouette de Manhattan se détache à plat sur le ciel jaune pâle. J'ai envie d'être là-bas. Seulement on est de l'autre côté, parallèle à l'East River. Manhattan est notre toile de fond. Bientôt, on tournera le dos à ses tours de verre serrées les unes contre les autres, avec leur alternance de bars, restaurants, musées, galeries, cinémas, théâtres – tous hors de ma portée. Je dois trouver un moyen d'empêcher Haneen de se précipiter dans un piège mortel. Notre trajet est tracé sur le GPS du chauffeur. L'épaisse ligne rouge signale de sortir à Hoyt Avenue. On roule sous le métro aérien.

Haneen regarde droit devant elle.

— Elle a une maladie cardiaque. Ce n'est pas la première fois. Quand elle a des douleurs de poitrine, elle va aux urgences. Les médecins lui disent qu'elle fait des micro-infarctus, ils lui disent qu'elle a besoin d'un pontage ; elle refuse et rentre à la maison. Le prochain infarctus ne sera peut-être pas micro, il sera peut-être majeur, ce sera peut-être le dernier.

À la 30e Avenue, l'hôpital se profile devant nous. J'indique au chauffeur de nous déposer à l'entrée des urgences. Adossé à une ambulance en stationnement, un conducteur clope furtivement. À part lui, aucun autre homme adulte dans les parages.

On descend de voiture. Je laisse Haneen prendre quelques pas d'avance sur moi afin de plonger discrètement la main dans mon sac, où est planqué mon deuxième flingue, le petit .38. On pénètre dans le hall des urgences. Tout est normal. Un agent de sécurité qui s'ennuie, un bureau des infirmières, deux médecins remplissant des papiers, indifférents aux trois rangées de personnes assises sur des chaises en plastique fixées les unes aux autres. Des mères avec des enfants fiévreux, un motocycliste tout cuir tenant délicatement ce qui semble être un poignet cassé, une vieille dame à côté de son mari penché en avant, les mains repliées sur sa canne servant de coussin à son menton posé dessus. Un éventail de citoyens à divers stades de douleur attendant de voir un médecin.

— Je viens voir Rameesha Lakhani, dit Haneen. Elle a été admise aujourd'hui en cardiologie.

Puis :

— Mon frère est là, ajoute-t-elle, comme s'il était la preuve que leur mère est à l'hôpital.

Haneen s'approche d'un adolescent, s'assied sur la chaise vide à côté de lui. Je les regarde s'étreindre. Je vois des larmes sur les joues du garçon comme il enlace sa sœur d'un bras et que, de l'autre, il sort un petit revolver et tire dans la tête d'Haneen. Elle s'écroule sur son dossier. Les gens hurlent, se ruent vers toutes les issues. Le garçon laisse tomber l'arme à terre. Il se prend la tête entre les mains.

J'écarte son arme d'un coup de pied et lui passe les menottes. Il pleure à présent, à gros sanglots, la gorge serrée. Un agent de sécurité apparaît, suivi de deux urgentistes poussant un brancard. Ils regardent Haneen. Ils savent qu'il n'y a rien à faire.

Un monsieur s'approche de l'adolescent. Il s'agenouille et le serre dans ses bras. Je le reconnais – c'est le père d'Haneen. M. Lakhani lève les yeux vers moi.

— C'était nécessaire, dit-il.

Il y aura des pleurs ce soir.

28

Je retrouve Bobby chez Ducky, un petit resto branché qui lui sert de bureau. Il n'aime pas vraiment leur cuisine, mais Ducky est un endroit pratique et discret pour ses rendez-vous pro, quand ses clients viennent lui emprunter de l'argent ou le rembourser. Bobby a un accord avec le patron ; lorsqu'il accumule trop de liquide, le gérant le met au coffre du resto pour lui. La bouffe fait dans la nostalgie des années 1950 – aussi dégueu aujourd'hui qu'à l'époque. La caissière m'indique le fond de la salle. Bobby est assis dans un box ; son jukebox de table passe les Shirelles.

— Tu n'as pas l'air bien, dit-il.

Je lui raconte pour Haneen.

— J'ai commis une énorme erreur, Bobby. Je l'ai laissée seule. C'est ma faute.

Bobby prend mes mains dans les siennes et les presse doucement.

— Me lâche pas, Bobby. Je me sens tellement mal…

— Je suis là.

— Quelle conne ! Je cherchais son père. J'aurais jamais imaginé que ce serait son petit frère qui… Oh, merde, je peux même pas le dire.

— Son petit frère ?

— C'est fréquent dans les crimes d'honneur. Il est mineur, il sera condamné à une peine moins lourde que si ç'avait été le père. La famille s'en sort.

Un jeune serveur au bras tapissé de tatouages se demande où poser la commande de Bobby, un sandwich gluant au thon et fromage fondu accompagné de frites sauce chili. Je détache mes mains de celles de Bobby. Le serveur me tend une carte. Je secoue la tête. Bobby prend une frite, l'examine, puis la laisse retomber dans la sauce.

Mon téléphone vibre. L'indicatif du numéro qui s'affiche est le 808 : Maui.

— Salut, Ernie.

— Salut, poupée. Tu peux parler ?

— Je suis avec Bobby.

— Mets sur haut-parleur.

Je tape sur l'écran et pose l'appareil sur la table.

— On est là.

— Salut, Bobby, dit Ernie, comme s'ils étaient de vieux copains.

— Salut, Ernie, répond Bobby.

— Ils l'ont trouvé.

Bobby et moi savons de qui il parle. De l'*immonde crevure* qui a tué mon père. J'ai le souffle coupé. Je me redresse, ferme les paupières. Cherche ma respiration. La retrouve, l'attrape et la chevauche jusqu'à pouvoir rouvrir les yeux.

— Comment il s'appelle ?

— Clyde Fairbrother.

Mon cœur s'emballe à la perspective de la vengeance. Je dois oublier Haneen pour le moment. La vengeance l'emporte sur la tragédie.

— Parle-moi de ce Fairbrother.

— Je t'envoie une photo, tu l'auras sur ton téléphone. Je t'ai expédié un dossier sur lui par courrier express. Long comme le bras. Je ne vois pas qui pourrait se jeter sur un lien avec une vieille canette de bière révélé par un escroc à l'agonie désireux de passer un accord – le FBI, la police locale ? Surtout que ça remonte à plus de dix ans.

— Où il est ?

— À Malone. Dans le nord de l'État de New York, pas loin de la frontière canadienne.

— Je connais. C'est bien là que deux détenus se sont évadés de la maison d'arrêt ?

— C'est ça.

— Qu'est-ce qu'il fait, là-bas ?

— Gardien de prison.

J'avais envie d'entendre que Clyde était prêtre dans une église malfamée (*horriblement abattu devant ses ouailles*), chauffeur routier (*sa tête ensanglantée affalée sur le volant*), cuisinier de gargote (*écroulé par terre sous les cafetières*) ou simplement chômeur et sans-abri (*cadavre à demi congelé sous une bâche bleue*). Je voulais qu'il soit vulnérable, accessible, à ma merci, prêt à être tué. Je ne veux pas que cette *immonde crevure* soit un fonctionnaire au service de l'administration pénitentiaire de l'État de New York.

— Ce que je viens de te dire, c'est ce que j'ai appris par un pote qui bosse toujours au FBI.

— C'est grâce à l'ADN ?

— Et à ses empreintes. Carrément, même. Il les a semées partout : dans les marines, l'administration pénitentiaire, une arrestation pour conduite en état d'ivresse à Albany. Il s'en est tiré avec un rappel à la loi.

— Quelles sont les chances de l'inculper du meurtre ?

Ernie a la réponse toute prête.

— Encourageantes. Pour trois raisons. 1 : la proc a une déposition sous serment de George déclarant avoir vendu à Clyde un fusil à lunette, et l'ADN et les empreintes sur la canette de bière dans la voiture de George prouvent qu'ils se sont rencontrés. 2 : il y a eu un vol d'armes sur la base militaire de Fort Drum peu avant le meurtre ; c'est peut-être l'une d'elles. 3 : s'ils trouvent le fusil ou son petit atelier de fabrication de balles artisanales, ça suffira pour l'arrêter et le déférer au procureur régional. Je peux prendre un avion demain, Nina.

— Pas encore.

— Je veux voir cette ordure pendue. Ou quoi qu'on leur fasse de nos jours.

— On ne leur fait rien du tout. L'État de New York ne pratique pas la peine de mort. Tout ce qu'on peut espérer, c'est qu'il crève en taule, intervient Bobby.

— Tiens-moi au courant, reprend Ernie.

— Promis. Promis.

— Au fait, j'ai pu faire entrer George à l'hospice. Il n'en a plus pour longtemps.

On raccroche. L'écran de mon téléphone repasse sur la photo de Sammy, mon frère, souriant dans sa tenue de foot. Je m'attarde sur l'image. *Je l'ai trouvé, Sammy. Je l'ai trouvé. Il n'y en a plus pour longtemps.* Un *bip* retentit. Ma boîte mail contient un message d'Ernie enrichi d'une pièce jointe. Je télécharge le fichier ; c'est le portrait militaire d'un jeune marine, crâne rasé, vague sourire. Il est fier d'être photographié dans son uniforme de cérémonie.

Tout me revient. Pas son nom, mais son visage, ses yeux. J'ai des clichés de Clyde Fairbrother dans mon dossier sur les militants anti-avortement. Il apparaît dans ma collection d'enregistrements de manifestations devant des cliniques gynécologiques, des hôpitaux, des plannings familiaux et des cabinets de médecins. J'ai des interviews de Clyde en vidéo et dans la presse. Il s'y présente comme une voix de la modération, évoque ses inquiétudes pour la santé des femmes qui vont se faire avorter, les risques de cancer, de dépression, d'infarctus, et, toujours, affirme son amour pour le futur enfant. Il est, comme il le dit et le répète à longueur d'interview, opposé à la violence. Son message est que les manifestations doivent toujours se faire dans la prière, la paix et le respect des lois. Clyde plaide pour que toutes les femmes soient conseillées avant d'aller à la clinique. Il soutient que la vie de la femme n'est pas aussi importante que celle de l'enfant qui n'a pas encore vécu. Il ne donne jamais son nom. « Je suis un serviteur anonyme du Seigneur. J'accomplis son œuvre avec modestie. » L'homme sans nom de mes dossiers en a désormais un. J'attrape mon sac.

Bobby lance :

— Tu veux que je vienne avec toi ?

Il veut dire à Malone. Bobby et moi, on se comprend parfaitement, même quand on se parle en abrégé. C'est une des raisons pour lesquelles on s'aime. Il sait que je veux m'assurer que Clyde ne passera *pas* le restant de ses jours dans la sécurité d'une cellule, avec tout le confort réservé aux anciens gardiens de prison. Je n'ai pas beaucoup de temps avant que la police l'interroge ou l'arrête. Bobby m'accompagne à ma voiture. On ne dit rien. J'imagine le film de moi au procès ; je suis ma propre caméra. Ça commence par un plan général de l'extérieur du palais de justice, puis un plan de suite tandis que je gravis les marches. *Cut* : j'entre dans le hall. Changement d'angle. Je fais signe aux filles de la sécurité, qui sont devenues mes copines, surtout Danielle, avec qui j'ai bu une bière ou deux à la River Tavern. Elle veut s'installer à Brooklyn. Quand elle y sera, je promets de l'aider à décrocher un poste dans mon service. Cette fois, parce qu'il y a la queue et qu'elle me sait pressée (je vais déposer comme témoin), Danielle me fait signe de contourner le portique de sécurité. C'est comme ça que je fais entrer un flingue dans la salle d'audience. *Cut* sur moi assise dans le box des témoins, contre-interrogée par l'avocat de la défense. Quand il a fini de mettre en doute mes souvenirs du soir où Clyde « aurait » tué le Dr Karim, il se tourne vers le juge.

« Plus de questions, monsieur le président. »

Le juge répond : « Le témoin peut se retirer. » Alors, je me lève de mon banc en bois dur, me dirige vers la table de la défense, brandis mon Vilain Petit Calibre et marque une seconde d'arrêt avant de presser la détente, histoire que Clyde sache à quoi s'attendre, enterre tout espoir d'acquittement, de jury sans majorité, de peine courte ou longue avec possibilité de libération conditionnelle. Et je colle un pruneau de .38 dans le crâne de Clyde, puis un autre dans son cœur. Il bascule, inerte. Mort. Comme le frère d'Haneen, je laisse tomber mon arme par terre, me prends la tête entre les mains, attends mon gros plan. Je dirai : « C'était nécessaire. »

Il n'y aura pas de pleurs de ma part.

Bobby lit dans mes pensées.

— Une fois qu'ils l'auront, tu ne pourras plus l'approcher à moins de trois mètres. Ils ne sont pas idiots.

Il a raison. J'efface de mon film la scène de l'exécution au tribunal.

— Il faut que je rentre.

— Tu es sûre que tu ne veux pas que je vienne avec toi ?

— Oui.

— Dis-moi, comment tu comptes t'en tirer ?

— Je n'y compte pas.

— C'est une grosse connerie.

— Je sais.

Viendrais-je de devenir une cause perdue pour l'homme que j'aime et qui m'aime ? Si je descends Clyde et l'avoue, je serai arrêtée, virée de la police. Je risque d'avoir du mal à reprendre mes études, à moins de pouvoir suivre des cours en ligne depuis la prison où je croupirai une grande partie du reste de mon existence. Un avocat talentueux parviendrait peut-être à convaincre un jury que j'ai agi dans un état d'altération du discernement – la folie passagère comme ligne de défense –, mais je n'accepterais jamais ça. Je ne suis pas folle. Je suis parfaitement saine d'esprit. J'étais en quête de justice. Bobby calcule. Est-ce qu'il a envie d'attendre que je purge ma peine et sorte de prison avant de devenir sa femme, la mère de ses enfants ? Bobby est réaliste ; il joue sur les probabilités. Je me le représente triturant les chiffres de notre avenir. Son expression dit *peut-être, peut-être pas*. On s'aperçoit qu'on vivait tous les deux dans un monde imaginaire. Le mien est celui de ma vengeance obsessionnelle. Bobby m'a laissée faire, m'a emboîté le pas en m'aidant à chercher Clyde en même temps qu'il s'efforçait de me maintenir sur les rails, sans trop assumer non plus les conséquences si on lui mettait la main dessus.

Je crois que ni lui ni moi ne pensions réellement que ça se produirait. Pourtant, ça y est. L'assassin, l'*immonde crevure* est à portée de ma main. Si je tiens ma promesse de tuer Clyde, peut-être que cette existence imaginaire sera terminée. Je vois Bobby sortir le ticket de sa calculatrice de vie. Indique-t-elle que son investissement dans ma personne est une mauvaise opération, à passer par pertes et profits ? Dans le film de Bobby et moi, une succession rapide de gros plans montre deux personnes s'apercevant que la vie vient de les rattraper. Est-ce que je suis égoïste ? Quel est l'intérêt de cette vengeance ? Ma logique interne me dit que puisque Clyde a tué mon père, je vais le tuer.

Ce sera un acte illégal, une violation du droit à un procès équitable, de ma fonction de flique. J'en assumerai la responsabilité. Une fois encore, les remous créés par le caillou de la mort de mon père se propagent, jusqu'à englober Bobby B. Qui d'autre ?

— Tu veux que je vienne avec toi ? redemande Bobby.

— Non.

— Alors tu auras besoin d'un alibi à ton retour.

Voilà ce que j'aime chez lui.

29

Je quitte le refuge tôt le lendemain matin pour passer chez moi, où une épaisse enveloppe FedEx m'attend contre ma porte. Je me fais du café et me plonge dans le dossier qu'Ernie Saldana m'a envoyé.

Le premier document est une histoire de l'Armée de Dieu compilée par le Southern Poverty Law Center[1]. Le SPLC étudie les groupes haineux comme le Ku Klux Klan, la Fraternité aryenne, les groupuscules néo-nazis, les gangs de bikers suprémacistes, les néosionistes de la Ligue de défense juive, et l'Armée de Dieu. Vient ensuite une bio de deux pages du sieur Fairbrother réalisée par le FBI. Fils d'Anne et Dennis Fairbrother, il est né à Nantahala, en Caroline du Nord. Quand Clyde a dix ans, ses parents divorcent et Anne l'emmène dans le Missouri, où elle rejoint sa sœur dans une communauté connue sous le nom d'Église d'Israël, que le SPLC classe parmi les chrétiens identitaires. Clyde passe alors quatre ans au sein

1. Association à but non lucratif vouée à combattre la haine, promouvoir la tolérance et rechercher la justice.

de la communauté, scolarisé à la maison ; il travaille à mi-temps comme apprenti charpentier, et décroche son bac à peu près au même moment qu'il est consacré prêtre assistant dans l'Église d'Israël.

Clyde épouse Shirley Ruiz, elle aussi membre de la communauté. Ils ont une fille, Glory. À trois ans, Glory succombe à une méningite malgré les efforts du père Robert Matthews, fondateur de la congrégation, pour la guérir par la prière. Le ministère de la Santé du Missouri tente vainement de poursuivre Clyde, Shirley et le père Matthews pour mise en danger de la vie de l'enfant parce qu'ils ont refusé de la conduire à l'hôpital ou chez le médecin. Un an plus tard, Clyde et Shirley divorcent.

Clyde s'engage dans les marines, fait ses classes à Quantico. Après un passage au Moyen-Orient pendant la première guerre du Golfe, il est affecté au service des ambassades à Moscou, Helsinki puis Cologne. En 2001, un an avant de retourner à la vie civile, Clyde est envoyé en Afghanistan dans un avant-poste de la province de Kandahar. Mission : étendre la protection de la base aux villages voisins et prodiguer un entraînement rudimentaire aux unités militaires locales, dont certaines étaient infiltrées par ceux-là mêmes qu'elles étaient censées combattre.

Les hommes passent douze mois à patrouiller sommairement, à vérifier que les jeunes recrues qu'ils forment n'ont pas de balles réelles qu'ils pourraient retourner contre eux, et à renforcer constamment la position défensive de leur base face aux attaques d'Al-Qaïda. Le lieutenant Higgins, qui a également servi en

Afghanistan, m'a raconté le même genre d'histoire. Il présentait ça succinctement : « La mission "Protéger et entraîner", c'était de la connerie ; on l'a vite transformée en "Assurer notre propre survie". »

Lors d'une attaque nocturne, Clyde est blessé par des éclats d'obus et rapatrié puis soigné à l'hôpital militaire Walter Reed. Il s'inscrit dans une université douteuse à but lucratif qui lui prend l'argent de son *G.I. bill*[1] contre la promesse d'une carrière en inhalothérapie. Il a à peine commencé quand l'établissement fait faillite. Clyde retourne dans la communauté, épouse Bea Turner. L'année suivante, l'Église d'Israël devient une présence régulière dans le défilé des anti-avortement, avec Clyde Fairbrother pour vedette. C'est plus que je n'ai besoin d'en savoir, mais il y a quelque chose de vaguement familier dans tout ça. Ça me reviendra, comme toujours ; peut-être en roulant vers Malone pour tuer Clyde. Je laisse un message vocal à Phyllis comme quoi j'ai une urgence professionnelle et ne rentrerai pas au refuge avant un jour ou deux.

D'après Google Maps, la ville de Malone se situe à 5 heures et 27 minutes de route par la Governor Thomas E. Dewey Thruway, également connue sous le nom d'I-87. On se souvient du gouverneur Dewey moins pour ses performances de gouverneur que pour

1. Le *G.I. bill* est une loi de 1944 offrant aux soldats démobilisés le financement de leurs études universitaires ou autre formation professionnelle, un an d'assurance chômage et divers types de prêts.

la photo d'un Harry Truman tout sourire brandissant la une du *Chicago Tribune* avec son titre flamboyant, « Dewey bat Truman ! », qui proclamait Dewey vainqueur de l'élection présidentielle de 1948. Une vraie leçon sur l'art et la manière de ne pas se planter. Je me prépare à ce moment depuis longtemps. Je ne me planterai pas. Il y a des caméras de surveillance sur les ponts traversant l'Hudson et à tous les péages, alors je vais emprunter un itinéraire plus long, plus compliqué, et non surveillé.

Je prends un bus pour Penn Station, puis un autre pour l'aéroport de Newark, d'où j'attrape une navette pour l'agence de location Avis. Au comptoir, une dame photocopie mon faux permis de conduire du New Jersey avec la photo de quelqu'un qui me ressemble mais qui n'est pas moi. Je lui donne une carte de débit prépayée que j'ai achetée dans un Walgreens, sors du parking dans une Ford Escape grise de location qui sent le tabac et l'huile de citron. Ma tenue de voyage est une parka noire à col haut, un bonnet de laine, des lunettes de soleil et une grosse écharpe ; ça ne laisse pas beaucoup de peau visible pour des caméras de surveillance, où qu'elles soient. Je suis sur la rive ouest de l'Hudson ; il n'y a aucun pont à traverser jusqu'au nord de l'État. Quand j'arriverai à Malone, la Ford se fondra dans le décor, bien moins repérable que ma Prius rouge.

Je zigzague à travers les banlieues du New Jersey jusqu'à croiser la Route 9W. Elle monte vers le nord, parallèle à la I-87. Je vais mettre une heure de plus à cause des villes à traverser, mais je ne laisserai pas de traces. Je respecte les limitations de vitesse, ne tente pas de passer aux feux orange, m'accorde une pause pipi-café à Kingston, où je refais le plein et règle en liquide. Au-delà de Kingston, la circulation s'amenuise. Le paysage est monotone ; des rangées de pins verts bien ordonnés bordent la route. À part quelques panneaux de passage de cerfs, il n'y a aucune signalisation, publicité ou autre distraction. La seule obligation est de ne pas s'endormir au volant. Aucun risque. Je ne vais écouter ni musique, ni info, ni talk-show. Je vais occuper mon temps à réfléchir au meilleur moyen de tuer Clyde Fairbrother. Dans le coffre de la voiture se trouve le sac à dos que j'ai préparé pour cette mission. Il contient des vêtements sombres, des jumelles à infrarouge Bausch & Lomb, un Walther P22 chargé, au numéro de série limé et équipé d'un silencieux SAK. J'ai découvert le Walther derrière les chiottes de l'appartement abandonné d'un dealer, et je l'ai gardé. Le silencieux a disparu des scellés de la police de Long Island City il y a bien longtemps. Personne ne s'en est aperçu.

Je reste encore trois heures sur la 9W, dépassant les lacs : Lake George, Lake Placid et Saranac Lake. À Plattsburgh, je bifurque sur la I-90, poursuis encore 80 bornes vers l'ouest jusqu'à entrer dans Malone. Des panneaux m'informent que le Lions Club se réunit le jeudi, les Chevaliers de Colomb le mardi, les Moose le lundi. La population de Malone s'élève à 12 500 habitants ; son altitude, à 240 mètres au-dessus du niveau de la mer. À un feu rouge, je lis une plaque commémorative. Je suis heureuse d'apprendre que le mari de

Laura Ingalls Wilder, l'autrice de *La Petite Maison dans la prairie*, était originaire de Malone.

Quand j'ai accompli ce pour quoi je suis venue, je rédige une lettre.

Chers Maman et Sammy,

Bonjour de Malone, tout au nord de l'État de New York, juste en dessous de la frontière canadienne. Je suis montée de Long Island City. Ça m'a pris presque six heures mais, au final, ça valait le déplacement. Ou, comme ils disent dans les guides Michelin, ça « méritait un détour ». Je suis sûre que vous vous demandez : pourquoi Malone ? Voilà pourquoi : pour lui. *Celui qui a tué papa. Je l'ai retrouvé. Ernie Saldana m'a beaucoup aidée. Il a entendu parler d'un homme qui avait vendu un fusil de précision au tueur. Il a incité le FBI à effectuer une recherche d'ADN sur une canette de bière que l'assassin avait laissée dans la voiture du vendeur, et ils l'ont localisé à Malone, où il travaillait comme gardien de prison. J'ai fait aussi vite que j'ai pu pour lui tomber dessus avant la police. Il s'appelle (s'appelait) Clyde Fairbrother. N'ayez aucun doute sur mon emploi du passé.*

Finalement, tuer Clyde a été facile. Très facile. Je me suis arrêtée dans un resto de Malone, j'ai commandé à manger au comptoir et je suis allée aux toilettes. Il y avait un téléphone public au mur avec un annuaire local au bout d'une chaîne. Vous y croyez, à ça ? Ça remonte à quand, la dernière fois que vous avez vu un annuaire ? Vous avez deviné : Clyde Fairbrother y figurait, avec son adresse. Sa maison se situait à dix minutes du centre-ville. C'était un chalet à un étage typique de la région, probablement construit dans les années 1940, comme le nôtre. Il avait une terrasse, une cheminée, un garage séparé qui devait accueillir des outils, un établi, un petit bateau sur une remorque et un congélateur bahut. Le terrain était contigu à un bois. Mieux encore, la terrasse faisait face aux arbres.

Je me suis garée au bout de la rue et j'ai attendu qu'il rentre du boulot. À la nuit tombée, je suis descendue un peu plus bas en voiture. De là, à l'aide de jumelles à infrarouge, j'ai gagné un endroit dans les bois, sous un pin, d'où je pouvais voir la maison. Je l'ai regardé dîner avec une femme qui devait être la sienne. Le repas terminé, il a débarrassé la table et rempli le lave-vaisselle. Ensuite, il est sorti sur la terrasse latérale et a allumé une cigarette. J'ai marché droit sur lui. J'étais en jean noir, blouson noir et bonnet noir. Ah, et j'avais enfilé des surbottes d'hôpital par-dessus mes chaussures : pas d'empreintes de pas. Je portais un écriteau autour du cou qui disait JE SUIS LA FILLE DU DR MARTIN KARIM.

Il a geint : « Pitié, non. »

Ç'a été ses derniers mots. Je lui ai collé une balle dans le crâne, puis une dans le cœur. Je me suis servie d'un Walther P22 équipé d'un silencieux SAK. Sammy, le son n'est pas comme le poum-poum de tes jeux vidéo ; ça ressemble davantage à des coups secs à la porte. Il est tombé à genoux (le P22 n'est pas très puissant) et j'ai répété le processus ; quatre cartouches en tout. En retournant vers le bois, j'ai entendu la voix de sa femme lancer depuis la cuisine : « Clyde, ça va ? »

J'ai rejoint la voiture et je suis rentrée à la maison. Je me suis arrêtée à une station-service. Aux toilettes, j'ai brûlé les surbottes en papier et l'écriteau que je m'étais accroché autour du cou puis j'ai tiré la chasse d'eau sur les cendres. J'ai démonté le Walther. J'ai jeté les pièces une par une, séparément, à 15 kilomètres d'intervalle, dans la forêt bordant la route. D'ici quelques années, ce ne sera plus que de vagues bouts de ferraille rouillés. Il n'y aura pas d'arme du crime. J'ai balancé les douilles et le silencieux dans l'Hudson au sud de Poughkeepsie. J'avais laissé mon téléphone chez moi avec Bobby. Il a consulté ma page Facebook plusieurs fois, envoyé des mails, vérifié l'état de mon compte en banque. Le téléphone sera une preuve supplémentaire que je n'ai jamais quitté Long Island.

Je passerai sans faute au cimetière la semaine prochaine pour vous faire un coucou, désherber un peu les pierres. J'apporterai des tulipes – je sais que tu les aimes, maman. Je déposerai un peu du halvah préféré de papa. Sammy, deux romans graphiques pour toi : un nouveau Garth Ennis, qui va te plaire, et le dernier Wolverine.

C'est fait. Je regrette que vous ne soyez plus là pour le voir. J'espère que vous aurez tous un repos plus serein. Je sais que moi, oui. Bizarrement, je vais devoir réfléchir au reste de ma vie, maintenant que c'est terminé. Il y a encore une grosse affaire que je tiens à élucider, ensuite je choisirai si je veux rester flique ou reprendre des études. Je suis sûrement en état de choc. Pour l'instant, je me sens plutôt bien. Je vais laisser venir. Ce sera peut-être différent plus tard. J'en doute. Je ne regrette pas ce que j'ai fait. Il le méritait. Vous savez ce que j'ai toujours dit : « Le pardon, c'est surfait. » Si j'ai des remords, je me convertirai au catholicisme et j'irai me confesser.

Votre fille et sœur qui vous aime,

Nina

30

Je dépose la voiture à l'aéroport de Newark, laisse les clés dans la boîte de l'agence de location et prends un bus pour rejoindre Penn Station, puis un autre pour Long Island City. Sur le chemin de mon appartement, je m'arrête à un kiosque à journaux et j'achète le *New York Post*. Il y a un article : *Un gardien de prison assassiné*, illustré d'une photo de Clyde. Un porte-parole de la police théorise que le sergent Clyde Fairbrother a dû être tué par un ancien détenu assoiffé de vengeance. Bonne nouvelle pour moi. Je viens d'entrer chez moi quand j'entends le *bip* d'un texto sur mon téléphone, qui m'attend sur la table. C'est Ernie à Maui. Je le rappelle.

Ernie m'apprend une nouvelle : pendant que je roulais vers Malone, le FBI interrogeait Clyde Fairbrother sur l'endroit où il se trouvait le soir où mon père a été abattu. Clyde a répondu qu'il participait à une course avec sa Dodge Charger sur le circuit de Plattsburgh, à 320 bornes de notre maison de Grahamsville. Il leur a montré un article de l'*Albany Times* daté du jour. Il s'accompagnait d'une photo de lui à côté de sa Dodge dans le cercle du vainqueur. C'était la preuve tangible, incontestable, implacable, qu'il disait la vérité. Clyde n'avait pas assassiné mon père.

J'ai tué la mauvaise personne.

31

Bobby m'attend à l'appart avec des boîtes en carton du Mandarin Chef. Le repas d'une tueuse ninja ?

— Je peux me doucher d'abord ?

— La bouffe attendra, vas-y.

Je m'écrase par terre, ma place préférée sous la douche, me recroqueville et laisse l'eau brûlante se déverser sur mon corps dans le fantasme macbéthien qu'il serait possible de me laver de mon forfait. Ça n'aide pas. J'ai commis un acte irréparable. Il n'y a rien qui puisse transformer, adapter ou altérer mon geste, pas de programme informatique pour l'extraire, le retrouver ou le supprimer. C'est fait. Ma vie est à jamais changée. J'ai tué un innocent. Ou pas ? Je me rappelle une histoire, un terroriste de l'IRA qui avait mis une bombe dans une boîte aux lettres londonienne et causé la mort d'un passant innocent dans l'explosion. Plus tard, il s'est avéré que la victime avait assassiné sa femme le matin même.

Je peux justifier mon acte en arguant que je n'ai pas tué un *innocent*. Je n'ai juste pas tué le bon coupable. Je sais qui était Clyde Fairbrother, ce qu'il défendait, qui il servait. Je sais que c'était un fanatique au sein d'une organisation qui manifeste devant les cliniques d'IVG, intimide les femmes enceintes, menace les médecins et leurs familles. Il y a des victimes bien réelles : David Gunn, John Britton, George Tiller, Barnett Stepian étaient des médecins qui offraient une procédure médicale légale à des femmes et ont été assassinés pour ça. J'ai descendu la bonne personne. Simplement pas celle qui avait tué mon père. Ça ne m'empêchera pas de dormir.

Dans mon peignoir, propre et digne, je rejoins Bobby à table.

— Tu es au courant ?

— Ernie m'a prévenu. Comment tu te sens ?

— Je ne sais pas. Si. Je me sens épuisée. Je dois tout recommencer ?

— Ernie est sûr que c'est Clyde qui a acheté le fusil à George. Mais c'était peut-être pour quelqu'un d'autre, un autre sniper de l'Armée de Dieu. Il va creuser. Essayer de se procurer une liste de leurs membres, voir qui aurait su s'en servir. Peut-être un type que Clyde a connu à l'armée.

Je n'ai pas l'énergie. Je fixe la rangée de boîtes blanches, les sachets de sauce soja et de moutarde. J'imagine le petit mot dans mon biscuit chinois : *Aujourd'hui, vous avez totalement merdé*.

— Nina ?

— Désolée. Oui, ça se tient. Là, tout de suite, je suis un peu abasourdie.

Bobby entreprend de déballer la nourriture.

— Avale quelque chose.

— Carrément. J'ai encore de l'appétit, hein ?

Je repense à *De sang-froid* de Truman Capote ; il y décrit le repas que Dick et Perry ont pris dans un petit resto du Kansas après avoir assassiné la famille Clutter. Ça dure une page entière. Le meurtre comme apéritif.

— Bobby, je crois qu'un remontant serait plus approprié.

— Non. On n'a pas terminé.

On mange en vitesse. On brûle ma tenue de tueuse dans la cheminée, rassemble les cendres dans un sac plastique qu'il ira jeter dans des toilettes publiques. Bobby est désormais complice de mon crime.

J'imagine un nouveau petit mot dans mon biscuit chinois : *Si vous ne réussissez pas du premier coup, réessayez, réessayez encore.*

— Qu'est-ce qui te fait rire ? demande Bobby.

— Je riais ?

— Oui.

— Putain, Bobby, je dois tout recommencer. L'identifier. Repartir de zéro. Jusqu'à ce que j'y arrive.

— Tu n'es pas obligée. Tu peux reprendre le boulot. Résoudre des crimes.

Il a raison. J'ai toujours trois meurtres non élucidés. Et je suis toujours sous couverture au refuge.

— Est-ce que je devrais demander à voir un psy ? Je suis une flique névrosée, inapte au service actif ?

— Écoute, tuer une personne, à moins d'être un total sociopathe, c'est toujours compliqué. Tu le sais bien. Tu es de l'autre côté, maintenant. Tu as fait tout ce qu'il fallait jusqu'ici pour t'en tirer, mais ce n'est pas terminé. Tu as pris la vie d'un fonctionnaire, un gardien de prison. C'est moins haut placé qu'un flic, mais ils ne vont pas lâcher. Tu seras soupçonnée. Il faut que tu aies les idées claires, l'esprit vif. Et fais gaffe : ils pourraient confier l'enquête à quelqu'un d'intelligent, quelqu'un comme toi.

Bobby a raison. Je passe en revue la liste des flics que je ne veux pas avoir sur le dos, à commencer par la commandante Hagen. Bobby sait que je l'ai mêlé à cette histoire, à cette merde dans ma vie ; il est mon complice. Si je tombe, il tombe avec moi. On est liés, maintenant plus que jamais. J'essaie de me rappeler : est-ce que je lui ai demandé de faire ça pour moi ou est-ce arrivé tout seul ?

— Bobby, je suis désolée.

— Ma chérie, on a encore ton alibi à trouver.

Évidemment. Ce n'est qu'une question de temps avant que mon nom soit ajouté à la liste des suspects et que les enquêteurs m'interrogent. La proc de Maui sait que j'étais à la recherche de Clyde. J'ai un mobile : la vengeance. Il faut que je sois prête. Je vais devoir rendre compte de l'endroit où je me trouvais le soir où Clyde Fairbrother a été tué. Le temps des *Je suis allée au cinéma* ou *Je regardais la télé à la maison* est révolu. Il y a trop de caméras de surveillance, trop d'ordinateurs de voiture ; mon téléphone est une vraie mine d'informations – c'est pour ça que je l'ai laissé à Bobby. Si un seul service de police décide de me considérer sérieusement comme suspecte, je serai scrutée au microscope – un microscope médico-légal.

Par conséquent, suggère Bobby, on va s'inspirer de Susan Steevers, la femme de Ronald, qui refusait de justifier ses mouvements le soir où il a disparu, au risque de finir sous les verrous ; voilà jusqu'où elle était prête à aller pour protéger les femmes d'Artemis – ce qui n'a fait que renforcer la véracité de son alibi quand elle a fini par le lâcher. En ce qui concerne le mien, Bobby propose que je commence par déclarer avoir passé la soirée avec lui à la maison. Il corroborera. La police aura du mal à le croire. Bobby a un passé douteux, un présent hasardeux ; c'est un usurier. On exigera que je fournisse des preuves plus substantielles. Bobby dit que je devrais laisser entendre que j'ai une preuve, mais que je ne peux pas la leur donner. *J'étais chez moi, j'étais chez moi, j'étais chez moi.* Fais comme Susan, dit-il. Pour me forcer à produire un alibi, ils devront me harceler, me menacer jusqu'à ce que je craque et que je leur refile ce qui me disculpera, démontrera mon innocence et prouvera que je me trouvais à 530 bornes de Malone le soir où Clyde Fairbrother a été abattu.

L'alibi que suggère Bobby est une sex-tape.

— Non.

— Ça marchera, insiste Bobby.

— On sera comme Pamela et Tommy, Kim et Ray J. Non, non et non.

— Tu seras en bonne compagnie.

— Et le *timecode* ?

— Un pote m'a donné un programme qui permet de le modifier pour qu'il indique l'heure où Clyde Fairbrother a été tué. Falsification improuvable. Je ne te dis pas de la leur passer – au contraire, tu te bats pour ne pas la révéler ; tu seras humiliée quand tu la leur transmettras, mais ils y croiront et ils te lâcheront la grappe. Ainsi qu'à moi.

— Ça fuitera. Tous les collègues mecs l'auront sur leur téléphone. Ils se la montreront dans les vestiaires.

— C'est mieux qu'une arrestation et une éventuelle condamnation. Tu peux aussi leur faire bien comprendre que si tu mets la main sur celui qui l'a postée (toujours possible, aujourd'hui), tu le poursuivras et lui prendras jusqu'à sa baraque.

Ça, c'est l'avenir, et c'est hors sujet.

— Après, je serai libre de me remettre en chasse de l'assassin de mon père. C'est tout ce qui compte.

— Si tu veux.

— Bobby ?

— Oui ?

— Installe la caméra. Je vais allumer des bougies.

32

Il y a douze heures, j'ai tué un homme. J'ai effacé mes traces, éliminé l'arme du crime, détruit les preuves et me suis confectionné un alibi. En route pour le poste de police, j'ai peur que ça se voie sur ma tête, que mon attitude me trahisse. Est-ce qu'on remarquera quelque chose de différent chez moi ? *Elle se conduit bizarrement. Elle vient de buter un mec ? Qu'est-ce qui se passe, Karim ? On dirait que t'as descendu quelqu'un.*

Ce n'est pas totalement saugrenu. Mes collègues sont soupçonneux, observateurs ; on étudie les comportements, on est formés à lire sur les visages. D'un autre côté, on est aussi formés à tromper, jouer des rôles, cacher nos émotions, hocher la tête avec compassion quand un pédophile cherche notre compréhension, même si on rêve de l'étriper. C'est comme ça qu'on obtient des informations. Les flics de ma brigade me trouvent un peu zarb, de toute façon. Ma personnalité est versatile, mon petit sourire figé désoriente ; je crois que je peux paraître *normale* même si mon estomac gargouille comme un tuyau percé et que j'ai l'impression d'avoir encore autour du cou l'écriteau destiné à révéler mon identité à Clyde avant de l'abattre.

Je pénètre dans la salle des enquêteurs dans l'indifférence générale. Personne ne semble rien noter de différent chez moi à part Emile Keller, membre détesté des Mœurs, qui traîne à la fontaine à eau – surnommée « le deuxième bureau de Keller ». Il me scrute avec son mélange habituel de curiosité et de mépris. Keller ne s'est jamais remis de la présence de femmes dans la police. Je pourrais être une tortue à trois têtes. Il me regarde toujours comme s'il allait me demander : *Je peux vous aider, miss ?* Comment réagirait-il si je lui disais que j'ai buté un homme il y a quelques heures ?

Quand je bossais avec lui pendant mon passage obligatoire aux Mœurs, j'en suis ressortie avec le sentiment que je préférerais encore la compagnie des criminels qu'on recherchait. Keller se disait « de la vieille école ». Je hais cette expression. Quoi, il avait la nostalgie du bon vieux temps où divers degrés de brutalité, de racisme et de corruption étaient acceptables ? Il regrettait cette époque-là ? Keller n'est pas idiot, il est juste flemmard. Il sait comment disparaître, se faire oublier, tout en parvenant à récupérer toutes les missions en heures sup. Sa taille et ses manières bourrues donnent l'impression que c'est un dur à cuire. C'est la brute du service ; il se plaît à bousculer les petits nouveaux, adore les farces.

Aux Mœurs, les flics se brûlent les ailes ; ils ont affaire à des dealers et à leurs clients, à des prostituées et à leurs clients, à la criminalité la plus vile

– jeux, paris, alcoolisme, usure (pardon, Bobby). Au bout d'un moment, on n'arrive plus à distinguer qui on protège et qui on sert. Il y a trop de gens prêts à te payer en espèces, drogue ou sexe. Keller revendique un couple stable, c'est un fervent catholique. Quant à la corruption, il y a bien des rumeurs, mais insignifiantes. Il est peut-être simplement plus doué que les autres pour ne pas laisser de traces. Le seul point positif chez Keller, c'est qu'il a l'intention de prendre sa retraite bientôt. Il est du mauvais côté de l'histoire, l'exemple type de ce qu'une police éclairée s'efforce de *ne pas* embaucher aujourd'hui. Le jour où il s'est vanté que ses fils voulaient devenir des flics comme lui, tout le monde a frémi. Je n'ai jamais sous-estimé Keller, je serai simplement ravie de le voir s'en aller.

Quand j'ai décroché mon diplôme de l'école de police, Bobby m'a fait la leçon sur ce à quoi je devais m'attendre : « Le maintien de l'ordre, c'est binaire. Il y a une ligne. En tant que flic, tu es d'un côté ou de l'autre selon les sujets : la ligne entre le flic brutal et le non brutal, la ligne entre l'intègre et le ripou – il n'y a pas de zone intermédiaire. La ligne entre les connards et les pas connards. En plus, tu es une femme, tu es flique et tu es intelligente. Les troudues vont t'en vouloir, ils essaieront de te dézinguer, et sûrement aussi de coucher avec toi. C'est dur, Nina. On t'offre du pognon pour faire comme si tu n'avais rien vu, pour détourner les yeux. Il y a aussi ceux qui te détestent, et c'est facile de les détester en retour, ou plutôt, difficile de ne pas les détester. Ce n'est pas non plus un boulot pour les immatures. Ils nomment des policiers trop jeunes. On a des gosses en uniforme avec des armes. La vingtaine, à peine sortis de l'adolescence ; tu sais comment sont les ados – il faut qu'ils aient raison, ils croient tout savoir et, pire, ils ne se remettent jamais en question. Le temps qu'ils grandissent, ils sont coincés dans leur personnalité d'ado. »

C'était en grande partie vrai, mais Bobby avait tort sur le fait que les flics appartiennent à telle ou telle catégorie : ils peuvent aussi se retrouver d'un côté ou de l'autre de la ligne selon les domaines. Par exemple, il y avait un lieutenant doté de la présence la plus douce, la plus attentionnée, la plus empathique, la plus polie envers les suspects, les avocats et ses collègues. Il a atterri en taule pour corruption, racket et transmission d'informations à la mafia.

Toutefois, Bobby avait raison pour Keller : le mec était attardé.

— On ne te voit pas beaucoup ces temps-ci, Karim.

— J'arrête pas.

— Tu veux m'en parler ?

— Non.

— Pourquoi ?

Ce connard ne veut pas lâcher.

— C'est un secret.

Keller sait très bien qu'une infiltration, c'est confidentiel. Il y a eu quantité de cas où des flics sous couverture ont été trahis par des collègues corrompus. Être démasqué dans des affaires de drogue ou de gangs, ça peut équivaloir à une condamnation à mort. La commandante Hagen et moi sommes les seules à savoir que je suis infiltrée chez Artemis. En même temps, ce n'est pas non plus un cartel colombien. C'est un refuge pour femmes. N'empêche, je n'aime pas ça.

— Tu veux savoir ce que je fabrique, demande à la commandante Hagen ; sinon, mêle-toi de tes fesses.

Keller lance son gobelet dans la corbeille sans regarder. Il n'a pas besoin de viser : il a des années de pratique. Il remonte son pantalon, s'avance lentement vers moi. Il tient à ce que tout le monde dans la salle puisse bien voir la scène. J'ai saisi son jeu. Il va envahir mon espace. En arts martiaux, on appelle ça le *maai* – la distance d'engagement. S'il y pénètre, je suis censée attaquer. Naturellement, je ne peux ni ne veux me battre ; Keller fait deux fois ma taille. Du coup, il viendra se planter sous mon nez, me dominer, être un mur, du genre qui pourrait me tomber dessus et me broyer les os. Je reculerai, il me considérera comme humiliée et ça lui fera plaisir. Il ne sera pas le premier. Je sais comment m'y prendre avec les mecs comme lui.

— Ça ne marchera pas, Keller, alors dégage. Tout ce que t'arriveras à faire, c'est m'envoyer ta mauvaise haleine à la figure. Et je le dirai à ta mère.

Ça, ça l'arrête.

— Ma mère ?

— Ouais. T'es qu'un sale gosse.

Les collègues qui suivent notre petite passe d'armes se marrent. Je ne suis pas humiliée ; Keller, oui. C'est comme ça que ça se passe à la brigade criminelle de Long Island City. Avant qu'il ait le temps de décider comment réagir, la commandante Hagen ouvre sa porte.

— Karim, ici, je vous prie.

Keller m'adresse un doigt d'honneur. J'entre dans le bureau de Hagen. Elle ferme la porte. Ne regagne pas son siège.

— Parlez-moi.

— Commandante ?

— Vous êtes qui, bon sang, Karim ?

Je prends mon temps pour répondre. Je sais que la question n'est pas existentielle. Ça pourrait être *Vous vous prenez pour qui ?* Je joue la sécurité. Poliment.

— Je ne suis pas sûre de bien comprendre, commandante. J'ai fait quelque chose de mal ?

— Vous êtes soupçonnée de meurtre. Je ne suis pas censée vous le dire.

— Par qui ?

— Choisissez. Disons juste que j'ai reçu un appel à votre sujet. Alors je répète : vous êtes qui ?

Un exemplaire du *New York Post* traîne sur son bureau. *Ah ah.* Elle pousse le journal vers moi. J'y jette un coup d'œil.

— C'est à propos de ce meurtre, c'est ça ?

— En effet. La victime militait au sein du mouvement anti-avortement.

Il est temps de tout déballer à la commandante Hagen. D'un autre côté, elle sait peut-être déjà ce que je m'apprête à lui révéler sur mon passé. Ça arrive parfois quand un suspect passe enfin aux aveux. Il croit que vous allez être surprise, mais vous êtes déjà au courant de ce qu'il va vous annoncer. La commandante Hagen aura son heure, puis elle l'entendra de ma bouche. Je débite mon histoire avec lassitude.

Ce n'est pas la première fois que j'ai à m'expliquer ; c'est comme être un ex-détenu. Vous êtes toujours suspect.

— Je suppose que vous êtes au courant pour mon père. Il pratiquait des IVG dans une clinique de planning familial.

— Oui. Il a été tué par un fanatique pro-vie.

— Il a été *assassiné* par un fanatique pro-vie. Chaque fois qu'il arrive quelque chose à ces crevures, mon nom ressort.

— Ce type au nord de l'État, vous le connaissiez ?

Je ne peux pas faire croire à mon indifférence envers l'assassin potentiel de mon père et son opposition à l'avortement.

— Je ne connaissais pas son nom, mais j'avais entendu parler de lui. Il est toujours resté anonyme. Enfin, jusqu'à maintenant. Si vous voulez mon avis, il a eu ce qu'il méritait.

Je repense à M. McDermott. *Ça ressemble à quelque chose que j'aurais pu faire.*

— J'ai tendance à être d'accord avec vous, Karim, mais si on vous pose la question, n'allez pas par là.

Sans déc.

— L'hypothèse de l'ex-détenu est plausible, dis-je.

— Vous le feriez ?

— Pardon ?

— Si vous pouviez ?

— Est-ce que je le tuerais ?

Puis-je afficher une réaction convaincante à une idée aussi monstrueuse ?

— J'y ai pensé…

Pause théâtrale.

— Non, je ne le ferais pas.

La commandante hausse les épaules. Elle me croit. Je suis innocente dans son esprit. Elle a des affaires plus urgentes.

— Il vous faut encore combien de temps au refuge ?

— Je touche au but. Phyllis est persuadée que ma vie est en danger. Après le meurtre d'Haneen, elle ne prend aucun risque. Elle ne veut pas perdre une autre de ses protégées. Si elle est sûre que mon mari représente une vraie menace, je pense qu'elle essaiera de le faire tuer.

— Alors elle a des complices.

— Forcément. On doit pouvoir les identifier, garder l'œil sur eux. Je peux vous prévenir quand Phyllis sort. Elle me demandera peut-être de l'aider à piéger Bobby, mais sans trop m'en dire pour que je ne sois pas impliquée. Je crois que c'est comme ça qu'elle a procédé avec Susan et les autres. Elles en savent assez pour lui être reconnaissantes, mais trop peu pour la balancer. Si on monte une opération pour coincer ses associés en flag, l'un d'eux finira par parler ; on pourra résoudre au moins trois meurtres. *Who could ask for anything more*, comme dirait Gershwin : « qui pourrait demander plus ? »

— *I Got Rhythm*, ma chanson préférée, embraye la commandante.

Elle m'ouvre la porte. En m'éloignant, je l'entends gueuler de sa voix la plus autoritaire et antipathique :

— Keller, ici !

Ah, la sororité !

33

Sur le chemin du refuge, je m'arrête chez Cannelle et j'achète une vingtaine de cupcakes. J'en offre un à Myra en passant par chez elle pour rejoindre Artemis. Amanda et Bobo m'accueillent à la porte.

— C'est bien que tu sois revenue, dit Amanda. On fait l'enterrement d'Haneen ce soir.

— Tu veux dire une cérémonie.

— C'est pas pareil ?

— Il faut un corps, pour un enterrement.

Suis-je désinvolte avec une gamine de douze ans ?

— D'accord, acquiesce-t-elle. Une cérémonie.

— Et les autres enfants ? Ils sont au courant ?

— Ils croient qu'elle est simplement rentrée chez elle. Je suis la seule à savoir. Hé, t'étais où ? T'es censée faire signe. Phyllis se faisait du souci.

— Désolée.

Phyllis sort de son bureau.

— Je l'ai prévenue, l'informe Amanda.

Phyllis hoche la tête. Je lui tends la boîte de cupcakes et bats en retraite dans mon sous-sol.

L'ambiance au dîner est silencieuse. Les enfants sont renfrognés ; ils se plaignent des lasagnes, puis se disputent sur la taille de leurs portions. Phyllis surprend Ben et Frankie à jouer sur leurs téléphones sous la table.

— La prochaine fois, les garçons, je les confisque, menace-t-elle.

Byron se met à pleurer sans raison. Paula se lève, l'emmène dans le salon et le berce en marchant jusqu'à ce qu'il se calme. Les mères sont tendues ; tout le monde est de mauvais poil. Phyllis remonte le moral des petits en leur disant qu'il y a des cupcakes pour le dessert et qu'ils pourront regarder un film après manger.

Gerri et moi débarrassons la table. Phyllis y dépose un bouquet de roses fraîches à côté d'une photo encadrée d'Haneen, téléchargée sur la page « Collaborateurs » de la banque Chase. Elle montre Haneen – *Fonds privés, New York* – prise en sandwich entre Dana – *Conformité globale, Londres* – et Matt – *Gestion du capital humain, New York*. Haneen porte un hijab et sourit de son sourire communicatif, confiante, compétente. Vous avez *envie* qu'elle gère votre argent, votre vie. Le message est clair. Ces jeunes employés de chez Chase ont été élevés pour devenir de jeunes adultes dynamiques, responsables et attentionnés. Ils ont réussi leurs examens d'entrée à la fac, suivi des études dans d'excellentes universités, puis intégré des postes sympas et bien payés dans la nouvelle économie. Ce sont vos enfants. Bien sûr que vous leur confieriez votre argent. Je veux bosser là-bas. Je veux faire partie de cette famille. Je veux aussi connaître *la vie loin du bureau* chez Chase, faire du rafting avec mes collègues traders, pratiquer le yoga, porter des T-shirts « Team Chase » quand on va planter des légumes dans des jardins partagés, prendre des cours de cuisine, aider des gosses du centre-ville – c'est une vie-travail merveilleuse et satisfaisante, à moins que ce ne soit un travail-vie ? Dans tous les cas, je ferais n'importe quoi pour être en compagnie de ces gens. Ils ont l'air satisfaits, heureux. Ils mènent une existence pleine de sens. Ils sont en sécurité et, contrairement à moi, ils n'ont tué personne.

— Donnons-nous la main et respectons une minute de silence pour Haneen.

Phyllis parle à voix basse pour éviter d'être entendue dans le salon où les enfants regardent *La Reine des neiges*. Ils savent qu'Haneen est partie. Les plus grands, Amanda et maintenant Ben, savent pourquoi ; aux plus jeunes, on a raconté des histoires destinées à les rassurer, allant de « Haneen est rentrée chez elle » à « Haneen a déménagé en lieu sûr ». Ce ne sera qu'une question de temps avant que la rumeur circule et se transmette, qu'ils entendent les adultes, que le mensonge s'évente ; ils apprendront qu'Haneen a été tuée. Ils en tireront leurs propres conclusions. À leurs innombrables angoisses viendra s'ajouter la crainte que le meurtre d'Haneen ne soit le sort futur de leur mère. Ce sera l'objet de leurs cauchemars quand ils se réveilleront au milieu de la nuit. Mais ça, c'est pour plus tard. Pour l'instant, ils regardent *La Reine des neiges*.

Phyllis s'assied. On l'imite. On se lâche les mains.

— Ça n'aurait pas dû arriver, commence Phyllis. Nous avons perdu une jeune femme qui était venue nous trouver pour se mettre en sécurité. Elle a été attirée hors d'ici par la ruse. Nous ne pouvions pas l'empêcher de sortir. Vous êtes toutes ici de votre plein gré – vous pouvez partir quand vous voulez –, mais cette tragédie est une leçon sur ce qui peut vous attendre dehors. Je suis désolée de démarrer comme ça, mais je ne le répéterai jamais assez : vous devez être prudentes.

Qu'est-ce qu'on est censées faire ? Il n'y a rien à faire.

— April, tu veux commencer ?

— Je l'aimais bien. Enfin, c'est un peu idiot. On l'aimait toutes. Elle était géniale avec les petits pour les maths. Je lui avais conseillé de lâcher la finance pour devenir instit ; elle m'avait répondu qu'il n'était pas impossible qu'elle le fasse. Elle avait un vrai don. Demandez à mes enfants.

Elle marque une pause. Ferme les yeux, prend une grande inspiration.

— Et c'est là que je me mets à pleurer, ce qui ne m'est pas arrivé depuis longtemps. Vous savez ce qu'elle m'a dit, un jour ? « Notre point commun, ici, c'est que les gens qu'on aime et qui sont censés nous aimer sont ceux dont on a le plus peur. » C'est pas dingue, ça ?

On est toutes d'accord. Oui, c'est dingue.

Byron dort sur les genoux de Paula. Elle lève une main puis la baisse. Ce n'est pas l'école, ce n'est pas le groupe non plus.

— Désolée. Je pensais simplement à quel point c'est dur d'être ici. On a peur de sortir, peur d'envoyer nos enfants à l'école, peur d'avoir une vie. C'est pas juste. Enfin bon, je sais qu'Haneen serait d'accord avec moi, on est toutes reconnaissantes d'être accueillies. On doit veiller les unes sur les autres. Merci, Phyllis, pour cet endroit. Vraiment. Merci pour l'amour que tu nous as donné, à Byron et à moi.

Un silence. On applaudit ?

Janice enchaîne :

— Je crois que c'est mon tour. Je n'ai rien à ajouter, à part… oui, je suis d'accord avec Paula. Tu nous sauves, Phyllis.

Sofia prend la suite.

— Vous savez, ce qui est arrivé à Haneen, c'est comme un bagage qui aurait dû rester au Pakistan. Tu viens aux États-Unis, tu dois laisser des choses derrière toi. On apporte toutes des trucs, pas vrai ? Parfois le meilleur, parfois le pire. C'est triste. C'était un crime d'honneur. Pour moi, ces deux mots ne vont pas ensemble. Il n'y a pas d'honneur à tuer. Absolument aucun.

Gerri secoue la tête. Elle ne veut rien dire. C'est à moi de m'exprimer. Moi qui ai aussi commis un crime d'honneur. Je repousse cette idée. Il s'agit d'Haneen, pas de moi. Mes pensées :

Oui, j'ai merdé. Je l'ai crue. J'ai cru à la crise cardiaque de sa mère. Où est-ce que j'ai laissé mes compétences policières, mon scepticisme, ma méfiance professionnelle vis-à-vis de tout ce qu'on me raconte ? « J'faisais rien du tout, m'dame l'agent, avec mes potes on est juste perdus, m'dame l'agent. Le métro, c'est par là, m'dame l'agent ? Mon fils ne ferait jamais rien de tel, madame l'agent. Il a passé toute la soirée ici devant la télé, madame l'agent. » J'ai été baratinée par les meilleurs. La raison pour laquelle je me suis laissée prendre au piège grossier de la famille d'Haneen est mon grand mystère. En tant qu'enquêtrice criminelle, je ne peux que résoudre des crimes, pas les empêcher. Impossible de sortir ça aux femmes qui m'entourent. Je ne peux que demander pardon.

Et mes paroles :

— C'était une jeune femme belle, généreuse, gentille, qui manifestement nous touchait toutes. Je n'ai pas grand-chose à ajouter que vous n'ayez déjà dit. Je dois vivre avec une autre réalité. Je n'aurais pas dû la laisser y aller. J'aurais dû l'attacher à une chaise ; j'aurais dû l'enfermer dans la cave. Je l'ai laissée partir. Mais elle était tellement convaincante…

— Comme si tu avais pu la retenir, intervient Gerri. Rien n'aurait pu l'arrêter.

April prend ma main.

— Il aurait fallu la ligoter sur place. Tu n'as rien à te reprocher. C'est horrible, voilà. Horrible.

Phyllis ôte ses lunettes, les pose sur la table.

— Je tiens à souligner une chose cruciale pour nous ici. C'est la confiance. Je n'ai pas besoin de vous dire que nous vivons dans un monde dangereux. Je veux vous rappeler l'importance de savoir en qui nous plaçons notre confiance ou pas. On doit apprendre à *ne pas* faire confiance. Aux hommes qui nous menacent, ceux qui jurent de nous tuer, ceux qui sont fous, désespérément jaloux, tordus et esquintés. Oui, il y a des lois pour nous en protéger. Seulement ces hommes n'obéissent pas aux juges, ils ne respectent pas les mesures d'éloignement ; la police peut bien les mettre en prison, ils passeront leur temps à planifier comment nous tuer quand ils sortiront. Ces hommes sont malades. Mentalement. Est-ce qu'on peut les guérir ? J'en doute.

« Il me paraît évident que la société n'a pas envie de dépenser l'argent, le temps, les ressources nécessaires… Là, je parle comme quelqu'un qui pense que ces moyens représentent une solution pour traiter et guérir ces hommes. Il y a longtemps que j'ai abandonné cet espoir. Alors je nous vois plutôt dans une guerre ; nous et nos enfants sommes les victimes innocentes à qui on dit qu'on peut appeler la police après nous être fait assassiner. Désolée, mais je n'y crois plus. Si un homme vous signifie qu'il veut vous tuer ou menace de vous tuer, vous feriez mieux de le croire. Faites-lui confiance pour tenir parole. Vous devez vous protéger, vous et vos enfants.

Elle scrute l'assemblée. Conclut par ce qu'elle sait qu'on pense toutes :

— Plus facile à dire qu'à faire.

Faire. On se répète ces mots en silence, comme *amen* à l'église. On se lève. April, Gerri et Janice passent au salon. Elles s'affalent sur le canapé et enlacent leurs poussins devant la télé. C'est tout ce qu'elles peuvent faire pour qu'ils se sentent en sécurité, qu'ils se sentent aimés pendant qu'ils chantent *Libérée, délivrée* en chœur avec Elsa.

Sofia accroche mon regard et porte deux doigts à ses lèvres. C'est l'heure de la clope. On s'assied sur les balançoires, l'une à côté de l'autre, tendant les jambes, nous étirant après ce moment confinées autour de la table.

— Qu'est-ce qui va arriver au garçon ?

— Il plaidera coupable. Il est mineur, alors il sera placé dans un centre de détention réservé aux mineurs et en sortira pour bonne conduite d'ici quelques années.

— Et son père ?

— Il pourrait être poursuivi comme coauteur ; ça dépend du garçon : s'il témoigne contre lui, s'il déclare qu'il lui a demandé de tuer Haneen. C'est peu probable. C'est pour ça que son père l'a poussé à le faire. Le gamin est aussi une victime. Il a abattu sa sœur ; il va devoir vivre avec ça. Le père, c'est une immonde crevure.

Je vais l'ajouter à ma liste d'*immondes crevures*.

Je décline la deuxième cigarette que me propose Sofia. Je me revois fumer après le lycée en hiver, les mains en coupe autour du bout incandescent en quête d'un peu de chaleur. Aujourd'hui, on est deux filles sur des balançoires. On ne parle pas mecs. Avec Sofia, on parle meurtre, sécurité personnelle, trafic sexuel et évasion.

— J'ai un plan pour me sauver, m'annonce-t-elle.

— Je t'écoute.

— Une copine m'a suggéré de commettre un délit et de me faire prendre. Comme mon visa n'est plus valide, je serai renvoyée en Slovénie. C'est vrai ?

— Oui. Simplement, fais gaffe à piquer un truc cher, pour que ce soit considéré comme un vol qualifié et pas comme un simple vol à l'étalage. Va dans un grand magasin de luxe style Bloomingdale. Enfile un pull en cachemire dans la cabine d'essayage et sors avec. Tu n'iras pas plus loin que la porte d'entrée. La police te conduira dans un centre de détention des services d'immigration, tu t'y morfondras un certain temps, mais tu y seras en sécurité. Et si tu arrives à leur refiler un faux nom, peut-être qu'un de ces jours, tu pourras revenir sous le vrai.

— Je ne crois pas. J'aime bien l'Amérique, mais je n'ai pas envie de passer mon existence à surveiller mes arrières.

Cigarettes terminées, comme les gamines qu'on était autrefois, on se balance encore un peu avant de sauter dans le sable.

34

Chez Ducky, Bobby avale la fin de son café et dit :

— Tu permets que je te demande de quelle manière je suis censé être assassiné ? Genre, comment elle prévoit de me buter ?

— On n'en est pas encore là, Bobby.

— C'est dans l'intérêt de ma propre sécurité.

— Elle ne sait pas où tu habites.

— Et quand est-ce que tu vas lui dire ?

— Peut-être jamais. Toute cette histoire est devenue incontrôlable.

— Est-ce que je perçois des sentiments mitigés ?

— Oui. Ça t'étonne ?

— Pas du tout ! De mon point de vue, tu as le cul entre deux chaises. Si tu ne vas pas au bout de cette mission d'infiltration, tu trahis ton… comment dire, ta profession élective ? Tu es flique. Tu es censée élucider les crimes, trouver les coupables, les expédier en taule. C'est comme ça que ça marche. Sauf dans ton cas, évidemment. De l'autre côté, si tu poursuis cette opération pour coincer des gens bien, tu trahis le refuge, la dame qui a gobé tes salades et t'a accueillie, ainsi que les pauvres femmes et enfants qui dépendent d'elle pour sauver leur peau. Chérie, je n'aimerais pas être dans tes baskets. C'est pour ça que je ne pouvais pas devenir flic. Je n'aimais pas l'idée de gagner la confiance des gens pour pouvoir les arrêter ensuite.

— Je te mentirais si je te disais que ce n'était pas pile ce que je pense.

Bobby me caresse la joue. Le geste est si tendre et si réconfortant que ça me donne envie de pleurer. Si seulement je pouvais.

— Chérie, c'est pour ça que je t'aime.

— Qu'est-ce que je vais faire ?

— Ce qu'il faut.

— Et tu sais ce que c'est ?

— J'y travaille.

J'additionne ma vie, dresse la liste de mes erreurs, de mes échecs. J'ai échoué à arrêter la main d'un fils exalté qui croyait que tuer sa sœur sauverait l'honneur de sa famille. Maintenant, j'entraîne mon mec dans une opération d'infiltration qui pourrait lui coûter la vie. J'ai tué la mauvaise personne. L'*immonde crevure* court toujours. Je reste invengée. Ça existe, comme mot ? Je ne suis qu'un lynx dans la neige avec une patte en l'air.

— Je vais tout annuler, dis-je.

— Tu ne peux pas.

— Pourquoi ?

— Tu crois que la police ignore mes activités ? J'ai beau avoir plein de mots élégants pour les désigner, au bout du compte je ne suis toujours qu'un putain d'usurier. Le procureur peut s'en foutre royalement, vu que dans l'échelle des valeurs, je me situe entre l'ado qui deale de l'herbe et les conflits entre locataire et propriétaire, ou bien déterrer assez de lois pour m'inculper et me faire dépenser jusqu'à mon dernier sou en avocats.

— Qui t'a dit ça ?

— Peu importe. Pour moi, aller au bout de cette opération est maintenant une décision professionnelle.

— Je suis désolée.

— Si en plus, ça t'aide aussi, c'est gagnant-gagnant.

— Et le refuge, ses pensionnaires ?

— Perdant-perdant.

— Je vais avoir besoin d'un message vocal menaçant.

— Pas de problème, répond-il.

À l'unisson, on lance :

— Je ne savais pas qu'il y en avait un.

Avant de sourire, parce qu'on déteste tous les deux quand les gens disent *Pas de problème*.

Sauf que cette fois, ce n'est pas si drôle que ça.

35

Phyllis m'attend.

— J'ai fait du thé. On peut partager le dernier cupcake.

Je la suis dans son bureau. Un service à thé est disposé sur un plateau, avec un cupcake rouge velours coupé en deux parts égales sur une serviette en papier. Phyllis me tend une tasse, je lève les yeux vers les chaumières accrochées au mur, où la vie est douce et chaleureuse.

— Charmant, n'est-ce pas ?

— Très.

— Je suis tombée dessus avec une amie dans une boutique solidaire à l'hôpital. Il y avait aussi une magnifique jupe indienne en lin. On s'est gentiment chamaillées sur qui aurait quoi. Pour finir, j'ai pris les cadres et elle, la jupe. Elle la portait lors d'une querelle avec son mari en voiture. Il s'amusait à lui jeter des cigarettes allumées à la figure. Ce jour-là, une clope a rebondi sur elle et lui est tombée sur les genoux. La jupe s'est embrasée. Mon amie a été brûlée au troisième degré des chevilles à la taille. Elle est en fauteuil roulant, aujourd'hui.

— Et son mari ?

— Il a plaidé l'accident. S'en voulait terriblement. Ils ont divorcé et je ne sais pas ce qu'il est devenu. Je m'en fiche.

Je contemple les images et me représente un mari lanceur de cigarettes enterré sous une des maisons.

— Ces reproductions ne correspondent pas vraiment à mes goûts artistiques, dit Phyllis.

— Je ne les verrai plus jamais de la même façon.

— Oui, c'est le but… Elle a touché de grosses indemnités d'assurance, plus un chèque conséquent de la boutique de l'hôpital qui lui avait vendu la jupe – ça a suffi pour démarrer Artemis.

— Et comment ça tient ?

— Quelques anciennes pensionnaires ont fait un riche veuvage. On s'en sort.

— « Un riche veuvage » ?

Elle rigole.

— Je plaisante. Deux d'entre elles ont perdu des maris fortunés. Elles nous soutiennent beaucoup.

On boit notre thé.

— Tu peux t'installer dans la chambre d'Haneen, si tu veux.

Le meurtre attendra. Pas la commandante Hagen.

— Non, merci. Propose-la à la prochaine qui viendra. J'ai le sentiment que je ne vais pas m'attarder bien longtemps.

— Tu nous quittes ?

— Je ne vois pas d'autre solution. Ma voisine m'a prévenue que mon mari me cherche, il est passé plusieurs fois. Il boit. Il me laisse des messages inquiétants.

— Tu peux m'en faire écouter un ?

Je sors mon téléphone, ouvre ma boîte vocale. *« Écoute-moi. J'en peux plus. J'ai l'impression que j'ai rien d'autre. Que toi et Lucas. Il faut qu'on reforme une famille. Je peux pas vivre comme ça... la vie vaut que dalle. »* Puis la voix se module, s'installe dans un autre timbre : plus grave, menaçant. *« Je te retrouverai. Et là, on sera ensemble. Au ciel si c'est pas possible ici. »*

Phyllis demande à le réentendre. Elle penche légèrement la tête vers le téléphone et se concentre comme un chef d'orchestre symphonique qui a demandé aux violons de rejouer les trois dernières mesures. Phyllis attrape un stylo et une fiche cartonnée. Bobby est convaincant. Sa voix est un mélange de calme glacial et de rage maniaque. Je n'aimerais pas être réellement destinataire d'un message pareil. Elle prend des notes. Est-ce que, si je fouillais son bureau, je trouverais d'autres fiches similaires ?

— Je prends ça très au sérieux, dit-elle.

Gagné. J'ai convaincu Phyllis que mon mari est un danger non seulement pour moi, mais pour les autres résidentes du refuge et le refuge lui-même.

— Moi aussi. C'est pour ça que j'envisage de partir.

— Pour aller où ?

— Question intéressante. Je pourrais faire une recherche Internet des « 10 meilleurs endroits pour échapper à des hommes qui veulent vous tuer » : Pyongyang ? Alep ? Il y a aussi Israël. La loi du retour stipule que toute personne d'origine juive qui y va sera automatiquement naturalisée. Je ne suis pas Juive. Je peux me convertir ?

Phyllis sourit.

— Sérieusement.

— Je n'en sais rien. Si je reste ici, il me retrouvera. Il me tuera. Je le sais.

— Et ton fils ?

— Je l'emmène avec moi.

— C'est un enlèvement. Les maltraitants adorent ça. Ça te met du mauvais côté de la loi. Il est flic ; il peut obtenir la coopération de toutes les forces de l'ordre du pays pour te retrouver. Tu sais qu'il n'hésitera pas.

Silence. Thé. Bicoques fantasmées. Jupes en feu. Un corps brûlé.

— Moi aussi, je suis flique. Je suis armée. Je vais le tuer.

— Tu iras en prison. Tu n'élèveras pas ton fils. C'est une famille d'accueil qui s'en chargera.

— Si tu as une meilleure idée, je suis tout ouïe.

— Donne-moi son adresse. Dis-moi où il habite.

— Et après ? Je pourrai rentrer chez moi ?

— Oui, ma belle. Et tu seras avec ton fils.

— Je crois que je sais de quoi tu parles, Phyllis.

— Pas du tout. Tu ne sais rien à part que ta vie est en danger. Et moins tu en sais, mieux ça vaut. Son existence, sa folie. Il menace les femmes et les enfants de ce refuge. Je ne le permettrai pas. Tu es venue ici, on t'a accueillie, protégée, mise en sécurité. Tu as une obligation envers nous : nous préserver. Ce que tu fais de ta vie, ça te regarde. Mais tu n'as pas le droit de mettre la nôtre en danger. Tu comprends ? On ne sera pas des victimes. On va se défendre. Si tu veux quitter le refuge, c'est toi qui vois. Tu as deux façons de partir : la tienne ou la nôtre.

— Laisse-moi y réfléchir, dis-je.

Le cupcake est resté intact.

Sur le chemin de la sortie, Myra lève la tête de ses écrans.

— Y a un duo qui me plaît pas trop, ils poireautent dans une Lexus depuis trop longtemps. La bonne femme a viré une contractuelle. Tu piges ?

— Merci, Myra. Comment va le marché ?

— Amazon en hausse, Apple en baisse.

— Bon ou mauvais, pour toi ?

— Aujourd'hui, bon. Demain, va savoir. Sois prudente.

Je les repère dans une Lexus dernier modèle. Le véhicule n'appartient pas à la police de Long Island City. Je suis d'accord avec Myra ; ce sont des flics. Je vais faciliter la vie au conducteur ; je les dépasse et continue dans le même sens que la voiture, histoire de lui éviter un demi-tour. La Lexus s'engage sur la chaussée et me suit. Très bien. Je ne veux pas non plus qu'une personne du refuge me voie leur parler. Au carrefour, je tourne à droite. La Lexus m'imite. J'attends qu'elle vienne s'aligner à côté de moi. La fille sur le siège passager baisse sa vitre.

— Lieutenant Karim ?

— Vous me suivez ?

— Oui. On voudrait vous parler.

Je suis plantée devant une zone de stationnement, ils s'y insèrent et s'arrêtent. La nana me montre une plaque de la police de l'État de New York. Son équipier et elle sont en tenue de travail. Costard bleu nuit, chemise à rayures et cravate à motif cachemire pour lui. Plus des Ray-Ban remontées sur le crâne, prêtes à être remballées dès qu'ils repartiront. Je sens qu'il porte les fringues de son père ou cherche à reproduire son style. Elle revêt l'uniforme des femmes fliques : tailleur-pantalon bleu marine, chemisier blanc. Elle pourrait être moi, si ce n'est qu'à la place de mon sourire, elle arbore une expression de scepticisme perpétuel qui dit : *Convainquez-moi.*

Ces deux-là peuvent passer pour un couple marié allant au resto, au ciné ou au boulot. À qui ressemblent-ils dans ma mémoire récente ? Bien sûr : aux employés heureux du site de la banque Chase où figurait Haneen. Sauf que ce sont des fonctionnaires de l'État de New York, pas des traders ni des gestionnaires de biens. Ils ne recevront jamais de bonus à six chiffres, n'iront jamais passer de vacances en famille dans une villa toscane, ne s'offriront jamais un week-end à Paris pour dîner dans un restaurant étoilé. Eux sont mes collègues, des policiers de la classe moyenne ; ils doivent être traités avec respect.

Je grimpe sur la banquette arrière.

— Nous enquêtons sur un homicide qui a eu lieu hier soir. Au nord de l'État.

— Comment je peux vous aider ?

— Vous êtes sur notre liste de suspects. On aimerait vous en éliminer.

— Moi, suspecte ? Hier soir ? Au nord de l'État ?

— Oui.

— J'étais chez moi, je regardais la télé avec mon mec.

La fille acquiesce avec condescendance. Elle a entendu cet alibi mille fois.

Comme interrogatoire informel, ça a l'air d'une conversation entre collègues, polie, pas menaçante, assez inoffensive. On reste dans la voiture. Ça doit être pénible pour les deux lieutenants : ils sont obligés de se vriller pour me parler sur la banquette arrière. C'était manifestement prévu : les appuie-tête des sièges avant ont été enlevés. Ils sont assez intelligents pour me dispenser du numéro *good cop/bad cop*. Le mec prend des notes ; pas de rôles sexués à l'ancienne. À tous les coups, je suis aussi enregistrée.

— Vous devez savoir que je suis en mission d'infiltration et qu'il faut que je reste discrète. Si vous voulez vous renseigner sur moi ou mon opération, il faudra vous adresser à ma cheffe, la commandante Hagen.

— Ce qui nous intéresse, c'est Clyde Fairbrother.

— Qui est… ?

— Était. C'est notre victime. Clyde militait au sein du mouvement anti-avortement.

— Je vois. Donc, vous connaissez mon passé.

— En grande partie, répond-elle. Et malheureusement, ça fait de vous une suspecte.

Je leur ressors ma véritable histoire : je suis la fille d'un praticien d'avortements qui a été assassiné, sans doute par un tueur pro-vie, peut-être Clyde. Je leur concède ce point. C'est vrai, je recherche le meurtrier de mon père ; en fait, cette obsession est presque devenue le sens de ma vie. J'ai promis à mes défunts frère et mère que je trouverais le coupable et le traînerais en justice afin qu'il soit jugé par l'État de New York, condamné par les citoyens de l'État de New York et envoyé pourrir à Attica en compagnie des détenus les plus violents. J'espère aussi qu'il sera brutalement poignardé à mort par un de ses codétenus dans les douches à l'aide d'un tournevis aiguisé. À défaut, je lui souhaite des souffrances abjectes pour le restant de ses jours. Si Clyde Fairbrother est mort, je ne me réjouis absolument pas qu'il échappe à un procès et ne puisse plus livrer les noms de ses complices. Je ne l'ai pas assassiné. Je suis officier de police ; mon devoir est de capturer les criminels, pas de les tuer. Je ne plaisante pas avec ça. *Pfiou !*

Ils comprennent, mais j'avais un vrai mobile et mon histoire d'avoir passé la soirée devant la télé avec mon compagnon douteux ne les convainc pas vraiment. Le mec ajoute :

— Il est black, nan ?

Il vient de commettre sa première erreur.

— Vous voulez bien me dire, à moi et à votre enregistreur, ce que sa couleur de peau a à voir avec la choucroute ?

— Pas grand-chose, répond-il. Je demandais juste.

— Vous voulez savoir ce qu'on a regardé ? *Empire*. Bon, c'était sympa, cette petite discussion. C'était votre tour gratuit. La prochaine fois, j'amène un avocat de mon syndicat.

— Très bien, c'est votre droit.

On échange nos cartes, on se dit au revoir et je descends de la Lexus.

— Lieutenant Karim ?

— Oui ?

Je me retourne face au mec, comme le méchant dans chaque épisode de *Columbo*, et il me sort, exactement comme Peter Falk :

— Une dernière chose.

— Oui ?

— On sait que vous avez pris la Thruway.

Contrairement au suspect de *Columbo*, je ne m'élance pas au pas de course, n'attrape pas un flingue pour tenter de m'échapper en défouraillant, ni n'échange de regards entendus avec Peter Falk – moi : *Vous m'avez eue* ; lui : *Vous vous croyiez plus maligne que moi, hein ?*

Je n'ai pas pris la Thruway. Alors je m'en vais. Ils viennent de foutre tout leur entretien en l'air. Ils n'ont rien. Je suis hors de cause. J'ai commis le crime parfait. Je vais préparer un dîner iranien pour Bobby et moi : kebab d'agneau, riz aux fèves et à l'aneth, salade de concombre au yaourt. Après, on matera notre sextape et on la rejouera en vrai juste avant de l'effacer. Oui, ça ferait une soirée sympa, ça. Et puis je me rappelle ce que je dois faire avant : trahir les femmes d'Artemis et mettre la main sur l'*immonde crevure.*

36

La commandante Hagen écoute le message vocal de Bobby se faisant passer pour mon mari fou. *« Écoute-moi. J'en peux plus. J'ai l'impression que j'ai rien d'autre. Que toi et Lucas. Il faut qu'on reforme une famille. Je peux pas vivre comme ça... la vie vaut que dalle. Je te retrouverai. Et là, on sera ensemble. Au ciel si c'est pas possible ici. »*

Elle pince les lèvres, approbatrice.

— Impressionnant. Vous l'avez fait écouter à Phyllis ?

— Ça l'a convaincue. Elle veut l'adresse de Bobby.

— Elle vous l'a demandée ?

— Oui.

La commandante Hagen estime disposer d'assez d'éléments pour que le procureur accepte qu'on piège Phyllis et ses complices inconnus. Le but de cette mise en scène sera de les coincer au moment où ils seront sur le point de tuer Bobby et de les pousser à avouer les meurtres de Ronald, Derrick et Joey, voire d'autres encore. Je serai l'épouse en péril, Bobby le mari dangereux. Ce sera la procédure standard.

Je donnerai à Phyllis l'adresse de Bobby. Je lui indiquerai ses habitudes, à quel moment il est seul, au boulot, en repos, le bar où il va boire des coups, la salle où il fait du sport, le Food Bazaar où il fait ses courses et le traiteur Rosario où il va quand il veut un plat italien à emporter. Ce sont les endroits où Bobby se rend en solo et peut être kidnappé, renversé ou abattu depuis un véhicule pendant qu'il rentre à la maison. Je lui fournirai la marque, le modèle et le numéro d'immatriculation de sa voiture au cas où elle voudrait organiser un accrochage bénin dans une rue déserte qui l'obligerait à descendre afin de mieux pouvoir lui brûler la cervelle, le poignarder ou lui défoncer le crâne à coups de batte de base-ball. En tant que policière sous couverture, je ferai partie de la conspiration pour tuer Bobby. Je peux aussi me contenter de donner à Phyllis les renseignements dont elle a besoin pour préparer le meurtre elle-même ou avec ses acolytes. Pour Phyllis, moins j'en sais, mieux ça vaut. Pour moi, plus je lui transmets d'informations, mieux ça vaut. Quelle danse ! Plusieurs autres flics seront chargés de surveiller et de protéger Bobby. S'ils ne le font pas, il deviendra une vraie victime.

Phyllis sait très bien que planifier un meurtre, c'est de la préméditation ou une tentative d'assassinat. Elle sera assez maligne pour éviter le sujet ou le nier. Quand j'ai dit *Je sais de quoi tu parles*, elle n'a pas répondu *Je projette de tuer ton mari*.

Au mieux, on veut qu'elle tente de tuer Bobby. Autrement, si on peut produire une arme, mon témoignage, mes notes sur nos conversations et le fait qu'elle se soit trouvée à proximité de Bobby – plus elle sera près, mieux ce sera – ce sera suffisant. Reste une dernière chose.

— Est-ce qu'on devrait s'inquiéter que ça puisse être qualifié d'incitation ?

— Incitation ? reprend Hagen. Un peu, mon neveu. Cette bonne femme propose de tuer votre mari ; elle en a peut-être déjà éliminé trois autres, dont un policier. Tu m'étonnes que c'est de l'incitation. C'est vous qui allez l'inciter, Karim, et c'est moi qui l'arrêterai. Ensuite, on obtiendra ses aveux pour les autres meurtres…

Elle s'interrompt, m'observe, et pas d'un air avenant.

— Vous ne suggérez quand même pas qu'on arrête les frais ?

— Non.

— Quelque chose vous pose problème, lieutenant ?

Lieutenant est là pour me rappeler que je suis flique, qu'elle est ma supérieure et que si je doute d'elle, je ne suis pas digne de confiance, car le doute en soi n'est pas digne de confiance, et qu'elle a une raison de me rétrograder, voire de me virer.

On sait toutes les deux que l'incitation est un protocole de police parfaitement légal dans notre pays. Les prisons regorgent de maris et de femmes qui croyaient embaucher des « tueurs à gages » pour éliminer leur conjoint alors qu'ils s'adressaient à des agents sous couverture. Les flics plaisantent qu'il vaut toujours mieux tuer son mari soi-même – surtout, ne pas sous-traiter.

— Aucun problème, commandante, réponds-je.

37

Je trouve une place de parking pour la Prius sur Steinway Street et commence à marcher vers le refuge. Sur la 13e Avenue, je l'aperçois qui regarde dans la vitrine du Tea Plus Café. Il me voit. Je ne lui demanderai pas s'il me suit. Aujourd'hui ou depuis un moment.

— Salut, Higgins, quelle coïncidence !

— Pas tant que ça. On est à Astoria. C'est ici que j'achète son thé vert à Danielle. Ça soigne son asthme. Et toi ?

— Docteur. Check-up.

Je mens. Ça ne veut pas dire qu'Higgins ment aussi. Détends-toi.

— Je t'offre un café ou un thé exotique ? propose-t-il.

— D'accord.

À l'intérieur, on étudie la carte.

— Je te conseille le thé à la menthe fraîche. Je ne crois pas qu'il soigne quoi que ce soit, mais il est purement délicieux.

— D'accord.

On se pose. Cosy. Chaleureux. On est juste deux flics qui boivent un thé.

Higgins avale une gorgée du sien et dit :

— « D'accord. » Tu l'as dit deux fois. Ça me rappelle un poème de Delmore Schwartz. Tu aimes la poésie ?

— Ça dépend.

Et Higgins de me réciter alors deux strophes d'une voix sèche et plate. Tout en l'écoutant, mon esprit vagabonde. Un vers me marque : « De savoir que pour peu elle aurait pu ne pas être. »

— Très beau, dis-je.

— Ça parle de la valeur inestimable de la vie.

— J'avais compris, mais je n'ai pas besoin d'un poète pour me le dire.

— Non, bien sûr. Je crois que dans notre boulot, on a besoin de piqûres de rappel. On voit tellement de morts inutiles…

Qu'est-ce qui te prend, Higgins ? Poésie et thé, morts inutiles ?

Je veux m'en aller. Il faut que j'arrête ça innocemment, comme ça a commencé, comme notre rencontre fortuite.

Je lui demande des nouvelles de sa famille, puis s'il suit *Game of Thrones*. Oui. On en est aux rumeurs sur Jon Snow quand on arrive au bout de nos tasses. Il insiste pour payer. Je laisse le pourboire.

Dehors, on joue à Qui part dans quelle direction ?

— Ma voiture est au coin de la rue.

— La mienne, à quelques mètres, dit-il.

On se salue. Je regagne ma Prius. Je trouverai bien une autre place dans le coin. Superbe poème mis à part, je démarre en me souvenant que je ne crois pas aux coïncidences.

38

Assise sur le perron d'Artemis, Amanda fait ses devoirs en écoutant de la musique. Elle lève la tête, ôte ses écouteurs.

— Salut, Amanda.

Je m'assieds à côté d'elle.

— Où est Bobo ?

— En train de renifler la nouvelle.

Elle frissonne légèrement.

— Tu sais quoi ? Phyllis lui a passé la chambre d'Haneen.

— Quand ça ?

— Ce matin.

— Elle est comment ?

— Effrayée, esquintée. Comme d'hab. Elle parle pas beaucoup. C'est souvent comme ça, avec les nouvelles. Tu disais pas grand-chose non plus quand t'es arrivée.

— Elle a un nom ?

— Sharon.

— Je t'ai apporté un cadeau.

Je lui tends un album : un des romans graphiques de Sammy. Après son décès, je suis allée à Jericho

Pines pour récupérer ses affaires. Le personnel m'avait tout préparé, ses fringues reposaient soigneusement pliées sur le lit – un jean, une pile de slips et de chaussettes, ses T-shirts, dont son préféré, un jaune à l'effigie de Bob l'éponge, que j'ai porté à mon visage à la recherche de Sammy, de son odeur, mais ils avaient tout lavé et mon petit frère s'était envolé.

Il y avait son sweat Gap gris à capuche, sa casquette des Mets et, par terre, ses tongs et une paire de Vans noires. Ses articles de toilette, médicaments, ordinateur, téléphone à clapet et bandes dessinées étaient rassemblés sur son bureau. J'ai passé en revue la pile de BD – une petite fraction de sa bibliothèque ; il n'avait emporté que ses préférées. Les autres sont dans des cartons entreposés dans un garde-meuble avec le reste des vestiges matériels de notre famille. C'est à moi de m'en charger. *Je m'en occuperai*, me dis-je, *je m'en occuperai. Un jour.* Mais qu'est-ce que je peux bien faire de toutes les possessions de ma famille ? Le précieux et le futile, le sentimental et l'utilitaire, ça n'a aucune importance. Tout cela est d'une tristesse déchirante. Le garde-meuble n'est qu'un tombeau de plus, et je n'ai pas l'énergie d'en affronter encore un.

Tout ce que Sammy gagnait en petits boulots, en argent de poche ou en cadeaux d'anniversaire, il le dépensait en comics, ou, comme il aimait à me le rappeler, en *romans graphiques*. Ma mère et moi, sa sœur vertueuse et studieuse, désapprouvions. Mon père, non.

— Peu importe ce qu'il lit ; l'important, c'est qu'il lise. Aujourd'hui c'est *Batman* ; demain ce sera Tolstoï. Vous verrez.

Il se trompait. Sammy n'a pas vécu assez vieux pour découvrir Tolstoï. Mais moi, je me suis ouverte à la bande dessinée. J'étais la grande sœur qui ne lisait que de *bons* livres, des livres *importants*, imposés par mes profs de lettres. Sammy dévorait des comics ; moi, de la littérature. Jusqu'à ce qu'un jour, je relève son *Ah ouais ? Essaie donc ça* lancé comme un défi et m'attaque à *Preacher*, le conte baroque d'un homme né de l'union du diable avec un ange et de son acolyte, un vampire irlandais. L'Irlandais a des centaines d'années. Il aime raconter des histoires sur l'IRA ou l'Insurrection de Pâques et citer des auteurs irlandais : Behan, O'Casey et Shaw.

Preacher avait éveillé l'intérêt de Sammy pour l'histoire et la littérature irlandaises. Il avait lu *Deux otages* de Brendan Behan et on avait regardé *Le Mouchard* et *Michael Collins* ensemble. Tout ça lui parlait tellement plus que *Le Lys de Brooklyn*, un roman avec lequel il se débattait en classe. J'ai arrêté de l'enquiquiner avec les canons de la culture occidentale, l'ai encouragé à lire tout ce qu'il voulait, et on s'est échangé des comics à partir de là.

Plus tard, Sammy s'est tourné vers un autre thème : un monde post-apocalyptique, un endroit où il vivait dans sa tête. Il y avait deux comics. Le premier était *Y, le dernier homme*. Dans cet univers, une épidémie causait la mort de tous les êtres mâles de la planète, humains comme animaux. Sammy savait que l'ironie toucherait ma sensibilité féministe. Extrait de la présentation du *Dernier homme* :

Bienvenue dans un Monde Sans Hommes

Dans le courant de l'été 2002, un fléau d'origine inconnue a détruit chaque spermatozoïde, chaque fœtus et chaque mammifère pourvu d'un chromosome Y... à l'exception d'un jeune homme et de son singe apprivoisé. Cette « maladie » a instantanément exterminé 48 % de la population mondiale, soit à peu près 2,9 milliards d'hommes, dont 495 PDG des 500 premières entreprises américaines.

Dans la BD, des avions tombent du ciel parce que 99 % des pilotes étaient des hommes, le Congrès se retrouve quasi vide et des veuves en armes réclament le siège de leur mari, 95 % des chauffeurs routiers et des capitaines de navires périssent… tout comme 92 % des criminels violents. Et mon préféré : *À travers le monde, 85 % de tous les élus sont désormais morts... tout comme 100 % des prêtres catholiques, imams musulmans et rabbins juifs orthodoxes.*

Ce n'est pas particulièrement original – il y a eu d'autres histoires de « dernier homme » –, mais celle-ci présente des personnages de femmes au caractère bien trempé : des gangs de motardes amazones, des veuves de congressistes revendiquant le siège de leur défunt mari, les rares femmes soldats restantes.

Sammy vivait par procuration à travers les héros extrêmes de Marvel : *Iron Man*, *Captain America* et *Hulk*. Après l'assassinat de notre père, il a dérivé vers l'univers DC et des héros dont la souffrance reflétait la sienne : le jeune Bruce Wayne, qui a assisté au meurtre de ses parents ; l'homme-araignée Peter

Parker vengeant son oncle Ben tué par un cambrioleur. Frank Castle se transformant en Punisher après que sa femme et ses deux enfants ont trouvé la mort lors d'une fusillade mafieuse à Central Park ; Kal-El, exilé sur Terre pour devenir Clark Kent. Sammy partageait le chagrin de ces héros. Ça le réconfortait de savoir qu'il existait des personnages comme lui, qui habitaient eux aussi un monde de souvenirs d'horreur, de solitude et de deuil. Malheureusement, son passé ne s'est pas accéléré pour le doter d'ailes de chauve-souris ou de fils d'araignée, d'une force surhumaine ou du pouvoir de voler plus vite qu'une balle de revolver. Sammy est demeuré triste, humain, ordinaire et impuissant. C'était à moi, sa sœur, d'être le superhéros.

— *Tu l'as trouvé ?*

— *Pas encore, mon grand, mais je le trouverai.*

Son autre BD préférée était *Rover Red Charlie* de Garth Ennis. Celle que je viens de donner à Amanda.

— *Tu devrais lire ça, sœurette. C'est sur comment ça fait d'être un chien.*

— *Et c'est tout ? Ça raconte quoi ?*

— *Hmmm... Okay, c'est trois chiens qui voyagent à travers le pays après l'apocalypse. Un genre d'*Odyssée *canine.*

— *Encore une histoire d'apocalypse, comme* Le Dernier homme *?*

— *Nan, dans celle-ci, tous les humains sont morts. Il ne reste plus que les animaux. Les chiens veulent rejoindre l'océan Pacifique, qu'ils appellent « le grand plouf ». Ils vivent des aventures en cours de route. Ils croisent un berger allemand fou qui ne veut pas arrêter de garder le pick-up de son maître mort, ou encore un bouledogue de combat maltraité, et ils bouffent des poules.*

Sammy se marre.

— Les poules, c'est vraiment con, ma vieille.

Amanda regarde le livre, feuillette les pages.

— Mon frère l'aimait énormément, Amanda. Ça parle de chiens.

Elle le laisse tomber sur la marche à côté d'elle.

— Je le filerai à Bobo, alors.

Je perçois de la colère dans sa voix.

— Ça va, Amanda ?

— Non, ça va pas. Tu t'en vas, hein ?

Et voilà. De l'Amanda pur jus. Honnêteté absolue, rien de passif-agressif, pas de sarcasmes, pas de bouderie. Elle n'utilise aucune des modalités d'échange des ados. Je n'ai toujours pas trouvé la manière de lui demander pourquoi elle est aussi directe, aussi franche, sans ruse ni manipulation. Je décide que c'est le moment.

— Pourquoi tu es aussi honnête ?

— C'est une décision que j'ai prise. Je savais que tout le monde autour de moi mentait et ça n'avait pas l'air de les rendre plus heureux. Je voulais voir ce que ça donnerait si je disais la vérité. Voir si c'était une meilleure solution.

— Et ça l'est ?

— Parfois. Dans l'ensemble, ça n'a pas changé grand-chose. Je me suis rendu compte que si je m'accrochais à la vérité, j'étais mieux placée pour détecter quand les gens me mentaient. C'est possible, ça ?

— Absolument. Tu ne rentres pas dans leur jeu. Il faut pas mal de temps pour apprendre ça.

— Tu l'as appris, toi ?

— Quoi, qu'il vaut mieux dire la vérité ? Pas quand mon mari me demande où je suis.

— Sans blague.

— Mais à part ça, oui, je crois.

Je ne précise pas que je suis flique et que mentir est mon métier.

— On est amies, maintenant, Amanda. Je ne rigole pas avec l'amitié. On restera toujours en contact.

— Oui ?

— Oui. Je te le promets.

Elle m'observe. Fixe sur moi un regard silencieux. Je répète :

— Je te le promets.

— D'accord.

— À qui le tour de préparer le dîner, ce soir ?

— Personne. C'est soirée pizzas.

— Couverts en métal ou en plastique ?

— On est de vaisselle. En plastique.

On reste toutes les deux là un moment sans rien dire. Une grosse tête humide et hirsute pointe la truffe entre nous et tente de nous séparer.

— Coucou, Bobo !

On s'écarte de quelques centimètres. Bobo se glisse entre nous. Remue la queue sous nos caresses et nos grattouilles. Vive les choses simples : deux copines sur un perron du Queens, des BD et une chienne loufoque.

Notre rêverie est interrompue par un texto de la commandante Hagen. Je suis attendue au poste.

— Je dois te laisser, Amanda. À toute, au dîner.

39

Le lieutenant Keller est encore à la fontaine à eau. Il lève le menton et me montre du doigt.

— Karim, ton copain tueur est là. Il veut avouer.

McDermott est assis dans la salle d'interrogatoire face à moi. Elle pue le café, la sueur et les mensonges. J'ai demandé à Tessa de suivre l'entretien sur le retour vidéo dans une pièce voisine.

— On vous a lu vos droits ?

— L'avertissement Miranda ? Comme quoi j'ai le droit d'appeler un avocat et tout ce que je dis pourra être retenu contre moi ?

— C'est ça.

— Comme à la télé. Sauf que je ne veux pas d'avocat, je n'en ai pas vraiment besoin.

— Pourquoi ça ?

— Je crois savoir ce que j'ai fait. C'est un soulagement, d'ailleurs. Ça me tracassait. Je suis content que vous m'ayez enfin attrapé.

— Je ne vous ai pas attrapé. Vous êtes venu ici et avez insisté pour que ce soit moi qui recueille vos aveux. Pourquoi ?

— Je nous considère comme des amis. J'ai pensé que ça vous aiderait dans votre carrière.

— Vous croyez que j'ai besoin d'aide ?

— Honnêtement, oui.

Tessa doit se bidonner. J'en ai vraiment ma claque de ce cinglé.

J'allume le dictaphone et le micro fixé à la table. Matériel factice ; le but est de détourner l'attention du suspect des gens qui l'observent derrière un miroir sans tain. Il y a aussi un enregistreur en état de marche dans la caméra de surveillance cachée dans la lampe au-dessus de lui.

— Je suis le lieutenant Nina Karim. Il est 17 h 15. Je m'apprête à prendre la déposition de M. Lawrence McDermott. Monsieur McDermott, vous renoncez à la lecture de vos droits ?

— Oui.

— Alors vous pouvez commencer.

Je me recule sur ma chaise, pas pour être plus à l'aise, mais pour mettre de la distance. McDermott s'éclaircit la gorge et ajuste sa cravate.

— Euh, je commence par où ?

— Comme vous voulez.

— D'accord. Je l'ai suivie chez elle.

— Qui ?

— Je ne connais pas son nom. Une femme. Je l'ai suivie jusque chez elle depuis son travail. Deux fois. Ensuite, pendant qu'elle était au bureau, je suis allé en reconnaissance autour de chez elle. C'est un bâtiment de quatre étages ; elle a un appartement au dernier. Il y a beaucoup d'enfants et j'ai remarqué qu'ils ne s'embêtaient jamais à verrouiller la porte de l'immeuble, alors j'ai pu y accéder facilement. Là-haut, j'ai forcé sa serrure – ce n'était vraiment pas compliqué. Je suis entré et j'ai regardé la télé jusqu'à ce que j'entende sa voiture. Je me suis caché dans le placard de sa chambre et j'ai attendu.

— Où se trouve l'appartement ?

— À Astoria.

— Adresse ?

— Crane Street. Je ne suis pas sûr du numéro.

— Mais si.

McDermott se ravise. Il ne veut pas paraître négligent dans ses aveux.

— 27.

— Appartement ?

— 2A.

C'est mon adresse. *Merde.*

— Parlez-moi de cette femme.

— Proche de la trentaine, séduisante, blonde, taille moyenne. Ni mince ni grosse.

— Vous l'avez tuée ?

— Oui.

— Comment ?

— Elle est entrée dans sa chambre. Je l'ai regardée se déshabiller. Quand elle a été nue, je suis sorti du placard et je lui ai tiré dessus. Ah, j'oubliais : j'ai mis un oreiller devant le canon pour étouffer la détonation.

— Et ensuite ?

— Vous voulez dire, ce que j'ai fait après ? J'ai patienté au cas où quelqu'un aurait entendu le coup de feu, puis je l'ai allongée sur le lit.

Il guette ma réaction. Je ne lui en offre aucune.

— Vous voulez voir l'arme ? Je l'ai apportée, mais j'ai dû la laisser à l'entrée.

— Vous avez un permis ?

— Non, c'est un objet de famille.

Je me lève.

— Je reviens tout de suite.

Je retrouve Tessa dans le couloir.

— Il vient d'avouer t'avoir tuée, dit-elle.

— À mon avis, il est barge et il a l'intention de me tuer, mais il croit l'avoir déjà fait. Il existe peut-être une psychose appelée « dystemporalité ».

— Qu'est-ce qu'on en fait ?

— Il a dit qu'il avait laissé une arme à l'accueil. Pour laquelle il n'a pas de permis.

— On peut l'arrêter pour port d'arme illégal et tâcher de lui trouver de l'aide.

— Ou le foutre dehors. Je suis prête à parier qu'il est inoffensif, un simple emmerdeur.

— À toi de voir. C'est toi qu'il emmerde.

— Confisque le flingue et fous-le dehors. Je n'ai pas de temps pour ces conneries.

40

Une nouvelle odeur flotte dans mon sous-sol. Rien qu'une trace. Subtile. Sucrée. Fleurie, miellée. Un parfum, shampooing ou déo – est-ce que je peux le nommer ? Mes connaissances en parfums se réduisent au déo de base que j'achète en parapharmacie et laisse dans mon casier du poste de police. Je vérifie mes affaires ; elles n'ont pas l'air d'avoir été dérangées. Tout semble en ordre à part que quelqu'un d'en haut a pénétré dans mon espace. Je n'aurai aucun mal à flairer les autres au dîner. Je les reniflerai comme un chien. À l'étage, des portes se ferment, des pieds trottent, le tintement du triangle signale l'heure du dîner.

Je mets la table avec Amanda. Le livreur de chez Mama Carmela a apporté trois pizzas familiales – une végétarienne, une viande hachée et une fromage-épinards. Plus une énorme salade composée et des gressins, le tout offert par une bienfaitrice anonyme.

— Y a pas qu'elle, m'apprend Amanda. À part la dame des pizzas, il y a celle qui nous dépose tous ses shampooings et savons d'hôtel, une autre qui paie l'abonnement du câble. Phyllis dit que c'est des dames qui ont logé ici, qui sont reparties et ont repris leur vie en main – c'est comme ça qu'elles montrent leur reconnaissance.

— Tu sais qui paie le loyer ?

— Non.

J'aimerais bien connaître la réponse. Est-ce que la personne qui paie le loyer est aussi celle qui organise les meurtres ?

Sharon, la « nouvelle », entre dans la salle à manger. Elle a dans les quarante-cinq ans, le bras gauche enveloppé dans un plâtre recouvert d'un manchon bleu. Si son billet d'entrée chez Artemis est un bras cassé, elle doit avoir un compagnon particulièrement mauvais et violent. Son visage porte les stigmates d'une vie difficile : joues striées de rides parallèles, sillons nasogéniens marqués. C'est une figure agréable et sympathique ; elle irradie d'une gentillesse et d'une générosité qui semblent indiquer que, quelle que soit la gravité de sa situation, elle trouverait encore le temps de t'aider. J'imagine que c'est le genre de femme qui garderait tes enfants, passerait boire un café et ramasserait ton courrier et tes journaux si tu devais t'absenter. On la veut pour voisine. Son épaisse chevelure auburn donne l'impression de ne pas avoir changé de coupe depuis la photo de l'album du lycée : la frange lui tombe sur le front, des mèches lui drapent les tempes. Sharon fait partie de ces femmes qui atteignent un certain âge et perdent leur ligne impeccable : leur corps gagne en masse et en carrure. On pourrait tracer une ligne droite de ses épaules à ses hanches. Ces femmes-là ne sont pas obèses. Elles ne sont pas molles ni flasques ; elles dégagent de la puissance, et leurs traits conservent leur beauté tandis que leur physique évolue.

— Dites bonjour à Sharon, lance Phyllis.

On sait quoi faire : on se présente, prénom seulement, et on attend que Sharon réponde. Les enfants louchent sur les pizzas d'un air affamé. *Vous pourriez accélérer, s'il vous plaît ?*

Après nos présentations, elle prend la parole :

— Je viens juste d'arriver. Pour être honnête, je suis un peu dans le brouillard, alors je n'ai pas grand-chose à dire pour l'instant, si ça ne vous ennuie pas.

Est-ce que je perçois une pointe d'accent du Sud ? Je ne sais pas trop. Si c'est le cas, qu'est-ce qu'elle fabrique dans le Queens ?

— Passons à table, dit Phyllis. À la bonne franquette, Sharon : chacune se sert.

Sharon esquisse un sourire à la vue des cartons de pizza ouverts avec leur fromage fondu tout aplati, leurs amas de viande hachée et de légumes, les gouttes luisantes d'huile d'olive. Elle tend son assiette.

— Est-ce que je peux avoir juste un peu de salade, s'il vous plaît ?

Je regarde les autres convives. On a toutes la même chose en tête : on veut entendre l'histoire de Sharon, son cauchemar, comment elle est arrivée ici, qui l'a frappée, si c'était un mari présent ou passé, un petit ami, un voisin dément, un patron. *Allez, ma grande, crache le morceau, partage !* On veut estimer ses chances de survie si elle s'en va et les nôtres si elle reste. Est-ce que son mari va la pourchasser et la buter si elle quitte Artemis ? On est une clique curieuse, cancaneuse, indiscrète, peu respectueuse des limites et de la vie privée. On veut qu'elle livre ses secrets à notre inspection et après, elle aura notre soutien, notre sympathie et notre amour. Raconte-nous une histoire d'horreur sur ce *salaud* et ce qu'il t'a fait ou bien une histoire drôle sur le *connard* que c'est, qui nous remontera ou nous cassera le moral.

Je ne sais plus trop qui je joue. Je suis une espionne, une usurpatrice dans cette maison de femmes réellement maltraitées et effrayées. Je n'ai pas de mari qui brandit vers moi un index menaçant tandis que je pisse dans mon froc à la vue du poing serré de son autre main. Je n'ai pas peur de sortir du refuge. Je ne suis pas aux aguets de la voiture de mon mari. Je peux aller au supermarché, au cinéma, à la banque, récupérer mon enfant à l'école si j'en avais un, promener mon chien si j'en avais un, appeler ma mère si j'en avais une, avoir un compte Facebook, un compte Twitter. Je n'ai pas quelqu'un qui veut me réduire en miettes. C'est déjà fait. J'ai ça de commun avec les autres pensionnaires. On est sœurs. Et le fond de tout ça, c'est que je ne veux pas les trahir.

Sharon repousse sa chaise de la table et se lève.

— Excusez-moi, je suis épuisée.

Quand elle passe derrière moi, son bras m'effleure et je sens une odeur de miel.

La nouvelle est venue fouiner chez moi.

Je frappe doucement et j'attends. Puis je refrappe.

— J'arrive.

Un rai de lumière apparaît au bas de la porte. Quelques instants plus tard, Sharon ouvre. Elle porte une chemise de nuit à manches longues.

— Oh, salut, euh…, dit-elle, d'un ton assez amical.

— Lucy.

— Ah, oui. Je n'ai pas encore retenu vos noms.

— Ça viendra. Il faut un peu de temps.

Je lui tends un petit sac contenant un sandwich au fromage et une orange.

— Au cas où tu aurais faim. Tu n'as rien avalé.

Elle me remercie d'un signe de tête et prend le sachet. Je jette un coup d'œil dans sa chambre derrière elle. Une valise à roulettes par terre, un sac à dos JanSport délavé ; à eux deux, ils transportent les possessions d'une femme en fuite. Je ne peux qu'imaginer ce qu'elle a laissé derrière elle.

— Entre, propose-t-elle.

À l'intérieur, je vois les reliques de la vie d'Haneen, auxquelles Phyllis n'a pas touché. Ses magazines : *Forbes*, *Vanity Fair*, *Vogue* ; des photos de famille ; un portrait encadré d'Haneen et de son fiancé, Teddy, au Grand Canyon ; et, scotchés au mur, deux talons de billets pour un match des Knicks. Une vie new-yorkaise d'aujourd'hui, mouchée. Abonnement résilié.

— C'était la chambre d'Haneen, dis-je.

— Phyllis m'a raconté. Quelle histoire terrible.

— Comme celle de tout le monde ici.

Sharon s'autorise un sourire, assez pour que je remarque les espaces vides à la place de ses dents du bas. Elle met la main devant sa bouche.

— Il me les a cassées et je ne me suis jamais décidée à les remplacer. À quoi bon ? Il me les recasserait.

— D'où est-ce que tu viens ?

— On est dans l'armée. Enfin, mon mari. Stationné à Fort Dix. Dix-neuf ans de service, un vieux de la vieille qui va bientôt prendre sa retraite. Si je le dénonce pour violences, ils le renverront, il perdra sa pension et ses avantages sociaux. Ils cherchent toujours des excuses pour virer les engagés et économiser de l'argent. Il faut croire que je n'avais pas envie de leur servir de prétexte. Pourtant, je savais que si je restais, si j'appelais la police militaire et portais plainte, il ne s'en sortirait pas.

— Je suis navrée.

— Eh bien, voilà, tu sais tout.

— Presque. Qu'est-ce que tu es allée faire dans ma chambre ?

Je voulais la prendre au dépourvu pour évaluer sa réaction. Je m'attendais à des dénégations, à un mensonge ; j'ai droit à une grande inspiration, un gros soupir, et des larmes.

— Je suis désolée. Tu n'es pas la seule. J'ai visité toutes les chambres.

— Pourquoi ?

— Tu sais, en avion, quand on t'invite à repérer les issues de secours ? Où que je sois, j'ai besoin de savoir par où sortir. Je veux connaître le meilleur chemin. Si mon mari est à la porte avec une arme, est-ce que ce sera la fenêtre de ma chambre ou celle d'une autre, ou alors il faut que j'aie identifié la meilleure cachette ? J'ai bien aimé ta salle d'eau au sous-sol.

Ça se tient.

41

Une semaine plus tard, au poste, la commandante Hagen convoque Claude Ito, Linda Fuentes et moi dans son bureau. On sera les principaux lieutenants chargés du piège tendu à Phyllis. Hagen explique à Ito et à Fuentes que je me suis infiltrée chez Artemis et que j'ai rassemblé assez d'éléments pour soupçonner qu'au moins trois meurtres pourraient avoir été planifiés au refuge.

Linda m'envoie un SMS en douce : Sans déc, grosse, je te pardonne. Je lui demanderai plus tard si elle me pardonne mes insultes ou de l'avoir manipulée pour qu'elle me flanque la raclée qui m'a ouvert la porte d'Artemis.

Linda et deux équipes de policiers en civil de la brigade des mœurs fileront Phyllis lorsqu'elle quittera le refuge. Les hommes d'Ito protégeront Bobby, mon « mari » violent, dangereux. Mon rôle à moi consiste à rester au refuge, tenir les collègues au courant des mouvements de Phyllis, essayer de suivre ses appels et la convaincre que ma situation est de plus en plus désespérée. J'informe tout le monde que toutes les sorties s'effectuent par la maison de Myra : inutile de planquer devant la porte d'Artemis.

Claude a une question :

— Est-ce qu'on sait si elle est armée ou pas ?

La commandante se tourne vers moi.

— Nina ?

— Je ne crois pas. Elle, elle donne l'impulsion. À mon avis, elle a des complices à l'extérieur qui font le nécessaire.

Je rectifie :

— Ce qu'elle pense être nécessaire.

Quelqu'un a relevé ? Je scrute mes collègues à la recherche d'indices. Ito ? Est-ce qu'il a tiqué ? Fuentes ? Non, tout va bien. Ils sont concentrés sur Hagen. Qui reprend :

— Nina, un moyen de précipiter les choses ?

— Je peux demander à Bobby de se pointer au refuge, de faire un scandale devant, de brandir une arme, puis de filer avant qu'on appelle la police.

— Pas mal. Qu'il se montre convaincant.

— Il va lui falloir une Camaro bleue, si Phyllis se rappelle ce que je lui ai raconté.

— On lui en trouvera une. Quelle année ?

— Je n'ai pas précisé.

— D'accord.

On enquête sur les meurtres de Ronald, Derrick et Joey. Ils étaient bien partis pour tuer ou mutiler leur conjointe. Soudain, pour la première fois, j'entends une autre voix. Celle de mon père, qui me dit de faire mon boulot.

42

Ce matin, je donne des cours de maths à Ben, Frankie et Tiffany. En quittant le refuge, Sofia nous a remis son matériel avec une description du niveau de chacun des enfants. J'ai trois âges et trois niveaux. Tiffany est très précoce pour une gamine de sept ans, elle sait résoudre des équations du second degré. Frankie la suit de près, mais il a du mal avec les fractions, tandis que Ben en est à la division posée. Sofia a téléchargé sur l'ordinateur des jeux de maths qui les occupent bien ; Tiffany et Frankie font des exercices du manuel, assis à leur pupitre de fortune. Je limite le cours à trente minutes. Les enfants sous soumis à un stress énorme. Ils sortent rarement du refuge, même si de temps à autre on les emmène au zoo, au musée ou simplement au McDo – n'importe quoi qui ressemble à une vie « normale ». S'il fait beau, comme aujourd'hui, on va dans le jardin. Phyllis et certaines des mères nous rejoignent et on se fait une folle partie de foot maison. On a nos règles et notre matériel à nous. On utilise un ballon de volley au lieu d'un ballon de foot et la poubelle en métal renversée en guise de but. Frankie a la balle. C'est un dribbleur expert ; il m'esquive facilement et tire dans la poubelle pour marquer. Le ballon rebondit dans le réceptacle, produisant des *bong* sourds auxquels viennent soudain faire écho des coups furieux frappés à la porte. Phyllis renvoie les mouflets à l'intérieur, attrape un tabouret. Elle grimpe dessus pour voir par-dessus le mur.

— Arrêtez de tambouriner à ma porte ! hurle-t-elle.

— Laisse-moi entrer, pouffiasse !

La voix est masculine, ivre, et elle appartient à Bobby.

— Je veux voir ma femme ! Lucy Booth. Dis-lui de sortir ou c'est moi qui rentre ! Je sais qu'elle est là !

— Allez-vous-en avant que j'appelle la police, réplique Phyllis.

— Vas-y, te gêne pas. Je m'en fous. Lucy !

Phyllis descend du tabouret tandis que Bobby martèle la porte de plus belle.

— Rentre avec les petits. Il est armé.

— J'appelle le 911.

— Non, pas encore. Va rejoindre les enfants et reste avec eux. Je me charge de cet imbécile.

En regagnant l'intérieur, je vois Phyllis remonter sur son tabouret. Sa voix est calme et posée.

— Écoutez-moi bien. Je ne sais pas qui vous êtes, mais il n'y a pas de Lucy ici. Allez-vous-en immédiatement ou j'appelle la police et ma société de sécurité. Je leur dirai que vous êtes armé et quand ils débarqueront, ils vous feront sauter la cervelle avant de vous demander votre identité. Vous comprenez ?

— Je t'emmerde, fait Bobby.

— Très bien. Terminé.

À l'intérieur, je compte les têtes.

— Où est Frankie ?

— Comme d'habitude. Dans la salle de bains du premier, répond Tiffany.

Un instant plus tard, Phyllis arrive.

— Il est parti. Tout le monde va bien ?

Les enfants hochent la tête. Phyllis reprend :

— Frankie est là-haut ? Parfait.

Elle s'assied sur le canapé et attire Ben et Tiffany dans ses bras.

— C'est fini. Le monsieur est parti. Je lui ai fichu la frousse de sa vie. Il a filé.

Elle attend qu'ils acquiescent tous les deux.

— Qu'est-ce que vous diriez de vous mettre devant la télé, et j'irai chercher du McDo pour déjeuner ?

Les enfants savent qu'elle leur propose une diversion, un palliatif pour les distraire de l'incident ; ils font oui de la tête. Aujourd'hui, ils ne tireront guère de vraie joie des dessins animés ni de leur Happy Meal. Mais ils prennent tout ce qu'ils peuvent. Ces gamins vivent dans une maison où leurs mères leur disent qu'ils sont à l'abri des hommes violents et colériques, et voilà qu'il y a quelques minutes à peine un de ces hommes s'est pointé avec un flingue, a fait naître en eux de nouveaux cauchemars et miné leur sentiment de sécurité pour eux et leur mère. Phyllis le sent.

— Mes chéris, l'homme qui est venu aujourd'hui ? Il ne reviendra pas.

— Mais s'il revenait quand même ? demande Tiffany.

— J'appellerai la police. Je le ferai arrêter.

— La police, elle fait que dalle, objecte Ben.

— Alors on lancera Bobo sur lui. Hein, Bobo ?

Bobo bat de la queue sur le canapé. Arrache un sourire aux enfants.

Phyllis reprend d'un ton désinvolte, comme si rien d'insolite ne s'était passé, comme si le forcené était un livreur d'UPS qui s'était trompé d'adresse :

— Tiffany, tu veux bien noter les commandes de chacun ?

— On peut prendre du Coca ?

Comme toujours, Phyllis répond :

— Non. Pas de Coca.

Puis, à moi :

— Lucy, je peux te voir dans la cuisine ?

Pendant que je m'éloigne, Tiffany me demande :

— C'était ton mari ?

— Oui.

— Il veut te tuer ?

— Oui.

— Alors il va peut-être le faire, hein ?

— Oh que non.

Dans la cuisine, Phyllis me tend un café.

— Quel fils de pute.

Son visage est crispé d'une fureur obstinée. Envolées, la gentillesse, la douceur et la chaleur qui caractérisaient son attitude vis-à-vis des enfants. Elle a les lèvres serrées, les yeux plissés et, l'espace d'un instant, elle me fait peur. C'est de la rage. Je la connais bien. Elle est comme la mienne. Elle va choper l'*immonde crevure* qui a débarqué chez elle et menacé ses femmes et ses enfants. Elle va le buter. Elle est moi.

— Tu appelles la police ?

— Non, je n'appelle pas la police. Je ne veux pas qu'elle s'en mêle.

Elle me fixe.

— Maintenant, dis-moi où je peux le trouver.

— Il n'est pas flic. Il n'est pas dangereux.

— Qu'est-ce que t'en sais ?

— Ce n'est pas mon mari.

Phyllis penche la tête.

— On ferait mieux de s'asseoir, dis-je.

Mes paroles sont impulsives, imprévues. À mesure qu'elles sortent de ma bouche, je me rends compte que je suis en train de mettre un terme à ma carrière de flique.

— Je suis en infiltration, Phyllis. Je suis lieutenante dans la brigade criminelle de Long Island City. J'ai menti pour m'introduire ici. On cherche à élucider les meurtres de trois personnes dont les compagnes ont séjourné au refuge. On pense que toi ou quelqu'un que tu connais, avec l'aide de gens que tu connais, vous les avez tués. Il s'agit de Ronald Steevers, Joey Savone et Derrick Matthews. Le type qui vient de faire son numéro n'est pas un mari dangereux. Il fait partie de l'opération pour te pousser à intervenir. Le plan consiste à vous inciter à essayer de l'assassiner. Et à ce moment-là, on vous arrêtera pour tentative de meurtre avec préméditation et on vous fera avouer les précédents homicides.

Phyllis opine du chef. À quoi bon s'indigner, faire une scène ou monter sur ses grands chevaux ? Elle se contente d'un :

— Tu sais ce que tu fais ?

— Oui.

— Pourquoi ? Pourquoi tu me racontes ça ?

Je n'ai pas le temps de répondre qu'on frappe à la porte. Sharon entre.

— Coucou, désolée de vous interrompre. Tout va bien ? J'ai cru comprendre qu'il y avait eu un esclandre dehors. Un homme. Un mari.

— Le mien, dis-je.

— Tout est sous contrôle, enchaîne Phyllis. On l'a chassé.

Elle laisse le silence s'installer, manière de signaler à Sharon qu'on souhaite poursuivre notre conversation seules.

— Ça me fait un peu flipper, reprend Sharon.

— C'est compréhensible. Mais on s'en est occupé, tout va bien.

Sharon en attend plus.

— Je t'assure, Sharon. On est en sécurité. On doit rester calmes. Pour les enfants.

— Oui, je comprends.

Saisis le message, Sharon. Tire-toi.

— C'est moi qui prépare le dîner, ce soir, insiste-t-elle. Tu peux me dire combien on sera, Phyllis ?

Phyllis ferme les yeux et calcule mentalement. Je peux lire ses pensées ; elle se dit : *Il faut vraiment que je fasse ça maintenant ?*

Elle prend une inspiration.

— Comme d'habitude.

Je la regarde et secoue la tête.

— Si, Lucy, reste dîner ce soir. Encore une nuit. Tu pourras dire au revoir aux enfants demain matin.

— Tu nous quittes ? s'enquiert Sharon.

— Oui.

— Oh là là, qu'est-ce que je t'envie !

— Tu ne devrais pas.

— Ah.

— Il sait où je suis. Il vaut mieux que je m'en aille.

— Où est-ce que tu vas aller ?

Je hausse les épaules.

Sharon acquiesce avec compassion. Elle ajoute :

— Tu vas me manquer.

Je vais te manquer ? Pourquoi ça ? On se connaît à peine. Tout ce que je sais de toi, c'est que tu es venue fouiner dans ma chambre. Je suis peut-être une flique cynique, mais je ne crois pas que tu étais parano et que tu vérifiais les issues. Peut-être que tu es une voleuse, peut-être simplement que ta tête ne me revient pas malgré ta personnalité de gentille maman du Sud.

Sharon regagne la porte.

— Bon, eh ben, à ce soir.

Elle a droit à deux hochements de tête. Phyllis se lève pour refermer derrière elle.

— Qu'est-ce que je suis censée faire, maintenant ?

— Rien. Justement.

— Tu peux m'expliquer pourquoi tu m'as raconté tout ça ?

— Je ne veux pas que tu ailles en taule. Je ne veux pas que le refuge ferme.

— Et ces prétendus meurtres, ta théorie, c'est que j'y étais pour quelque chose ?

— Oui.

— Va te faire foutre.

Cela dit dans un sourire.

43

Le dîner de Sharon se compose d'un pain de viande accompagné de purée de pommes de terre, crackers, carottes et petits pois. En dessert, une tarte aux pommes. Elle dresse les assiettes à la cuisine et les apporte trois par trois ; elle a dû bosser comme serveuse. On ne parle pas de l'intrusion de Bobby afin de ne pas perturber les enfants. Les trois qui ont assisté à la scène vont se vanter, exagérer et reconstituer l'événement pour celle qui l'a manqué. Avant qu'ils soient envoyés au lit, j'annonce que je m'en vais demain. Je remercie tout le monde pour son soutien, son amitié et son amour, mais puisque ma présence au refuge est connue de mon mari, je ne veux pas leur rendre la vie plus dangereuse. C'est un mensonge, la vérité ne peut évidemment pas être dite. Amanda est déjà au courant, les autres sont habitués à voir les pensionnaires aller et venir.

— J'ai un nouvel endroit où aller où personne ne me trouvera.

— Tu vas partir te cacher en Europe ? lance Tiffany.

— Mince, comment tu l'as su ? Maintenant, je vais devoir trouver autre chose.

— Je le répéterai pas, dit-elle.

— Je sais.

On échange des câlins et des embrassades. Personne ne promet de « garder le contact ».

J'aide Sharon à finir de ranger.

— J'ai toujours été très propre, comme cuisinière. Je préfère faire la vaisselle au fur et à mesure. Moins de boulot à la fin.

— Je suis tout l'inverse, dis-je. Je laisse un bazar complet.

Je suis fatiguée. Pas envie de petites ou grandes conversations. Je n'aspire qu'à descendre dans ma cave et m'effondrer. Je préparerai mon sac demain.

— Ça va, Lucy ? Tu m'as l'air pâlotte.

— Je crois que je suis HS. Rude journée.

— Alors file, je vais terminer.

— Merci. Si je ne te vois pas demain…

— Oh, tu me verras. Je suis une lève-tôt. Fais de beaux rêves.

44

Mes rêves ne sont pas beaux. Ils sont révélateurs. Je rêve de solutions à des problèmes, j'élucide des crimes qui m'avaient échappé, j'apprends qui a tué mon père, je sais où se cache le chat du fils d'Artie Crews, je comprends qui McDermott va tuer, et je vois un lien entre l'Afghanistan et Long Island City. Je suis omnisciente. Je me note oniriquement de me rappeler tout ça pour que, au réveil, je m'en souvienne et que tout me soit révélé. Ce ne sera pas le cas, car je dors sous l'influence d'une drogue que je n'ai pas prise. À mon réveil, je n'ai aucun souvenir. Il ne me reste plus que les questions et aucune des réponses.

Et je m'aperçois que je ne suis pas seule. Il y a quelqu'un dans ma chambre ; une autre masse occupe mon espace. Cette masse respire mon oxygène, absorbe ma chaleur et irradie la sienne propre. Je perçois une odeur familière ; c'est celle que j'ai flairée la semaine dernière – sucrée, miellée –, et qui est désormais rattachée à une personne. Au gré des déplacements de l'odeur, son intensité enfle et s'estompe. *Je sens, je sens, je sens de la chair fraîche par ici…*

Le cyclope sent Ulysse, Hector sent Ajax, le Petit Chaperon rouge sent le loup. Stop. Concentre-toi. L'odeur appartient à une femme, c'est son parfum, son savon ou son shampooing, un agréable arôme de miel, pas comme les effluves industriels corrosifs de ma piaule en sous-sol : fioul, peinture, et le détergent qui refuse d'effacer les traces jaunes du lavabo. Je tends la main pour allumer la lumière, mon bras refuse de bouger. J'essaie de m'asseoir, je n'y arrive pas ; mes muscles dorsaux ne fonctionnent pas. Aucune partie de mon corps ne peut se mouvoir. Aucun muscle n'obéit, aucun nerf ne réagit. Je ne suis qu'odorat et ouïe. J'entends de l'air qu'on inhale, une respiration. J'entends. Je sens, je ressens – je suis vivante.

— Tu veux de la lumière ?

L'accent, comme l'odeur, est doucereux ; une inflexion du Sud.

Sharon, bien sûr.

— Voilà.

Comme une fusée m'explosant au visage, un faisceau éblouissant me transperce les paupières.

— C'est du Rohypnol. J'en ai mis dans ton assiette. Tu ne peux pas bouger. Tes muscles sont paralysés. Mais comme ça finit par se dissiper, j'ai dû te ligoter. Tu n'iras nulle part.

J'ouvre les yeux. Sharon se dresse au-dessus de moi. Je suis sa prisonnière, sa victime, et je ne peux pas parler. Un ruban adhésif me barre les lèvres. J'essaie de bouger. Impossible. J'ai des entraves aux poignets et aux chevilles. Souples, pas douloureuses. Je lève les yeux vers le soupirail. Dehors, il fait nuit noire. Je n'ai pas la moindre idée de l'heure. Sharon, ombre indistincte derrière l'éclat de sa lampe torche, est assise sur la chaise à côté du lit de camp. Elle se penche vers moi, susurre :

— Je sais qui tu es. Je sais tout de toi. À moi de te dire qui je suis.

Oui, c'est ça. Parle. Continue à parler. Tant que tu parles, je reste en vie. Sois Schéhérazade. J'essaie de hocher la tête. *Tu vois ? Ça m'intéresse.*

— Je suis un miracle. Anita Turner, ma mère, était une lycéenne de seize ans de Matthews, Texas, surnommée « La ville la plus chaleureuse de l'Ouest ». Surnom discutable, parce qu'elle n'a pas trouvé beaucoup de gens chaleureux vers qui se tourner quand elle est tombée enceinte de son petit ami qui l'avait abandonnée après l'avoir violée. Maman disait qu'avec le temps il se serait ravisé ; il n'aurait jamais admis ou reconnu le viol. Ça s'était passé derrière le bahut à la fin d'un bal. Il avait un peu abusé de la bière et de l'herbe et n'a pas supporté son refus – comme il l'avait appris dans les films, quand tu embrasses une fille assez fougueusement, tôt ou tard, elle fond et se laisse faire ; sinon, pas grave, tu n'as qu'à continuer, elle finira par oublier et pardonner. Maman n'a pas pardonné, et l'interruption de ses règles l'a empêchée d'oublier. Alors voilà.

« Je ne sais pas grand-chose de lui, mon violeur de père. Il paraît que j'ai son nez, ses cheveux et son caractère, à tendance plutôt instable. Il est mort comme beaucoup de jeunes gens dans le centre du Texas, en conduisant son pick-up en état d'ébriété. Saoul perdu, je suppose. Dommage qu'il ait emporté avec lui deux adolescents qui roulaient en sens inverse. Puisqu'il est mort avant d'avoir réalisé ses ambitions, créé sa légende et déposé ses souvenirs en moi, sa fille, je n'ai pas grand-chose à dire de lui.

« Je préfère te parler de la famille de ma mère. Mes grands-parents ont fui l'Oklahoma pendant la grande sécheresse et les tempêtes de poussière des années 1930, ils sont tombés en panne d'essence et à court d'argent à Matthews. Grand-père a trouvé du travail dans un ranch ; grand-mère avait des compétences en comptabilité, elle s'est déniché un emploi à la banque du coin. Ils se sont installés, ont eu des enfants – dont ma mère. Elle était intelligente, lisait beaucoup, savait que vivre à Matthews après le lycée signifiait un salaire minimum dans un fast-food – ou, avec un peu de chance, un poste dans la construction ou comme secrétaire médicale, voire, avec de bons résultats au lycée, la possibilité de décrocher une bourse pour une petite fac texane, en supposant que ta famille ait les moyens de te payer les livres et la nourriture. Ou alors, l'armée, la porte de sortie de ma mère. Elle avait prévu de s'engager dans l'Air Force une fois son diplôme en poche et si elle n'arrivait pas à intégrer la formation de pilote, elle apprendrait tout ce qu'elle pourrait sur les avions puis utiliserait ses économies et ses allocations militaires pour s'offrir une école d'aviation et devenir pilote de ligne.

« Tomber enceinte contrecarrait ses plans, mais elle pouvait surmonter l'obstacle en se faisant avorter. Sinon, elle serait mère célibataire sans emploi, une cible idéale pour les hommes, mariés ou non, dans un enfer rural poussiéreux.

« Il existait une clinique d'avortement à Harlington, à 160 kilomètres de Matthews, seulement la distance était infranchissable pour une adolescente de seize ans sans voiture et à qui le petit ami avait soudain tourné le dos. Le planning familial disposait de cliniques à Austin, San Antonio et Dallas. Elle pouvait toujours prendre le car à Brownsville pour se rendre à Matamoros, au Mexique, entrer dans une pharmacie, acheter du misoprostol sans ordonnance et provoquer une fausse couche médicamenteuse. Mais cette solution est dangereuse et souvent infructueuse. C'est mon arrière-grand-mère, Caroline Allen, qui est venue à son secours. Elle a donné à maman la somme faramineuse de 1 500 dollars en une liasse de billets de cent, avec laquelle elle a pu se payer un aller-retour en car à San Antonio, une chambre d'hôtel au DoubleTree et un rendez-vous à la Whole Woman Clinic.

« Deux jours plus tard, comme prévu, ma mère allait, avec la complicité d'un médecin, interrompre volontairement sa grossesse et m'assassiner légalement. C'est alors que, miracle des miracles, Dieu m'a choisie pour exprimer son amour au monde. Je suis ici, en vie, parce que pour aller m'avorter, maman est montée dans un taxi conduit par le père Martin, un prêtre catholique et membre de la Société de vie chrétienne. Le réceptionniste de l'hôtel le prévenait quand des femmes commandaient des taxis pour la clinique d'avortement. Au lieu de les conduire à la clinique, il les emmenait à la Mission pour la vie, où des femmes magnifiques les conseillaient, priaient pour elles et les dissuadaient d'avorter. Dans le cas de ma mère, ça a fonctionné. Elle a changé d'avis et m'a mise au monde. Sans le père Martin et ces dames, je ne serais pas ici. Je ne serais pas la mère aimante de mes deux magnifiques enfants, Agnes et Martin ; je serais un fœtus de trois mois incinéré dans les fours de la Whole Woman Clinic. Trente-trois ans plus tard, le jour anniversaire de ma naissance et de la mort de notre Seigneur Jésus-Christ, avec mon mari, Clyde Fairbrother, nous avons réduit ce bâtiment en cendres.

Clyde Fairbrother. L'homme que j'ai tué.

— On a beaucoup parlé de toi, si on devait aller te trouver ou te laisser nous trouver. On savait que tu étais devenue policière, on savait que tu nous cherchais, mais on n'a jamais envisagé que tu tuerais Clyde. On pensait que tu voulais seulement l'identifier. Une erreur qui a coûté la vie à mon mari.

Enlève-moi ce scotch de la bouche !

Sharon lit mes mouvements, secoue la tête.

— Peux pas. Je connais tes questions. Tu veux savoir comment je suis remontée jusqu'à toi, comment j'ai réussi à m'infiltrer ici et ce que j'ai l'intention de te faire.

Non, je sais tout. Je veux trouver un moyen de me libérer, de te désarmer puis de te crever.

— Clyde n'a pas tué ton père – tu le sais, hein ?

Évidemment. Il était trop malin pour ça.

— C'est moi. C'est moi qui l'ai abattu.

Il a fait de toi une tueuse. Comme ta mère, tu as été violée, sauf que toi, c'était par ton mari.

— Clyde m'a appris à tirer. Ton médecin de père était un assassin. Il a éliminé des centaines de bébés qui auraient pu être comme moi : des miracles. Il fallait l'arrêter. Clyde était sûr qu'il serait soupçonné, alors on a décidé que ce serait moi qui agirais. Il aurait un alibi pour le soir du meurtre. Personne ne penserait que c'était moi. J'étais à la maison, j'aidais les enfants à faire leurs devoirs, ils le confirmeraient. On est une famille ; on accomplit tous l'œuvre de Dieu. On leur a appris quoi dire ; leur réponse serait : « Papa participait à une course de voitures. Maman nous a couchés dans son lit et on a dormi tous les trois ensemble. » Avec Clyde, on a tout organisé comme une opération militaire. Une fois par semaine, on descendait jusqu'à Grahamsville dans ma voiture en passant par des petites routes, on finissait le chemin à pied et on vous observait, ta famille et toi.

Immondes crevures.

— On a noté à quelle heure vous dîniez, quelles étaient vos places à table. On a remarqué qu'il faisait toujours la vaisselle devant la fenêtre de la cuisine pendant que ton frère et toi, vous mangiez votre dessert ou faisiez vos devoirs. C'était le moment idéal.

Sammy.

— On a choisi le meilleur poste de tir. On étalait toujours une bâche pour ne laisser aucune fibre de vêtement par terre. On enfilait des surbottes d'hôpital par-dessus de grosses chaussettes pour ne pas laisser de traces de pas. On s'est entraînés à divers chemins de fuite. Clyde m'a tout appris sur le fusil : comment le nettoyer, le fixer sur son trépied, l'orienter, ajuster le viseur, corriger la trajectoire en fonction du vent et de l'épaisseur de la vitre, et presser la détente.

Mon père.

— J'ai appris à le démonter pour pouvoir le transporter en morceaux dans mon sac à dos au cas où je me ferais repérer par quelqu'un. Je n'étais qu'une randonneuse lambda. Clyde maîtrisait son sujet, tu peux me croire. Il a fait de moi une tireuse d'élite, il disait que si j'avais été plus jeune et que l'exposition médiatique ne nous avait pas dérangés, il m'aurait inscrite aux Jeux olympiques. J'étais si douée que ça.

Ma mère.

— Enfin, le jour J, j'ai traversé la forêt derrière votre maison de Grahamsville et j'ai attendu qu'il rentre, que ta mère prépare le dîner puis que ton père tueur d'enfants vienne faire la vaisselle, parfaitement encadré dans la fenêtre de la cuisine, face à moi. Une seule balle. À présent, plein de bébés vivront. Gloire à Dieu.

Moi.

— Je vois la peur dans ton regard. Elle est magnifique à mes yeux.

Magnifique ?

J'aperçois le miroitement de l'acier. Sharon tient un petit couteau de combat pliant. Je reconnais le modèle pour l'avoir étudié dans un cours sur les armes blanches à l'école de police. C'est le Hotshot, une arme des marines, 15 centimètres de lame ultra-tranchante.

— C'était le couteau de Clyde. Il l'avait remporté au titre de meilleure recrue à Quantico. Il en était si fier… Désormais, je le porte en sa mémoire.

Elle l'approche de mes yeux pour que je puisse l'admirer de plus près.

— Ce que je vais faire maintenant, c'est te trancher les poignets et te laisser regarder ton sang s'écouler de tes veines jusqu'à ce que tu meures. Je ne suis pas quelqu'un de cruel. Je pense que ce sera une mort indolore, mais j'y tiens vraiment. Je veux voir la vie te quitter. Ensuite, cette spirale de destruction sera terminée. Ton père tuait des bébés, je l'ai tué, tu as tué Clyde et je vais te tuer. Je doute que qui que ce soit t'aime assez pour se lancer à mes trousses. Pas ton copain. Et quand bien même il le ferait, je serai partie depuis longtemps, introuvable. Il te reste cinq minutes de ta méprisable existence.

Malgré toutes ses protestations de miracle et d'amour de Dieu, Sharon a toute ma haine. On est parfaitement assorties.

Elle saisit la couverture et me découvre jusqu'à la taille. Mes poignets sont ligotés au sommier métallique par des colliers de serrage en plastique. Je me débats. J'ai assez d'adrénaline pour soulever une Volkswagen, mais le poids de mon corps me maintient clouée au matelas. Je n'ai aucun recours. Sharon me décoche un sourire. Elle est fière de son coup.

Connasse.

Elle pratique une incision verticale propre et nette sur mon poignet gauche.

— Là. Ça ne t'a pas fait mal, hein ?

Elle a raison. Je ne ressens presque aucune douleur ; mon sang commence à goutter. À quoi vais-je penser pendant ces cinq dernières minutes de ma vie ? Je ne crois pas en l'au-delà, alors je ne vais pas rejoindre mes parents et mon frère aux Champs-Élysées, au paradis, au Valhalla ou en enfer. Mon corps inanimé sera découvert quand je manquerai un repas, puis un autre, ou que Phyllis aura besoin d'un truc à la cave.

Sharon aura quitté le refuge. Elle sera suspecte et elle n'ira pas loin, aussi prudente et rusée qu'elle se croie. Elle aura laissé trop de traces derrière elle. Les vidéos de surveillance du refuge. Ses empreintes digitales un peu partout. Ce ne sera qu'une question de temps avant qu'elle soit arrêtée. Je suis flique ; personne ne s'en tire après avoir tué un flic. Elle aura de la chance si elle arrive à sortir du Queens. Elle s'est crue la plus maligne – elle a tort. C'est Clyde qui a planifié et exécuté le meurtre de mon père. Elle n'a fait que presser la détente. Je balance la tête d'avant en arrière, articulant des mots muets, me débattant contre le ruban adhésif. Je sais que je pourrais dissuader Sharon d'aller au bout de son projet. Elle le sait aussi : le scotch sur ma bouche est davantage pour elle que pour moi. Elle pourrait se laisser fléchir par des appels au pardon chrétien ou à la miséricorde, par des menaces.

Qu'est-ce qui va arriver à tes enfants quand tu seras en prison ?

— Allez, l'autre poignet. Comme ça, ça ira plus vite.

On l'entend toutes les deux – la porte du haut de l'escalier qui s'ouvre et se referme. *Clic, clic.* Sharon éteint sa lampe torche. Nous revoilà dans le noir complet.

— Lucy ? lance Amanda.

Je soulève le bassin de toutes mes forces. Ça fait vibrer le lit. Assez pour que les pieds métalliques frottent contre le sol en béton.

— Lucy ?

Sharon appuie sur le sommier de sa main libre. Son poids est suffisant. Je ne peux plus le faire bouger.

— Lucy ?

— C'est Sharon. Je suis avec Lucy. Tu veux bien nous laisser, ma chérie ? On a besoin d'être seules. C'est une conversation privée.

— D'accord, pas de pro.

Oh que si, il y a un problème, seulement elle n'a que douze ans, elle n'a pas le répondant.

Une langue baveuse me lèche l'oreille. Bobo. La mollasse.

— Amanda, rappelle Bobo, dit Sharon.

— Viens, Bobo.

La tête de la chienne repose sur mes genoux. Elle gémit à l'odeur de mon sang. Elle sent qu'il y a quelque chose qui cloche.

— Bobo ! Viens ici, Bobo.

— Oust, Bobo, renchérit Sharon. Amanda, appelle-la encore.

— Ici, Bobo !

La torche se rallume. Sharon tire la couverture sur mon corps, le cachant à la vue d'Amanda.

— Appelle-la, Amanda.

Elle attrape le collier de Bobo et l'éloigne de moi ; la couverture tombe.

— File, Bobo. Va rejoindre Amanda.

Bobo gémit. Elle est inquiète. Sharon braque sa lampe sur Amanda. La petite apparaît sous le feu du projecteur, telle une actrice faisant son entrée. Elle se tient au milieu de l'escalier, en baskets, jean déchiré et T-shirt. Elle cligne des yeux dans la lumière puissante, lève une main en visière pour s'en protéger, essayant de voir qui se cache derrière.

— Lucy ?

— Laisse-nous, Amanda.

— Sharon ?

— Oui.

— Où elle est, Lucy ?

— Elle ne se sent pas très bien, ma puce. Je reste à son chevet. Tu veux bien nous laisser et emmener Bobo avec toi, s'il te plaît ? Ne m'oblige pas à te le redemander.

Sharon s'exprime d'un ton sévère et autoritaire. Un ton menaçant. Amanda a connu pire.

— Lucy ? Ça va ?

— Pour la dernière fois, Amanda, va-t'en.

La petite ne bouge pas.

— Je veux parler à Lucy.

— Si tu ne pars pas, je vais devoir te faire du mal. Je n'en ai aucune envie, mais je le ferai.

Sharon relâche son emprise sur le lit. Je me trémousse et les pieds grincent par terre. Maintenant, Sharon doit se débrouiller avec sa lampe torche dans une main et son couteau dans l'autre, tout en essayant de m'empêcher de m'agiter pour faire racler les pieds du lit.

— Lucy, pourquoi tu réponds pas ?

J'ai aperçu le reflet de la lame du couteau. Elle ne tuerait pas une enfant.

Sharon se lève. Elle pointe sa lampe sur le couteau. Le brandit pour qu'Amanda le voie bien. La mouflette remonte à reculons.

C'est bien, tu as mis de la distance entre toi et le couteau. Sors de là, va chercher de l'aide.

Elle appuie sur l'interrupteur à côté de la porte. La cave est inondée de lumière.

Que voit Amanda ?

Elle voit Sharon debout à côté de mon lit. Elle me voit, moi, allongée dessus, un morceau de scotch sur la bouche, les pieds et les poings liés, un poignet dégouttant de sang, tachant le drap. Elle voit Bobo à mes côtés, qui refuse de partir tout en désirant lui obéir. La chienne est écartelée entre elle et moi.

Du sang par terre. Le mien.

Puis : une autre voix. Phyllis.

— Qu'est-ce qui se passe, ici ?

Que voit Phyllis ?

Moi sur le lit. Le sang qui s'écoule de mon poignet. Bobo assise, haletante, la queue battant le sol. Amanda dans l'escalier. Et Sharon à côté du lit, une lampe torche et un couteau à la main.

— Quoi ?!

Sharon baisse la lampe et me met la lame sous la gorge.

— Remballe ce couteau ! crie Phyllis en écartant Amanda pour se ruer sur nous. Sharon se retourne ; la lame rencontre Phyllis et disparaît dans sa poitrine. Il n'y a pas un bruit. Phyllis tressaute et tombe à genoux par terre. Amanda s'avance d'un pas timide dans l'escalier.

Va-t'en, Amanda !

Sharon brandit son couteau et regarde la petite. C'est un témoin.

Cours, Amanda !

Sharon secoue la tête comme pour dire *Je suis désolée de devoir faire ça* et s'approche de l'escalier. Amanda recule, rate une marche, perd l'équilibre, bascule et glisse jusqu'en bas. Elle atterrit aux pieds de Sharon. Sharon lève sa lame. Je vois son visage, grimaçant, moucheté de rougeurs comme des plaques d'eczéma, le front dégoulinant de sueur.

— Je t'avais prévenue. Je t'avais dit de partir. Tu n'as pas voulu écouter. C'est ta faute.

— Bobo ! Prête !

Aussitôt, Bobo tourne la tête vers Amanda. Son corps se tend, sa queue cesse de battre, tous ses muscles sont en alerte ; son être entier est concentré sur Amanda. Elle attend l'ordre suivant. Amanda lève le bras, le raidit puis pointe l'index vers Sharon en disant :

— Bobo, mot secret !

Des tréfonds de sa poitrine, Bobo émet un grondement sourd, presque un bourdonnement. Je n'ai jamais entendu ça.

— Bobo ! Prête ! Mot secret ! Mot secret !

La chienne se verrouille sur Sharon. Ce n'est plus une mollassonne baveuse mais un animal tendu, prêt à bondir. Sharon pivote vers elle, sur la défensive, brandit son couteau.

— Bobo ! Mot secret ! Kiki-kiki ! Attaque !

Vous avez déjà été mordu par un chien ? Une petite pincette, en guise d'avertissement ? Ça fait mal. Si le chien serre les mâchoires bien fort, ça peut engourdir les nerfs sans traverser la peau.

Voilà ce qui se passe quand une chienne d'attaque entraînée de 18 kilos fait son boulot :

Bobo bondit dans les airs, tournoie et attrape le poignet de Sharon entre ses dents. Le couteau tombe à terre. Sharon hurle et assène un coup de lampe sur la caboche de Bobo. Étourdie, celle-ci lâche sa proie. Je vois les dégâts depuis mon lit. Le poignet est une bouillie de chair et de sang. Sharon va pour la frapper une nouvelle fois, mais Bobo se jette sur son autre bras et le secoue dans tous les sens. La lampe s'écrase au sol. Bobo chahute le bras de Sharon comme si elle jouait avec une poupée de chiffon. Le reste de son corps est emporté dans le mouvement. Elle tente d'utiliser son autre main mais elle ne peut pas : les nerfs sont sectionnés, les muscles déchiquetés. Aucune chance. Ce n'est plus qu'un moignon.

— Bobo, stop !

La chienne desserre les mâchoires. Sharon contemple ses poignets. À gauche, le blanc du radius est exposé ; à droite, c'est un fouillis de sang et de chair broyée. Son visage blêmit, ses yeux roulent dans leurs orbites et elle s'écroule, en état de choc. Bobo vient se camper à cheval sur son buste, les pattes avant de part et d'autre de son crâne, la gueule à quelques centimètres de son cou, grondant dans l'attente d'un nouvel ordre d'Amanda. Si elle le donne, la chienne lui arrachera la gorge et la tuera. Je secoue la tête, émettant tous les sons que je peux à travers le scotch. Amanda saisit Bobo par le collier et l'éloigne doucement de Sharon.

— Viens, Bobo.

La mâchoire de la chienne est noire de sang.

— Assise, Bobo.

Amanda ramasse le couteau, tranche mes liens de plastique aux poignets et aux chevilles. J'arrive à me redresser et arrache le scotch de ma bouche.

Phyllis.

Je me glisse au bas du lit, me rue vers elle, lui déchire son chemisier. Elle a une tache de sang ronde comme une soucoupe juste sous la poitrine.

— Amanda, mon téléphone est sur la table. Fais le 911 et passe-le-moi.

J'attrape une taie d'oreiller et appuie sur la plaie de Phyllis. À quelques pas, Sharon se tord de douleur.

Qu'elle aille se faire foutre.

— Lucy ? pépie Amanda.

— C'est Nina.

— Hein ?

— Mon vrai nom, c'est Nina.

— On s'en fiche. Tu saignes.

— Passe-moi ta ceinture.

— Je sais quoi faire. Un garrot.

Amanda ôte sa ceinture et la serre autour de mon avant-bras.

— Merci. Maintenant, le 911.

— La vache, on se croirait aux urgences à l'hôpital. Qui est le lieu où on a toutes atterri.

45

Chers Maman et Sammy,

C'est fini. Terminé.

Vous savez quoi ? Dans la cave, on n'était que des femmes – moi, Amanda, Sharon, Phyllis et Bobo. Quatre femmes et une carne, mais la vraie carne n'était pas une chienne. Les ambulanciers et l'équipe de la police de Long Island City sont arrivés en même temps. Phyllis a survécu, grâce à de talentueux urgentistes présents dans l'ambulance ; elle est encore en soins intensifs, mais le médecin dit qu'elle en sortira d'ici deux jours. Elle aura besoin d'une longue convalescence. De mon côté, j'ai perdu beaucoup de sang mais je l'ai récupéré par transfusion. J'ai maintenant une élégante série de points de suture noirs à l'intérieur du bras.

Sharon était dans un état critique, mais ils ont réussi à la sauver. Elle pourrait perdre l'usage de ses mains. On est trois prêtes à témoigner contre elle, alors même si elle n'est pas condamnée pour le meurtre de papa, elle risque pas mal d'années pour tentative de meurtre et agression à main armée. Je promets qu'elle passera le restant de ses jours en prison.

Vous vous interrogez sur l'état actuel de mon esprit ? Pas mon esprit : mes sentiments, et l'endroit où ils résident. Dans mon ventre ? À l'arrière de mon crâne, dans mon cœur ? Je suis comme une balle en caoutchouc qui rebondit sur un mur et atterrit sur la culpabilité, le regret, la tristesse, après quoi j'éprouve une certaine satisfaction parce que j'ai réussi, et puis la balle repart, rebondit à nouveau contre le mur et je repasse par toutes les étapes.

Sammy, finalement, ils étaient deux. Et on les a eus. Je dis « on » parce que tu as été mon partenaire silencieux, mon inspiration. Tu ne m'as jamais lâchée. On l'a eue, elle, et on a eu son mari. Il était tout aussi coupable, et on l'a eu. On est vengés. Je regrette que tu n'aies pas été là pour le voir, mais où que toi ou ton doux esprit soyez, tu peux maintenant te reposer.

Maman, je sais qu'après la mort de papa, tu t'es entièrement focalisée sur notre sécurité. Toutes ces années, tu as dû essayer de ne pas perdre la boule. Est-ce que tu as eu le temps de faire ton deuil ? Est-ce que tu as eu le temps de trouver la paix ? Dans ta dernière lettre, tu disais : « La mort d'un être aimé, pour moi, ça ne s'arrange jamais. Tout ce que tu apprends à faire, c'est naviguer à vue. Au début, tu crois que tu vas te noyer. Je ne peux pas le décrire autrement. Les choses changent, mais rien ne s'arrange. »

Je sais que ton amour m'a protégée. J'ai survécu ; je sais combien tu as souffert que ce ne soit pas le cas de Sammy, malgré ton amour pour lui aussi. Peut-être que, comme moi, tu ne fais aucune confiance aux sentiments. Je viens de le dire, ils vont et viennent. Je vois Clyde à genoux, à l'article de la mort. Je vois Sharon levant ses mains déchiquetées. Ça me fait plaisir. Je me demande : qui suis-je, pour être capable de ressentir ça ? *Il y a des victimes de mes actes – leurs enfants. J'ai tué un de leurs parents et l'autre va passer le reste de son existence en prison. Qui veillera sur eux ? Est-ce qu'ils vont grandir pour devenir comme moi, vouloir se venger ? Clyde était-il un bon père ? Sharon était-elle une mère aimante ? « Aimante » ? C'est une meurtrière impitoyable. Est-ce que je peux rationaliser la tragédie de leurs enfants en arguant que c'était la faute de leurs parents et non la mienne ? Ils n'auraient pas dû détruire ma famille. Ce ne sont pas des questions faciles ; elles m'accompagneront jusqu'à ma mort.*

Quand j'ai appris que Clyde n'avait pas tué papa, je n'ai pas imaginé une seconde que ce pouvait être sa femme qui l'avait assassiné. Les hommes tuent, les femmes meurent.

Comment Sharon a-t-elle su que je résidais chez Artemis ? Quelqu'un l'en a informée, bien sûr. Je soupçonnais Keller.

Au cours de l'enquête, la commandante Hagen a eu accès aux relevés téléphoniques de Sharon, à ses mails et à ses textos. Il y en avait plein, et ils ne venaient pas de Keller ; ils venaient du lieutenant Higgins. Mon pote. Je me suis rappelé qu'Higgins m'avait parlé de ses séjours en Afghanistan au sein des marines, et que Clyde avait été envoyé là-bas aussi. Ils étaient dans la même unité, avaient sympathisé autour de leur même credo pro-vie. En rentrant aux États-Unis, Higgins a adhéré à l'Armée de Dieu, mais sans le révéler au grand jour ; il se servait de ses sources policières pour tuyauter Clyde et ses partisans sur les cliniques et leur sécurité, et leur transmettre des adresses et numéros de téléphone de médecins pratiquant l'IVG.

Higgins a déclaré que c'était encore une manière de rejeter le mode de vie de ses parents. Ils croyaient avoir élevé un petit révolutionnaire destiné à les suivre, eux et leurs idées politiques. En fait, il détestait tout ce qu'ils représentaient : leurs opinions radicales qui semblaient se soucier davantage des opprimés que de lui, la clandestinité, l'obligation de se rappeler sans cesse de nouveaux noms et de nouvelles identités, les déménagements de ville en ville. Au lycée, il a trouvé une camaraderie et une communauté d'opinion avec les élèves conservateurs. Il s'est rapproché de l'Église catholique et du mouvement pro-vie. Ses parents étaient désemparés. Ils lui ont passé des livres de Richard Dawkins et Bertrand Russell, en vain, jusqu'à ce que ses convictions et sa ferveur religieuse ne soient même plus sujettes à discussion. En révélant à Sharon où je me trouvais, il dévoilait l'identité et la position d'un policier infiltré. Le procureur a décidé de ne pas l'inculper. En revanche, il a été contraint de démissionner. Il devra chercher l'aventure ailleurs.

Sharon a attendu que ce soit son tour de préparer le dîner. Elle a versé la drogue dans ma nourriture. C'était facile. Il suffisait d'un peu de patience, d'attendre le bon moment, exactement comme Clyde et elle l'avaient fait quand ils avaient répété et attendu le moment propice pour tuer papa. Je n'aime pas dire « ils ont été patients », ça leur confère une vertu réservée à l'éducation d'un enfant, à l'apprentissage du violon ou d'une langue étrangère. Eux, ils ont été patients pour planifier un meurtre. Je suis contente d'avoir fait ce que j'ai fait.

Maman, voilà ma rage qui revient. Elle ne disparaîtra jamais. Elle fera toujours partie de moi. Avoir tué Clyde et envoyé Sharon en prison n'y changera rien. Bobby dit qu'elle s'estompera ; qu'elle vieillira pour ne plus reparaître que dans des rêves ou de rares cauchemars. Il dit qu'elle ne fera pas partie de mon quotidien. Je ne sais pas. Je m'accroche à certaines choses. Comme à ma colère. Je ne l'ai jamais laissée s'évanouir, pas vrai ? Je l'ai nourrie, et quand elle commençait à se dissiper, par exemple juste avant que j'aille à Hawaï, je trouvais des moyens de la raviver.

Tu sais quoi, maman ? Quand je me sens mal, ou coupable, je revois Sammy me demandant si je l'ai trouvé. Et je lui réponds : « Oui, Sammy. Oui, je l'ai eu. »

Je peux vivre avec ça. Je vous ai dit que je n'étais plus flique ? Je sortais des urgences ; il y avait une dame en fauteuil roulant. Pas si exceptionnel que ça dans un hôpital, ai-je songé, mais...

Je jette un coup d'œil vers elle, je la photographie mentalement au cas où et l'ajoute à ma collection. Je remarque un air noir, mâchoire serrée, qui peut être signe de douleur ou de gêne, à moins qu'elle ne soit

simplement dégoûtée d'être en fauteuil. Dans tous les cas, je la comprends.

— Lieutenant Nina Karim ?

— Oui.

Je la vois mieux, à présent qu'elle pivote face à moi. Elle est jolie, cette dame blonde aux cheveux mousseux, en blouson de cuir hors de prix et pantalon en daim. Ses pieds, en Manolo Blahnik que je ne pourrai jamais m'offrir, pèsent, inertes, sur le repose-pieds.

— Je peux vous raccompagner à votre véhicule ?

Elle regarde mon poignet bandé.

— Ou vous ramener chez vous ? J'ai une voiture qui m'attend.

— Je peux conduire, dis-je. Bavardons ici.

Je me dirige vers un canapé vide dans la salle d'attente et m'y assieds. Elle me suit.

— Qu'est-ce que je peux faire pour vous ?

La dame ouvre son sac à main, y pioche un étui en argent et me tend une carte de visite : VALI LOPEZ, EXPERTE-COMPTABLE. Pas d'adresse, rien qu'un numéro de téléphone.

— Je travaille pour Artemis. Je suis leur comptable.

Je comprends qui elle est au moment même où elle se présente. C'est la dame dont le mari lanceur de cigarettes allumées a mis le feu à la jupe.

— Je suis aussi présidente d'un petit club appelé « Les Amies de Phyllis ». Je crois que vous avez rencontré une ou deux de nos membres. Je ne citerai pas de noms. Je me contenterai de dire que quand on les sollicite, elles donnent de leur temps.

Leurs noms, je les connais. Karen la barmaid ; Janet, veuve d'un joueur de football... Susan, la veuve de Ronald ?

— Je suppose que c'est un groupe assez sélect. Quelles sont les conditions d'adhésion ? Il faut participer à un meurtre ?

— Un peu comme vous. On sait tout de votre virée à Malone.

— Vous allez me faire chanter ?

— On ne pratique pas le chantage. On ne veut rien de vous si ce n'est votre silence. On attend la même attitude de votre part.

— Je n'ai rien sur vous ni sur personne. Je ne suis plus flique.

— Bien.

— Autre chose ?

— Oui. Phyllis prend sa retraite, vous voulez le poste ?

Sérieux ?

46

Notre « nouvelle » est arrivée ce matin. Elle s'appelle Cheryl. Elle a vingt-six ans, taille moyenne, coiffée d'une épaisse tignasse brune hormis le rond pelé à sa tempe gauche où une poignée lui a été arrachée. Elle est jeune, un peu punk, avec deux boulons dans le lobe de l'oreille gauche et une baleine tatouée sur l'épaule. Son oreille droite est maculée de sang séché à l'endroit où on l'a sauvagement déchirée en tirant sur les boulons symétriques. Elle portait deux jumelles endormies dans des couvertures.

La Dr Iskin est passée examiner Cheryl après son service à l'hôpital de Flushing. À part l'oreille déchirée, les dents tombées, les cheveux arrachés, les brûlures de cigarette et les abrasions autour du cou, là où son mari, Larry, l'a étranglée cinq heures durant entre les coups de poing, les coups de pied, puis le viol au milieu des hurlements des filles dans leur berceau, Cheryl est plutôt en forme – c'est-à-dire, toujours en vie. Ruth a pansé ses blessures et lui a donné des antalgiques. Je l'ai aidée à monter l'escalier.

Amanda et Frankie nous suivaient, chacun avec une jumelle dans les bras.

La police a arrêté Larry chez Starbucks. Le juge a fixé la caution à 100 000 dollars. L'accusation lui a demandé de refuser la liberté sous caution afin qu'il reste en prison et loin de Cheryl. La défense a juré-promis que Larry respecterait l'ordonnance d'éloignement du tribunal. Il a réussi à emprunter 10 000 dollars de dépôt de garantie et il est maintenant libre de retrouver Cheryl – en violation de l'injonction restrictive et des limites imposées par le bracelet électronique qu'il doit porter comme condition de sa libération. Larry n'en a rien à battre de tout ça. Quand il mettra la main sur Cheryl, et ce sera inévitablement le cas si jamais elle quitte Artemis, il recommencera à la tabasser et à la torturer jusqu'à ce qu'elle meure. On en est toutes certaines : Karen, Phyllis et moi. Cheryl nous a dit que Larry conduisait une Jeep Renegade noire pour se rendre à l'aéroport LaGuardia, où il bosse en tant qu'agent au sol pour Alaska Airlines. Il termine à 21 heures.

Bobby quitte son club de lecture en avance et suit Larry dans son bar préféré sur Ditmars Boulevard. Ils entament une conversation sympathique ; deux bières les entraînent des Mets aux Knicks puis au dernier *Star Wars*. Bobby apprend que Larry a prévu d'aller pêcher à la mouche ce dimanche à Esopus Creek, près de Saugerties. Ce n'est pas loin de Grahamsville, ma ville natale. Quelle coïncidence. Bobby fait un saut au Bum Bum Bar, relate les projets de pêche de Larry à

Karen Marschner. Elle annonce que ce sera facile et contacte une de ses copines motardes.

Dimanche, dans un coin désert d'Esopus Creek, Larry croisera deux pêcheuses à la mouche novices. L'une est mince et porte des lunettes, l'autre trapue avec un grand sourire éclatant. Elles sont venues de Brooklyn pour le week-end. Pendant que Larry montrera à celle qui porte des lunettes comment accrocher une mouche, l'autre sortira une bombe lacrymo de sa besace et lui en aspergera la figure. Larry sera aveuglé ; la femme à lunettes lui desserrera ses waders et le poussera dans la baie. La combi se remplira d'eau et l'entraînera par le fond. Il se noiera.

Ça arrive.

Plus tard, chez Artemis, je dirai à Cheryl :

— Tu peux rentrer chez toi.

REMERCIEMENTS

Le chemin de la publication est semé d'embûches. J'ai eu la chance de recevoir des aides extraordinaires. Je tiens à remercier tout particulièrement Sheila Malovany-Chevallier, qui m'a présenté à l'épatante Martine Bertéa, mon agente parisienne, laquelle a proposé ce texte à Carla Briner aux Éditions du Masque. Le reste, comme on dit, a été facile.

Des auteurs et amis ont lu les versions successives de ce roman et contribué à son amélioration. J'ai eu le bonheur d'avoir Lily Anolik, Jessica Anya Blau, Deborah Blum, Constance Borde, Ken Brown, David Freeman, Dale Herd, Patrick McGilligan, Yann Perreau, Bianca Roberts et Mel Sheer à mes côtés. Mon fils, Fred Elias, m'a tenu à la page en musique, technologies et romans graphiques. Toute erreur dans ces domaines serait de mon fait, et non du sien. Mon épouse, Bianca Roberts, qui a eu la gentillesse de me laisser l'accompagner à Paris, où elle travaillait, s'est toujours montrée enthousiaste et aimante, et m'a soutenu tout au long de l'écriture.

Enfin, je tiens à rendre hommage à toutes les personnes qui fondent et dirigent des refuges pour femmes. Sans elles, le bilan des vies perdues serait plus lourd et plus scandaleux encore qu'il ne l'est déjà.

PAPIER CERTIFIÉ

Le Livre de Poche s'engage pour l'environnement en réduisant l'empreinte carbone de ses livres. Celle de cet exemplaire est de :
400 g éq. CO_2
Rendez-vous sur www.livredepoche-durable.fr

Composition réalisée par PCA

Achevé d'imprimer en janvier 2024 en Espagne par
LIBERDUPLEX
Dépôt légal 1re publication : février 2024
LIBRAIRIE GÉNÉRALE FRANÇAISE
21, rue du Montparnasse – 75298 Paris Cedex 06

44/7482/2